Glashard

Abonneer u nu op de Karakter Nieuwsbrief.
Ga naar www.karakteruitgevers.nl;
www.facebook.com/karakteruitgevers;
www.twitter.com/UitKarakter en:
* ontvang regelmatig informatie over de nieuwste titels;
* blijf op de hoogte van speciale aanbiedingen en kortingsacties;
* én maak kans op fantastische prijzen!
www.karakteruitgevers.nl biedt informatie over al onze boeken,
Nova Zembla-luisterboeken en softwareproducten.

Corine Hartman

Glashard

Het tweede deel in de serie rond Jessica Haider

Karakter Uitgevers B.V.

© Corine Hartman
© 2013 Karakter Uitgevers B.V., Uithoorn
Opmaak binnenwerk: ZetSpiegel, Best
Omslagontwerp: Hart Voor De Zaak
Fotografie omslagbeeld: Hart Voor De Zaak
Auteursfoto: © Joop Koopmanschap

ISBN 978 90 452 0893 0
NUR 332

I

Het vuur knispert en knettert als er druppels water in terecht-komen. Of het is vet van de haas die wordt geroosterd. Een paar meter boven de grond heb ik me tussen de grillige takken van een oude boom verschanst. Ik weet zeker dat ik hier niet alleen ben, al heb ik nog steeds niemand gezien, en een open vuur dat rookpluimen veroorzaakt, is natuurlijk een kamikazeactie eerste-klas, maar ik móét iets eten. Trek heb ik niet, ik ben het honger-gevoel voorbij, het is serieuzer: ik ben vandaag bijna flauwgeval-len. Ik moest kiezen tussen twee kwaden en vervolgens heb ik urenlang doodstil gezeten tot er een haas binnen schootsafstand kwam. Met één schot doodde ik het beest, daarna heb ik hem ge-vild en aan een tak gespietst; ik hoop dat het vlees nu zo onder-hand eetbaar is.

Ik heb Alec meermaals vervloekt de afgelopen dagen, waarin ik geacht werd te bewijzen dat ik voldoende capaciteiten bezit voor zijn elitekorps. Saligia. De naam die niemand hardop mag uitspreken zou ik nu met alle plezier zo hard in zijn oren tetteren dat hij er doof van wordt. Toen ik eraan toe was af te kicken van mijn drugsverslaving – voor zover het die naam mag hebben – verwachtte ik een verblijf in een vijfsterrenhotel, of tenminste een lieflijk kuuroord ergens op de heide. De praktijk pakt iets anders uit.

Het vuur moet worden opgestookt, anders gaat het uit. Het was sowieso een wonder dat ik het voor elkaar kreeg takken vlam te laten vatten, het regent te veel. Ik móét eten. En daarom verlaat ik mijn veilige plek, bedacht op elke afwijking in de geluiden van de natuur. Voorzichtig en alert om me heen speurend naar onraad, mijn oren gespitst. Het is de manier waarop ik me al dagen- en nachtenlang continu gedraag.

Achteraf had ik het kunnen weten: Alec weet me elke keer weer te verrassen, dat kon hij vroeger ook al. Mijn mooie fransoos, mijn eerste liefde. Ik zou willen dat hij nu hier was. Dan zou ik eerst de vloer van natte bladeren met hem aanvegen, hem totaal verrot schelden vanwege dit allesbehalve amusante uitstapje, en dan zou ik als tegenprestatie de meest opwindende, heftige seks van hem verlangen die we ooit hebben gehad. Het is een onvergeeflijke rotstreek mij in deze wildernis te dumpen, met als enige gezelschap een zakmes, sigaretten, aansteker en een semiautomatisch wapen. En een rugzak met papieren, maar daar kom ik niet ver mee.

Het wordt schemerig en ik gooi nog wat takken in de vlammen, voor het donker wordt en ik het vuur zal moeten doven. Opnieuw een nacht voor de boeg waarin ik geen oog dicht zal doen; mijn gedachten zullen afdwalen naar Nick, naar Marc, naar alles wat er de afgelopen maanden is gebeurd. Ik voel me licht in mijn hoofd en als ik een stuk van de haas wil afsnijden, brand ik mijn vingers. Het vlees is geenszins mals en nogal smaakloos maar ik dwing mezelf te eten. Terwijl ik kauw, registreer ik elke beweging, elke vogel die onder de struiken hippend op zoek is naar voedsel. De hitte van het vuur dringt door mijn kleren en ik huiver even vanwege dit kleine genoegen. Warmte. Iets te eten. Altijd zo vanzelfsprekend, maar nu niet. Hier niet.

Waar ik precies ben, weet ik niet. Vier dagen geleden werd ik geblinddoekt in een auto gezet, reden we voor mijn gevoel urenlang zuidwaarts en moest ik vervolgens meekomen, eveneens geblinddoekt, begeleid door een man met eeltige, koude handen. We liepen over oneffen grond en het rook er naar hout, dennen, naar van alles behalve naar beschaving. Tot hij me abrupt van zich af duwde en zich uit de voeten maakte. Ineens was ik alleen. Ik vermoed dat ik ergens in de Ardennen ben, want ik zou niet weten waar ik anders door zoveel ongerepte, glooiende natuur kan lopen met metershoge fijnsparren die het daglicht filteren. Die wetenschap draagt weinig bij aan mijn reis huiswaarts, evenmin als alle opgekropte woede.

Sinds ik hier ben gedumpt, heb ik geen mens meer gezien of gehoord, maar ik durf er gif op in te nemen dat ik elke minuut van de dag en de nacht in de gaten word gehouden. Daarom probeer ik niet te rillen van de kou die zich diep in mijn botten heeft genesteld. Daarom schreeuw ik de hele mieterse boel niet bij elkaar en beweeg ik me onverschrokken voort, ondanks de blaren onder mijn voeten. Als ze denken dat ze me kunnen breken door me in de rimboe te laten worstelen met de elementen of met wie of wat dan ook, dan hebben ze het mis.

Ik pak het restant papieren uit de rugzak. Toen ik die de eerste dag opende, verheugde ik me op iets eetbaars of een iPod met muzikaal voer, misschien zelfs een album van Pink Floyd. Maar ik moet me tevredenstellen met muziek in mijn hoofd. Ik kreeg leesvoer. Pagina's vol tekst, en mijn naam stond in grote letters voorop. Jessica Haider. Alsof ik die door de onherbergzaamheid hier zou kunnen vergeten. Een aantal van de bladzijdes die ik had gelezen, gebruikte ik om een vuur te stoken. Ik las uitleg over mijn opdracht: elke minuut van de dag én de nacht bedacht zijn op een onverwachte aanval, op dodelijk gevaar. Verder hoefde ik alleen maar te lopen. Aanwijzingen te volgen. Dat klinkt eenvoudig, maar dat is het niet. Het heeft me een halve dag gekost de zesde in een boom gekerfde schorpioen te vinden, waarvoor ik een steile helling moest beklimmen. Als ik me niet vergis, was het dezelfde helling die ik een dag eerder moest afdalen. Ik doorkruiste riviertjes, glibberde weg op natte grond en weet nooit of ik de juiste kant op ga; intussen ben ik er wel achter dat de moeilijkste route de meest waarschijnlijke is. De zwaarte van deze test mocht ik niet onderschatten; niet elke kandidaat voor mij had de tocht overleefd, al had die in eerste instantie de uitstraling van een padvinderuitje. Er stonden foto's bij van twee mij onbekende vrouwen. Hoekige, onaantrekkelijke types. Misschien hadden ze ze daarom wel expres laten falen.

Ik wil door mijn haren strijken, maar ik kom er niet doorheen, het is weerbarstig als nat stro. Een douche zou welkom zijn en dan liefst heel heet. Ik heb mezelf een paar keer gewassen in stromend, ijskoud water, nadat ik er met mijn achterste boven had gehangen om mijn behoefte te doen, maar schoon voel ik me allang niet meer.

In het flakkerende licht van het vuur herlees ik de informatie over Zimbabwe. Een land dat in mijn beleving jaren uit de schijnwerpers wist te blijven. Rwanda kampte nog met de naweeën van de burgeroorlog, net als Congo. Bij corruptie dacht ik aan Nigeria, aan Mali. Aan Kenia, waar het ook bij tijd en wijle broeit. Maar Zimbabwe? De blanke boeren zijn er verdreven en het is er rustig, meende ik, al weigert Mugabe zijn macht af te staan. Maar niets blijkt minder waar. Een vrijwel failliete economie, waar de rijken hun fortuin vergroten dankzij een bloeiende handel in zogenaamde bloeddiamanten, en tegenstanders van Mugabe voeren een verbeten strijd voor de vrijheid. Er worden mooie verhalen de wereld in gestuurd over stabiliteit dankzij de Amerikaanse dollar en politieke rust, maar als het al een waarheid is, geldt die niet voor het arme deel van de bevolking. Mensenrechtenschendingen in de diamantvelden. Vluchtelingenkampen. Afgeslachte mijnwerkers. Horrorverhalen die ik niet kende, maar als ik word toegelaten tot Alecs elitekorps zal ik ermee te maken krijgen; ze hebben me dit niet gegeven als ontspannende lectuur voor het slapengaan.

Ik constateer dat ik alles redelijk goed heb onthouden en gooi nog wat papier in het vuur, dat meteen hoog oplaait.

Laat het niet te lang meer duren, smeek ik in gedachten; ik voel me eenzaam, opgejaagd, elke dag iets minder mens, iets meer beest. Ik heb nu toch wel genoeg tests doorstaan? Naast mijn reguliere recherchewerk heb ik een zware commandotraining afgewerkt, allerlei wapens leren gebruiken en 's avonds aan mijn conditie en vechttechnieken moeten werken. De ene avond twintig kilometer hardlopen, een volgende nam ik het op tegen veteranen. Marionetten van Saligia. Af en toe mocht ik me uitleven in mijn eigen sport, jiujitsu. Het is uiterst bevredigend dat nu zelfs de sportinstructeur van ons korps het onderspit delft, terwijl ik maanden geleden binnen enkele seconden in een wurggreep lag en moest afkloppen. Hij was stomverbaasd over mijn vooruitgang, ik was er alleen maar blij mee. De zwakke tijden zijn voorgoed voorbij, al ligt alles nog zo vers in mijn geheugen, dat ik de geur ervan nog kan ruiken. De geur van angst, woede en wraaklust.

Maar nu wil ik verdomme fatsoenlijk eten. En ik wil echt aan het werk. Alles liever dan dat ik mijn tijd hier verspil tussen rottend groen waar ik jeuk van krijg. Alles liever dan gedachten die afdwalen naar Nick, en zeker alles liever dan denken aan dat andere kind. Het kind dat ik moedwillig kwijtraakte, dat ik zelfs geen naam wilde geven. Niet aan denken nu. Ik moet me concentreren, in het moment blijven, ik ben sterk, gewapend en perfect in balans. Zelfs in het verlies.

Net als ik overweeg het vuur te doven en nog wat te bewegen voor de kou toeslaat, hoor ik een geluid dat ik herken: een magazijn dat in een pistool wordt geladen en daarna wordt doorgeladen. Adrenaline jaagt het bloed door mijn aderen als ik me geconcentreerd in de richting beweeg van het geluid, mijn 9mm-Glock op scherp. Op een romantisch etentje voor twee hoef ik kennelijk niet te rekenen. Dat weet ik zeker als er even later een kogel langs mijn oor fluit en vlak naast me inslaat in een boom. Fuck! Het lef! 'Kom maar op, schoft,' roep ik tegen de duisternis. Vogels fladderen krijsend op. 'Ik lust je rauwer dan mijn haas.'

2

Nadat ik me roekeloos liet gaan, heb ik me met een snoekduik op de grond geworpen om op mijn knieën en ellebogen weg te tijgeren. Ik trok me terug in dichtbegroeid bosschage, mezelf vervloekend om mijn ondoordachte uitbarsting. Daarna besloot ik de aanval in te zetten. Bij gebrek aan een zwarte muts smeerde ik mijn haar en gezicht in met modder en vervolgens wachtte ik tot ik gefocust genoeg was om mijn missie kans van slagen te geven.

En nu beweeg ik me geruisloos in de richting vanwaar de kogel werd afgevuurd. In een omtrekkende beweging sluip ik naar mijn belager toe. Hij wist me met een pistoolschot te bereiken, dus kan hij niet ver weg zijn en ik denk dat ik weet waar hij zich schuilhoudt. Eén keer raap ik een kei van de grond om die naar de plek te gooien waar hij heeft geschoten, in de hoop dat hij ervan uitgaat dat ik me daar mokkend en grommend nog steeds bevind. Een afleidingsmanoeuvre, zo onsubtiel en gedateerd, dat ik hoop dat hij die niet van me verwacht.

Alles om me heen verdwijnt steeds dieper in het grijs en ik voel me kwetsbaar in de stilte van de avond, hoewel dat voor de ander net zo goed moet gelden, tenzij deze marionet beschikt over een nachtkijker of andere apparatuur om mij mee op achterstand te zetten. Maar dan had ik allang uitgeschakeld kunnen worden en dat zou geen eerlijke strijd zijn. Dat moet hun eer te na zijn, het zou Saligia reduceren tot een misselijke grap. Ik heb het koud; de herinnering aan zomerwarmte is zo ver weggestopt in mijn geheugen dat ik me niet kan heugen de zon ooit op mijn huid te hebben gevoeld.

Na iedere kleine vordering in mijn sluipgang wacht ik even, onbeweeglijk, mijn wapen op scherp, mijn oren gespitst. Ik doe mijn uiterste best op te gaan in mijn omgeving, me aan te passen aan de wetten van de natuur. Mijn spieren zijn gespannen, en in stilte hits ik de marionet op: Kom dan, angsthaas. Een tweede schot blijft uit en ik vraag me af of het zijn enige doel was mij uit te dagen.

Mijn collega's weten niet beter dan dat ik een paar dagen vakantie vier. 'Je hebt het verdiend,' zeiden ze. Ik herinner me dat ze afgelopen voorjaar precies hetzelfde zeiden en toen gelijk hadden. We hadden een eenvoudige moordzaak opgelost, maar wel met een jeugdig slachtoffer. Van Nicks leeftijd. 'Misschien ben je toch iets te snel weer begonnen,' meende Boet. Lombaert, mijn chef. Mijn zieke chef, moet ik zeggen... Maar nu ben ik eigenlijk alleen maar moe van het wachten. Ik ben ongeduldig. Het kostte volgens Alec voorbereiding en ik moest rustig afwachten, ik zou het nog druk genoeg krijgen...

Plotseling zie ik zijn gestalte, gevaarlijk dichtbij, schuin voor me. Een stevige man, in camouflagekleding, deels verscholen achter de stam van een oude spar met vanaf kniehoogte wijdverspreide takken. Terwijl de lucht om me heen lijkt te trillen van spanning en ik niets anders meer hoor dan het suizen van mijn eigen bloed, kijk ik langs de korte loop van mijn pistool. Ik zou hem neer kunnen schieten. Een kogel door zijn hoofd jagen. Maar ik wil weten wie hij is. Ik haal een paar keer diep adem, richt mijn wapen en schiet. In een sprint overbrug ik de meters tussen ons in en de echo van zijn pijnkreet klinkt nog na als ik hem met een trap tegen zijn heup aan het wankelen breng, waarna ik met mijn gestrekte arm een stoot geef tegen zijn bloedende hand. Hij valt kreunend opzij. Ik pak zijn wapen, fouilleer hem en neem afstand, zodat hij me niet kan verrassen met een uithaal.

'Ben je alleen hier?' sis ik. Als hij niet antwoordt, herhaal ik mijn vraag met het pistool op zijn hoofd gericht.

'Ja,' zegt hij. Ik vraag hem hoe hij heet en hoe hij hier terecht is gekomen.

'Joseph,' zegt hij, 'ik zat bij je in de auto die je hier dropte.'

'Ben jij degene met die koude, eeltige handen?'

'Ik heb je het bos in begeleid, daarna moest ik me weer bij de auto melden. Saligia heeft me ingehuurd…'

'Wie, zeg je?'

'Saligia.'

'En verder? Ze hebben je ingehuurd om, wat, om mij uit te schakelen?'

'Ja.'

Ik heb hem nooit eerder gezien. Hij praat gebrekkig Engels met een zwaar Russisch accent. Alec beloofde me een kennismaking met de leden van de organisatie als ik word toegelaten. Moet dit een lid zijn? Heel even ben ik teleurgesteld en dan besef ik pas dat hij na het noemen van Saligia zei dat hij mij moet doden. Heeft Alec ermee ingestemd een moordenaar op mij af te sturen? Ik verwens mijn fransoos, hoop dat hij tergend langzaam een pijnlijke dood zal sterven. Dit ga ik hem betaald zetten. De man probeert op te krabbelen, betast vloekend zijn gewonde hand. 'Het is maar een vleeswond,' zeg ik, 'je overleeft het wel.' Hij kan er niet om lachen. Integendeel. Ik zie geen sprankje sympathie in zijn ijskoude ogen. En ik besef dat het hem geen enkele moeite kost iemand te liquideren.

Mij wel?

De verdomde Rus.

'Wil je nog iets zeggen?' vraag ik.

Hij zwijgt.

Een fractie van een seconde aarzel ik, maar dan verschijnt de grijnzende lach van Brezinger op mijn netvlies. Ik zet een stap opzij en ik schiet. Eén kogel, vlak achter zijn oor, hij is op slag dood. Ik had hem anders kunnen uitschakelen. Met een elleboog-stoot in zijn strottenhoofd. Of een doodschop tegen zijn schedel. Maar het 9mm-pistool heeft mijn handtekening en ik wil er geen enkele twijfel over laten bestaan wie deze man heeft uitgeschakeld.

Ik doorzoek zijn kleren en tas en vind twee zendertjes, dus elders zal nu iemand ook wel weten wat er hier is gebeurd. Een moment overweeg ik een trofee mee te nemen. Ik pak mijn zakmes, dat scherp genoeg is om door pezen te glijden en botten te snijden, maar bij nader inzien zie ik ervan af. Het is een klus die me weinig genoegen zal opleveren omdat ik hem amper ken en bovendien geen idee heb wanneer ik deze rimboe kan verlaten. Zijn lichaam verberg ik tussen de struiken zonder daar al te veel moeite voor te doen. Daar zullen anderen wel voor zorgen.

Eigenlijk had ik hem nog moeten vragen of hij de naam Saligia expres noemde om daarmee het tekenen van zijn doodvonnis kracht bij te zetten.

3

In de kille ochtendmist pakken Assia Bingandadi en haar man de laatste tassen in een met plakband bijeengehouden stationcar die het moet volhouden tot hun bestemming: Chimoio, net over de grens met Mozambique. Wat als de auto het onderweg begeeft, of als ze geen benzine kunnen kopen? Hun Belgische weldoener heeft gezegd dat alles wordt geregeld voor de reis. Ze moeten de man met diamanten in zijn gouden horloge vertrouwen, zei Itai, maar ze wantrouwt zijn blanke laag charme. Kunnen ze de grens probleemloos over? Ze zouden toch vanaf Harares Charles Prince Airport vliegen, waarom kan dat nu ineens niet meer? Itai wist het ook niet en hij reageerde nors toen ze ernaar bleef vragen.

Ze strijkt met trillende vingers over het gladde hout van de doodskist, ingeklemd tussen tassen met voedsel en kleding. Soms kan ze nog amper bevatten dat Ian James er niet meer is.

De kist is verzegeld. Op felgele tape staat met grote letters WARNING gedrukt, kleinere letters verduidelijken dat het gaat om het gevaar van besmetting. Voorzichtig laat ze de achterklep dichtvallen.

Ruben zit mokkend achter in de auto, hij begrijpt niet waarom ze weggaan. 'Een reisje,' zegt ze, om hem gerust te stellen. Haar jongste – énige, moet ze nu zeggen – heeft gisteren op school een Schotse dans geoefend en begrijpt niet waarom hij vandaag niet meer kan meedoen. Ze heeft hem nog niet verteld dat ze het land verlaten, bang als ze is dat het alsnog niet door zal gaan, of misschien hoopt ze daar ergens wel op. Hoe moet ze Ruben vertellen dat hij ginds niet op blote voeten in de tuin naar insecten kan zoeken, dat het daar te koud voor is? Dat er niet wordt gekookt boven een open vuurtje?

Assia piekert, terwijl de auto zwarte rook uithoest en moeizaam in beweging komt. Ze wilde haar oudste zoon begraven op een kerkhof in een uithoek van hun eigen stad, al moesten ze daar een ambtenaar voor omkopen. Maar volgens Itai zijn de kerkhoven overvol en hij vond het een godsgeschenk dat ze boven al het andere ook Ian James mogen meenemen naar het Westen om hem daar een plek te geven die ze zelf mogen uitzoeken.

'Je wilt toch ook een waardige laatste rustplek voor hem?' vroeg hij.

Natuurlijk. En ze wil ook haar jongste zoon Ruben een voorspoedige nieuwe toekomst bieden, ze gunt hem de wereld, haar leven. Ze denkt aan wat haar man heeft gezegd toen hun oudste was gestorven: ze weten wel hoe ze moeten sterven, hier, in het prachtige Zimbabwe. Het is een kunst die ze beheersen als geen ander. Ze lopen met de dood aan hun zijde; ze moeten wel. De doden vallen in eenzelfde tempo als de machtige jacarandaboom in de hete novembermaand zijn purperen bloesems laat vallen. Haar oudste zoon werd van haar weggenomen. Terwijl ze probeerde zich te schikken in het onvermijdelijke, bad ze en hoopte ze dat hij in zijn laatste uren opgetild zou worden door de geruststellende, warme hand van God, dat Hij zijn ziel zou verwelkomen. Ze weten hier hoe ze moeten sterven, zei Itai. Maar niets is minder waar. Ian James stierf met een wilde blik in zijn uitpuilende ogen en speeksel in de mondhoeken tot hij zijn laatste, rochelende adem uitblies. Zijn strijd bleef ook na zijn dood huiveringwekkend duidelijk zichtbaar. Zijn vingers zagen er verkrampt uit, als de klauwen van een visarend, en zijn mond was opengesperd, alsof hij uit alle macht nog een poging had gedaan opnieuw in te ademen. Haar hart was in duizend stukken uiteengevallen.

'Wat lig je te woelen,' knorde Itai vannacht naast haar. Ze rook zijn zweetlucht. Het was vochtig heet in de bescheiden slaapkamer met de verroeste airco die niet functioneert. 'Ga maar slapen,' zei ze met hese stem, al wist ze dat ook hij wakker zou blijven liggen. Door een onverwacht, hard geluid schoot hij rechtop in bed, ze zag zijn borstkas zwaar op- en neergaan. 'Ze worden steeds brutaler,' zei hij. 'Ik ga eruit, ik slaap toch niet meer. Kom. Er wacht ons een beter leven. Laten we opschieten en weggaan, al het verdriet en de pijn hier achterlaten.'

Onder de dwingende blik van Mugabe, die haar met gebalde vuist vanaf verkiezingsplakkaten op kapotte straatlantaarns lijkt te willen domineren, rijden ze de stad uit. Itai manoeuvreert de auto tussen de *pot-holes*: door de vele plassen schieten de wielen soms onverwacht in kuilen, die zo diep zijn dat ze vreest dat de auto doormidden zal breken. Hoort ze de kist achterin schuiven?

'Daar wordt nog steeds gemarteld,' zegt Itai. 'Ik hoorde gisteren weer over een incident.' Hij wijst naar een pand tegenover het State House. 'Een officieel regeringsgebouw, maar aan de achterkant is een *kugomba*, een hol, een betonnen gat, gevuld met een bijtende alkalische oplossing, daar gooien ze lichamen in. Levend, werd gezegd. Dan brand je langzaam weg, tot je sterft.'

Ze begrijpt dat hij weg wil en waarom hij vindt dat ze de hand van de Belgische diamantair moet kussen. Ze zucht. Hoe laat ze haar pijn achter? Ze dacht dat haar liefde voor hem groot genoeg was om hem blindelings te volgen, maar de liefde heeft plaatsgemaakt voor angst. Er glijdt een traan langs haar wang. Itai stelt haar gerust met woorden die ze ondanks alles wil geloven, die ze koestert, en het stoort haar niet eens dat zijn tong struikelt over een klank van het Shona die hij als Ndebele niet kan uitspreken. Dat zal wel nooit veranderen, ze praten in het belang van hun kinderen steeds vaker Engels met elkaar. Kind. Enkelvoud. 'Nog even volhouden en dan hoef je geen tranen meer te verspillen aan ons land,' zegt Itai.

Alsof ze daarvoor nog tranen over zou hebben.

4

Om stipt tien voor vijf sta ik voor de etalage van Salomons Diamonds aan de Lange Herentalsestraat in Antwerpen. Vanuit een ooghoek zie ik de bolide met de geblindeerde ramen, maar zonder teken van herkenning open ik de winkeldeur. Alsof ik nog twijfel of ik hier naar binnen zal gaan, laat ik mijn blik zoekend rondgaan, maar intussen neem ik de ruimte pijlsnel in me op en constateer dat er niets is veranderd. Kersenhout gecombineerd met zwart natuurstenen meubilair laat de juwelen intens flonkeren, iets wat op de foto's minder tot de verbeelding sprak. Op de toonbank is toch iets veranderd, er staat een display met kaartjes. Ik sluit de winkeldeur achter me en dan sta ik oog in oog met miljonair Baruch Salomons. De man van wie ik alleen de ziel nog moet doorgronden, omdat ik verder bijna alles van hem weet. Hoe hij op zaterdagochtend met een speciale trimmer zijn neusharen knipt en hoe uiterst zorgvuldig hij zijn nagels vijlt. Dat hij gruwt van veters in visgraatmotief in de Italiaanse schoenen die voor hem op maat worden gemaakt, veters horen loodrecht van gaatje naar gaatje te lopen. Ik kijk in de donkere ogen van een man die op zondagochtend in de jacuzzi geniet van een glas champagne, die bij het vrijen absoluut geen onderdanige rol wil spelen en die de dood van ontelbare mijnwerkers op zijn geweten heeft. Door zijn illegale handel in bloeddiamanten is Salomons mede-verantwoordelijk voor de wantoestanden in Zimbabwe, maar daarin is hij niet de enige; Saligia wil hem om een andere, urgen-tere reden van het toneel: Salomons staat op de nominatie de rech-terhand van Mugabe te worden, een van de gevaarlijkste dictators ter wereld.

Ik besef dat zijn geur klopt met wat ik me had voorgesteld: een aroma van gevaarlijke charme en duistere aantrekkingskracht.

'Het is me een waar genoegen u hier te mogen verwelkomen,' zegt hij, lichtjes buigend, zijn hoofd een beetje schuin. Hij pro-beert mijn waarde in te schatten, denk ik. Of ik de moeite van het overwerken wel waard ben. 'Ik wilde net gaan afsluiten en hope-lijk neemt u het mij niet kwalijk dat ik mezelf op dit moment een gelukkig man prijs dat het alleen nog maar een gedachte was. Waarmee kan ik u van dienst zijn?'

Zijn ogen glijden van mijn kunstig opgestoken haar en crème-kleurige chanelpakje naar mijn in panty gestoken benen en hoog-gehakte pumps. Ik heb mijn leren laarzen tijdelijk ingeruild. Laarzen passen bij mij, bij Jessy, maar niet bij een succesvolle zakenvrouw, genaamd Jenny de Koningh, die haar bedrijfsresul-taat van anderhalf miljoen euro wil vieren met een passend ca-deautje. Jenny is nouveau riche.

'Een briolet geslepen zwarte diamant,' zeg ik, met opzet niet kiezend voor een diamantsoort die in Zimbabwe wordt gevonden.

Salomons kijkt me verrast aan. 'Ah, de dame heeft smaak,' zegt hij, terwijl ik hem een vilten zakje opzij zie schuiven, zo klein dat het past in de palm van zijn hand. Het verdwijnt achter de dis-play. 'Een ogenblik, ik zal u wat moois laten zien.' Vervolgens opent hij enkele laden van de kast achter zich. Met gepaste desin-teresse, alsof ik niet meteen verwacht hier het exclusieve te vinden dat ik zoek, bekijk ik een collectie armbanden in een ronddraai-ende vitrinekast. De hoeveelheid schitterende juwelen is overdonderend, al heb ik weinig op met blingbling om rijkdom te etaleren. Tot voor kort had ik weinig meer dan een horloge – een 18-karaats Breitling met saffier glas, dat dan weer wel – maar mijn vader is aan het uitdelen geslagen en nu heb ik bijna een kluis nodig. Niet dat ik nu als een versierde kerstboom rondloop, het enige wat ik wel eens draag is een ketting, met daaraan een gouden kruisje dat mijn vader ooit heeft laten maken van mijn moeders trouwring. Ik denk nog steeds niet graag terug aan haar dood, net zomin als ik me de zware, deprimerende fases van haar leven wil herinneren, maar ik heb dankzij Alec afgeleerd het weg te stoppen. Het maakt deel uit van mijn leven en soms kan ik er zelfs vrede mee hebben, tevreden zijn met de rol die ik in haar leven – en bij haar dood – speelde.

'Carbonado, zeer bijzonder,' zegt Salomons met een goedkeurend knikje, 'sterker dan alle andere diamantsoorten.' Hij spreidt enkele exemplaren voor me tentoon op een fluwelen blad. Op het moment dat hij wijst naar een witte ring waarin een vijftal zwarte diamanten zijn verwerkt, en zijn mond opendoet, waarschijnlijk om iets te zeggen over de exclusieve kwaliteit ervan, zwaait de winkeldeur open. Er stormt een man binnen, in het zwart gekleed, zijn gezicht gemaskeerd door een bivakmuts, een pistool in zijn hand. Op de wandklok zie ik dat het vijf voor vijf is. Hij is precies op tijd.

'Liggen,' commandeert hij, en voor ik iets kan zeggen of doen, trapt hij me genadeloos hard in mijn zij. Ik slaak een kreet, klap voorover van de pijn en verlies mijn evenwicht. In mijn val stoot ik mijn heup tegen de punt van een natuurstenen salontafeltje. Een iets minder stevige dreun was overtuigend genoeg geweest, bedenk ik, terwijl ik geconcentreerd in- en uitadem om mijn lichaam weer onder controle te krijgen. Mijn aandacht voor wat er naast me gebeurt, verslapt intussen geen moment. De overvaller heeft de camera boven de winkeldeur uitgeschakeld met één schot dat amper te horen was dankzij een geluiddemper. Nu houdt hij zijn wapen op Salomons gericht. Ik weet dat er een alarm aanwezig is en dat de knop om het in te schakelen achter de toonbank zit, vlak onder de kassa. De diamantair staat er ver genoeg vanaf, maar zijn blik in die richting is me niet ontgaan en nu zie ik dat hij zich langzaam die kant op manoeuvreert.

'Inpakken, nu!' De overvaller schuift Salomons een stoffen zak toe. 'Schiet op! En blijf bij die kassa vandaan!'

Mijn pijn verbijtend schop ik mijn pumps uit en beweeg me onopvallend in de richting van de overvaller, die zijn aandacht onverminderd op de diamantair richt.

De act die de overvaller en ik opvoeren, hebben we tot in detail gerepeteerd, alleen zonder daadwerkelijk klappen uit te delen. Ik ken zijn naam niet en hij de mijne evenmin, maar ik weet dat hij zijn ogen nu expres niet van Salomons afhoudt, zodat hij mijn aanval niet ziet aankomen. Salomons zal concluderen dat de overvaller mij als uitgeschakeld beschouwt en waarom ook niet: ik hoor nu in een hoekje te jammeren van de pijn.

Met een grimmig genoegen stort ik me op de man in het zwart. Hij heeft mij niet gespaard, dus ik betaal hem met gelijke munt terug. Ik sla het wapen uit zijn hand en duw zijn hoofd met kracht tegen de toonbank en dan tegen een glazen vitrine, die met een hels kabaal op de vloer aan gruzelementen valt. Hij probeert zijn evenwicht te hervinden en op te staan. In een vloeiende beweging draai ik een kwartslag en geef hem een trap tegen zijn nek. Zijn ogen draaien weg, hij zakt in elkaar en blijft roerloos liggen. Mijn haar is losgeschoten en even voel ik me weer mezelf, met de triomf van een overwinning. Het moest er overtuigend uitzien en dat is meer dan gelukt. Ik voel me sterk, nu ik weet wat mijn missie is. Mijn levensdoel.

Salomons knielt neer bij de overvaller en trekt de bivakmuts van zijn hoofd. In de ogenblikken dat de diamantair vervolgens zijn vingers tegen de hals van de man drukt en het wapen veiligstelt, gris ik het vilten zakje van de grond, dat tegelijk met de display is gevallen. Ik stop het snel weg.

'Dat heeft u deskundig opgelost,' zegt Salomons. 'In één klap knock-out, maar zijn hartslag is stabiel.' Hij kijkt me aan, met een typisch trekje rond zijn mond. Datzelfde trekje zag ik vanmorgen ook bij hem, toen hij aan het ontbijt zat met zijn vriendin.

5

De eerste avond in mijn undercoverflat heb ik mijn toetreding tot Saligia gevierd met een fles whisky, en het glas geheven naar mijn beeldscherm, waarop ik Baruch en Halina zwijgend aan tafel zag zitten, met op de achtergrond een Picasso. Een echte, tenminste, dat denk ik, omdat Baruch Salomons niet het type is voor replica's. Ze leken niet te genieten van hun gegrilde gamba's op een bedje van bieslook-citroenrisotto. 'Proost,' zei ik tegen het scherm, 'op een schitterend leven.' Bij gebrek aan coke had ik een sterke behoefte dronken te worden, maar ik wist me te beheersen.

In de voorbije weekenden heb ik ze geobserveerd. Pratend, slapend, vrijend, ruziemakend, in uitgelaten maar ook in ronduit vijandige stemming. De afgelopen nacht en ochtend bespiedde ik ze voor het laatst, althans, samen. Als ze hadden geweten dat het hun afscheid was, zouden ze er dan nog een laatste vrijpartij tegenaan hebben gegooid? Ik vroeg me af hoe het zou voelen, of het een soort desperate emotie zou opwekken, zo een die alles intenser maakt.

Geavanceerde afluistertechnieken boden de illusie dat ik tijdens mijn observaties bij ze in het luxeappartement was. In werkelijkheid zat ik op die momenten in een flatje aan de overkant van de straat met een koptelefoon op naar een beeldscherm te staren. Het penthouse boven zijn appartement is ook van hem, en soms zag ik er een zwart silhouet als ik door een kier in de gordijnen loerde. Verder is het gloednieuwe appartementencomplex trouwens onbewoond, ik vermoed dat de huur- of koopprijzen zo hoog zijn dat zelfs de rijken wegblijven, maar volgens Alec is het hele gebouw van Baruch en vindt hij het aangenaam rustig zo.

'Wat vervelend dat je moet werken,' hoorde ik Halina zeggen, terwijl ze jus d'orange inschonk. Waarop Baruch zei: 'Er arriveert vandaag een zending uit het buitenland.'

Toen ik voor het eerst een foto zag van Salomons' vriendin, deed ze me denken aan een Zweedse; een koele, lichte huid, helderblauwe ogen en hoogblond haar. Ik herkende haar niet van tv, maar dat ligt aan mij; ik kijk nooit tv. Ze heeft een nieuwsprogramma in de ochtend gehad en trad regelmatig op als presentatrice bij galafeesten met een hoog gehalte aan Bekende Nederlanders. Ze komt oorspronkelijk uit Noord-Holland, ze heeft een etage in een grachtenpand in Amsterdam.

'Ik heb een kostuum voor je gezien dat je geweldig zal staan,' zei Halina. 'Antraciet, met een subtiel krijtstreepje, doet werkelijk niet onder voor maatwerk. En ik dacht dat we dan daarna samen een hapje konden eten.'

'Dat kunnen we evengoed, ik sluit om vijf uur af.'

'Ik zie je bijna niet meer,' zei Halina kortaf. 'Als je zo vaak weg bent, ga ik maar weer eens in op een aanbod.'

'Dan moeten ze wel eerst bellen.' Baruch reageerde met dat typische trekje bij zijn mondhoek; geamuseerd, met een zweem van cynisme.

Halina stond abrupt op, ze oogde zwaar gepikeerd. 'Je zult verbaasd staan hoe snel ze toehappen als ik hier en daar een balletje opgooi.'

Mijn aandacht verslapte omdat ik net een sigaret opstak, maar toen ik weer naar het scherm keek, zag ik Halina naar buiten komen, met driftige passen weglopen. 'Goed zo, dame,' mompelde ik. 'Met ruzie uit elkaar, meesterlijk, ik had het niet mooier kunnen verzinnen.'

De herinnering aan Baruch en zijn typische trekje flitst door mijn hoofd terwijl ik mijn iPhone tevoorschijn haal en hem zeg dat ik de politie zal bellen. Salomons vindt dat niet nodig.

'Ik heb een van mijn medewerkers gealarmeerd, hij is onderweg en zal het nodige regelen. Tenzij u graag de rest van de dag in een stoffig kantoor wilt wachten tot uw verklaring in drievoud is opgemaakt? Misschien met het risico op een bizarre aanklacht omdat u een overvaller heeft uitgeschakeld?'

'Als ik eerlijk ben,' zeg ik, 'heb ik daar niet echt behoefte aan, nee.' Zijn zoekende blik richting toonbank en de gevallen display ontgaat me niet. Ik ben dankbaar dat hij precies zo reageert als we hadden ingeschat. Het vilten zakje bevat een eerste selectie van een partij bloeddiamanten die hij moet keuren; hij wilde niet voor niets zelf in de winkel zijn en het laatste waar hij trek in heeft, is politie in zijn zaak.

'Ik kan het nog amper geloven,' zegt hij, terwijl hij de bij bewustzijn komende overvaller onder schot houdt, 'dat u… ik bedoel, die techniek, en die voortvarendheid. Als een geoefende commando!'

'De jiujitsutechniek komt uit de sportschool,' antwoord ik, en ik accepteer zijn ondersteunende arm als ik in mijn pumps stap, 'en de doeltreffendheid heb ik overgehouden aan twee missies in Afghanistan.'

'U? Een beroepsmilitair?'

'Ex,' antwoord ik. 'Maar mijn aversie tegen onrecht is niet tegelijkertijd met de medailles achter in de kast geschoven.'

'En daarmee heeft u vandaag mijn leven gered,' zegt hij. Hij loopt achter de toonbank langs, raapt de display op, en kijkt met gefronste wenkbrauwen om zich heen. 'Mag ik u een kop koffie aanbieden?' vraagt hij dan.

Ik fatsoeneer mijn rok en trek het jasje recht. 'Eerlijk gezegd ben ik toe aan iets sterkers. Wat denkt u van whisky?'

Zijn ogen lichten op. 'Dat is een nog veel beter idee. Bent u een liefhebber?'

'Van Dalwhinnie, van minstens twintig jaar oud.'

Hij steekt zijn hand uitnodigend naar me uit. 'Baruch Salomons.'

'Jenny de Koningh. Een bijzonder genoegen kennis met je te maken.' Ik haal het vilten zakje uit mijn jasje tevoorschijn. 'Deze viel toen ik de overvaller tegen de toonbank sloeg. Ik neem aan dat er iets kostbaars in zit. Toevallig geen mooie zwarte diamant?' Ik overhandig hem het kostbare en ongetwijfeld illegale handeltje. Terwijl hij het zakje van me aanneemt, kijkt hij me blij verrast aan, maar dan boren zijn donkere haviksogen zich in de mijne. Een fractie van een seconde vrees ik dat hij dwars door me heen kijkt, ik weet het nu zeker: met deze man valt niet te spotten. Maar dan lacht hij en weet ik ook dat ik zijn vertrouwen heb gewonnen.

'Dank je,' zegt hij. 'Geen zwarte, nee, maar ik ga de mooiste uit mijn collectie uitzoeken en iets prachtigs voor je maken. Dat is het minste wat ik terug kan doen.' Hij geeft het wapen af aan zijn zojuist gearriveerde medewerker. 'Ik heb je trouwens nog geen excuses aangeboden voor dit afschuwelijke incident, wat onbeleefd van me.' Hij laat me voorgaan, de winkel uit. 'Heb je geen jas?'

'In mijn auto, die staat vlakbij.' We kunnen met mijn auto gaan, stel ik voor, en hij vraagt of ik geen dokter nodig heb. 'Een whisky zal de pijn voldoende verzachten,' antwoord ik.

Glimlachend draait hij de deur op slot. 'Dalwhinnie, hmm, lieflijk en stijlvol, maar niettemin met een sterk karakter,' zegt hij. 'Waarom verbaast me dat nou niets?'

6

Halina Kovack is een zondagskind, althans, zo noemde haar vader haar vroeger vaak. Dat ze het geluk aan haar kant lijkt te hebben is geenszins vanzelfsprekend met Poolse grootouders die de Holocaust ternauwernood overleefden. Maar hun zoon, haar vader, gunde haar de onbezorgde jeugd die hij zelf had gemist en praatte er niet over. Hij schreef het op en dat resulteerde in een aangrijpend boek dat matig werd verkocht omdat hij weigerde in de spotlights te staan. Ze las het toen haar ster in omroepland rijzende was en ze drong erop aan dat hij zou ingaan op uitnodigingen voor lezingen en talkshows. Hij weigerde. 'De woorden moeten het doen, lieve Lientje, ik wil geen status en rijkdom over andermans rug.' Ze achtte hem er hoog om en soms wenst ze dat ze hem dat had verteld voor hij stierf. Hoewel ze weet dat hij die woorden niet nodig had.

Nu danst ze door het leven op het ritme van succes. Ze prijst zichzelf gelukkig met haar gevulde bankrekening, al heeft ze de afgelopen jaren buitensporig geprofiteerd van het fortuin van de man van wie ze niet meer genoeg houdt om zijn dominantie en afwezigheid te verdragen. Ze zal haar werk weer oppakken en ze twijfelt niet of haar dat zal lukken, daarvoor heeft ze genoeg aanbiedingen afgeslagen.

Ze neemt amper de tijd de nieuwe wintercollecties van Prada en Gucci in de Antwerpse etalages te bekijken, hoewel ze zich had voorgenomen flink in te slaan. Maar ze voelt zich niet op haar gemak, in haar eentje, terwijl het daglicht plaatsmaakt voor het grijs van de avond. Een paar meter verderop ziet ze een pluchen beer op de grond vallen. De wielen van de kinderwagen ratelen in ras tempo door en ze ziet de wanhopige moeder al voor zich met een krijsend kind zonder knuffel. Nou en, denkt ze, maar dan raapt ze de beer alsnog op en haast ze zich om de kinderwagen in te halen. Als er omstanders waren die erop letten, zouden ze zich verbazen over de snelheid die ze weet te halen op haar stilettohakken. Maar iedereen lijkt zich alleen met zichzelf te bemoeien, waarschijnlijk om snel naar huis te komen in dit gure novemberweer, de schoenen uit te trekken en de voeten te warmen bij de haard.

Licht buiten adem klampt ze de moeder aan. 'Alstublieft,' zegt ze, 'wacht even.' De moeder reageert met een geïrriteerd terugtrekken van haar arm, tot ze ziet wat de vrouw die aan haar mouw trekt omhooghoudt. Ze bedankt voor het attente gebaar, negeert de verlangend uitgestrekte handjes van haar spruit en stopt de beer mopperend in haar tas. Beduusd kijkt Halina de moeder met kinderwagen na.

Vandaag of morgen zal ze Baruch verlaten. Ze zal niet terug kunnen naar haar Amsterdamse etage, ze moet een tijdje onderduiken om niet gevonden te worden door zijn eeuwig aanwezige schaduwen.

Hij zal het niet accepteren.

Ze heeft er genoeg van. Genoeg van hem en zijn dominante gedrag. Maar ze is bang voor zijn reactie, Baruch is het type dat zelf een einde maakt aan relaties en hij zal haar alle hoeken van de jacuzzi laten zien als ze aankondigt dat ze weggaat. Hij kent iedereen die ertoe doet, zijn macht en invloed overbruggen zelfs de landsgrenzen.

Ze weet te veel.

Even streelt ze de driekaraats princess-diamant van de ring om haar vinger. Toch even een winkel in, besluit ze, als ze een charmant mantelpakje in een etalage ziet hangen. Baruch zal zich afvragen wat ze de hele middag heeft uitgespookt. Terwijl ze zich in het pashokje in de rok wurmt, kijkt ze naar zichzelf in de spiegel. Waarom heeft ze zich eigenlijk al die tijd zo laten betuttelen? Alsof ze geen eigen leven meer heeft, sinds ze bij hem is. Ze checkt het dode zendertje in de rand van haar bh. Toen ze kwaad bij hem wegliep, vanmorgen, heeft ze het ding in een impulsieve reactie uitgeschakeld.

'De wereld weet dat ik rijk ben en ik vind het een geruststellend idee dat we je kunnen traceren, mocht je ooit worden gegijzeld.' Ze hoort het hem nog zeggen. Het klonk vriendelijk genoeg, maar ze proefde de noodzaak in zijn woorden en protesteerde niet toen hij haar een kast vol lingerie cadeau deed met verborgen zendertjes. Het was voor haar eigen veiligheid, dus waarom niet? Maar nu wil ze geen betutteling meer, die tijd is voorgoed voorbij.

Ze constateert dat de pasvorm van het pakje niets doet voor haar slanke figuur, het is veel te mannelijk van snit.

Op de hoek van de Korte Nieuwstraat twijfelt Halina of ze een taxi zal aanhouden of nog even richting Nieuwe Markt zal lopen, waar zich in de Zilversmidstraat recent een exclusieve schoenenzaak heeft gevestigd. Ze kijkt naar links, naar rechts, en wil oversteken als er een donkere auto met geblindeerde ramen voor haar stopt. Het achterportier gaat open en een aantrekkelijke man stapt uit. Haar type: donker, met een vierkante kaaklijn en helderblauwe ogen. Hij glimlacht.

Ze denkt dat hij de weg wil vragen of een soortgelijke smoes zal gebruiken om met haar te flirten. Het zou niet voor het eerst zijn. Maar ze krijgt geen tijd zich daarover te amuseren, ineens klemt zijn hand zich als een bankschroef om haar arm en dan duwt hij haar de auto in. Ze is overdonderd en voor ze haar knie in zijn kruis kan rammen, belandt ze met een doffe klap op de achterbank, waar een andere man haar onmiddellijk in een wurgende greep heeft, zodat haar schreeuw in een nietszeggend gepiep blijft steken. Baruchs schaduwen? Nee, die kent ze, en deze mannen heeft ze nog nooit gezien, zeker die ene met zijn mooie lach niet, die nu naast haar schuift. Ze krijgt geen adem, raakt in paniek en vreest dat haar laatste minuut is ingegaan. Het portier gaat dicht en de auto zoeft weg, al is Halina zich daar amper van bewust. Voor haar ogen dansen felle sterretjes in het zwart en net als ze zichzelf voelt wegglijden in een duistere leegte, laat de man haar los. Ze kokhalst haar weg terug naar het hier en nu.

'Niet zo aanstellen, dame,' zegt de mooie man, en dan krijgt ze iets op haar schoot geworpen. Een schrijfblok. 'En hier, een pen.' Hij legt een zilverkleurige ballpoint op het blok. 'Kijk niet zo verbaasd, je bent toch niet zo blond als je eruitziet? Pen en papier, samen zeer geschikt voor een afscheidsbriefje aan je geliefde Baruch. Als het kan met gevoel en overtuiging.'

Dit is toch zeker een grap!

'Een... een afscheidsbrief?' Ze schraapt haar keel, wrijft over haar pijnlijke hals.

'Ben je doof, schat?' Hij pakt de pen op en drukt die in haar hand. 'Hier, ik zal je helpen. Een originele opening: Lieve Baruch.' Als ze niets doet, klinkt zijn stem ongeduldig, bijtend. 'Nou, komt er nog wat van? Schrijf!'

Ze schrijft. Met trillende vingers.

'Zet er maar in dat het je spijt, maar dat je het leven niet meer ziet zitten, niet met hem, niet met wie dan ook. Laat er je wanhoop in doorklinken, zodat hij medelijden met je krijgt en je de rust gunt die je verdient. Of hij is blij dat hij van je af is.' Hij tikt op het papier. 'Het liefst vandaag. Ben je in alles zo lekker traag?' vraagt hij, terwijl hij naar haar knipoogt.

Baruch zal dit nooit geloven. Toch?

Een afscheidsbrief. Ze huivert. De dood beroert haar met een kille bries in haar nek. De man aan haar linkerkant, die nog geen woord heeft gezegd, raakt zichtbaar geïrriteerd als ze iets zegt over Baruchs invloedrijke vrienden. Hij snauwt dat ze zich gedeisd moet houden en als ze hem smeekt haar geen pijn te doen krijgt ze tape over haar mond geplakt. En daarna ook over haar ogen.

Als de tape eindelijk van haar ogen wordt gerukt, moet ze wennen aan het licht. Een van haar kunstwimpers is verdwenen, maar ze heeft geen aandacht voor uiterlijke onvolkomenheden of wat voor lichamelijke ongemakken dan ook, terwijl haar handen aan de leuningen van een stoel worden gekneveld. Ze laat haar blik vol verbazing rondgaan in de ruimte en haar hart mist een slag als ze beseft hoe afschuwelijk het is, dat... dat beeld dat naast haar staat, dat lijkt op een mens en toch ook weer niet. Als het tot haar doordringt wat het moet zijn, trekt alle kleur weg uit haar gezicht. Ze verslikt zich in haar eigen speeksel en tijdens het schietgebedje richting hemel, hoopt ze voor het eerst dat Baruchs schaduwen haar hebben gevolgd. En heeft ze spijt, gruwelijke spijt van haar impulsieve reactie van vanmorgen waarvan ze de triomf allang niet meer voelt.

7

Undercoverwerk betekent hoog spel spelen. Het geeft een onvoorstelbare kick en als een actie slaagt, bestaat er geen grotere voldoening, juist omdat het risico zo groot is. Ik heb in mijn carrière één keer een dubbelleven geleid om in een netwerk van mensensmokkel te infiltreren. Met redelijk succes, na afloop werden dertien mensen gearresteerd, van wie er zes werden veroordeeld, al kwamen ze er in mijn beleving met een te lage straf vanaf. Ik vond het evengoed jammer dat zich daarna geen volgende gelegenheid meer voordeed. Het is voornamelijk een mannenwereld en dat is mijn voorsprong. Nu ben ik blij dat ik me beperkt heb tot recherchewerk in en om Maastricht. Een lowprofilerechercheur, die graag solo opereert of met een klein team, soms met argusogen wordt gevolgd door een OvJ of collega, maar het zijn de resultaten die op mijn cv terechtkomen en die zijn meer dan goed. Misschien werkt het nu zelfs in mijn voordeel dat ik na de dood van mijn zoon een tijdje als een kluizenaar heb geleefd.

Alec heeft me in het flatje tegenover Salomons opgewacht voor de laatste instructies. Ik weet wat er van me wordt verwacht, maar hij wil alles nog een keer doornemen.

'Je bent op jezelf aangewezen, Jessy, het risico je te volgen is te groot. Er is wel altijd iemand beschikbaar voor telefonisch contact en als je bij Baruch thuis bent, blijven we stand-by, al kost het minstens tien minuten om in geval van nood bij je te zijn en zullen we dan stuiten op Salomons beveiligingsmensen. Reken erop dat je gevolgd zult worden door zijn mannen, dus wees voorzichtig als je naar Maastricht gaat of een privébezoek aflegt. En je weet dat het voor een doorsnee crimineel niet moeilijk is in te breken in je appartement. Laat daar dus geen spullen slingeren die je cover verraden.'

Ja, ja. Ik weet het intussen wel. Ik moet het alleen doen, daar komt het op neer. Ik beschouw het als een compliment: ze weten dat ik het kan. En alles is perfect voorbereid. Het geheim van een succesvol alter ego ligt in de kunst dat dicht bij jezelf te houden. Vandaar ook mijn nieuwe naam: al denk ik één seconde niet aan mijn undercover, ik zal automatisch opkijken als iemand 'Jenny' roept.

'Mocht je mobieltje worden gestolen, kun je inloggen op een willekeurige computer om een bericht te sturen, ook in je appartement is er uiteraard een aanwezig.'

Ze hebben aan alles gedacht. Een paspoort, zorgverzekering, een bij mijn nieuwe leven passend luxeappartement in Antwerpen, dat volgens elke traceerbare bron al vijf jaar op mijn naam staat, honderden hits op internet die mijn fake verleden bewijzen: vakantiefoto's op social media, een krantenartikel over Task Force Uruzgan waarin mijn naam wordt genoemd en ik in legeruniform sta afgebeeld, reacties van tevreden klanten op de website van mijn bedrijf. Ik trof zelfs een foto aan van een schoolreünie van vier vwo. Officieel ben ik eigenaar van Truth or Dare, een kleine maar zeer lucratieve onderneming, met als voornaamste activiteit zakenmensen voor veel geld laten ervaren hoe het is te worden teruggeworpen op jezelf. Survivalweekenden voor het topsegment. Vandaar Saligia's keuze voor mijn test in de Ardennen, want daar ben ik inderdaad geweest, vertelt Alec me, terwijl we naar de beelden kijken van mijn hachelijke tocht, gemaakt met verdekt opgestelde camera's. Ik ben blij dat ik mijn vertwijfeling in die dagen voor mezelf heb gehouden, maar ik hoef er niets van te zien, de herinnering ligt vers in mijn geheugen.

'Het is behelpen in dit sfeerloze kamertje,' zeg ik, terwijl ik hem naar me toe trek en de riem van zijn jeans losmaak, 'maar ik heb nog een rekening met je te vereffenen. Dagenlang alleen in de kou, had je niet iets leukers kunnen verzinnen?' Ik wring mijn hand achter zijn rits en knijp met kracht in zijn kruis.

Alec kreunt. 'Je ruikt nog naar geroosterd vlees en dennennaalden.' Hij duwt me resoluut van zich af.

'Dan had je me naar een vijfsterrenhotel moeten sturen met rozenbaden en een sauna met heerlijk geurende etherische oliën. Eigen schuld.' Hij zit me te stangen, want ik heb na mijn survivaltocht uren in bad gelegen en zelfs mijn spieren zijn de vermoeidheid en kou inmiddels allang vergeten.

'*Merde!* Jessy, dit is geen grap, dit gaat over leven en dóód, besef je dat wel?'

'Dat hoeft niet te betekenen dat we geen afleiding mogen zoeken.' Ik doe een toenaderingspoging die hij driftig afslaat.

'Dat betekent het wél,' zegt hij, 'dat is nu juist waar ik je op moet wijzen. Dit is jouw grote valkuil, begrijp je dat niet? Je zwakke punt, dat je fataal kan worden. Die... die gevoeligheid van je. Je hebt het in je om een hele goeie te worden, maar dan moet je altijd en overal de controle houden.'

'Pardon? Ik denk dat ik de controle aardig heb bewaard, in mijn zwartste uren met die gek.'

'Maar het gemak waarmee ik je in bed kreeg nadat we elkaar weer voor het eerst zagen, in die muffe tent in Maastricht... Jessy, wees eerlijk.'

Ik hap naar adem, denk even dat hij nu in lachen zal uitbarsten, maar hij is bloedserieus. Waar is je onvermoeibare hartstocht gebleven, die me zo wreed kan laten voelen dat ik leef, wil ik hem vragen. Zal ik hem in een wurgende jiujitsugreep nemen? Hij valt me dan wel niet lichamelijk aan, maar fuck, zeg!

'Kijk dan,' zegt hij, 'kíjk naar de beelden, ik wil dat je beseft dat elk risico dat je neemt dodelijke consequenties kan hebben. Die Rus had jou ook kunnen uitschakelen. Je stond op dat moment onbeschut in zijn schootsveld en je hebt geluk gehad dat hij onvoldoende tijd nam om te richten. En bij de overval, vanmiddag, nam je een groot risico door dat zakje met diamanten van achter de toonbank te pakken. Waarom?'

'Ik heb een eerste stap gezet om zijn vertrouwen te winnen, precies op het moment dat ik hem dat teruggaf,' werp ik tegen. Met een woest gebaar schuif ik mijn stoel weg van de zijne en sta op. Ik rits mijn broek open en trek hem naar beneden. Wijzend op de goudkleurige schorpioen op mijn heup zeg ik: 'Hier, kijk jíj nu even? Dit is mijn verdienste. Officieel toegetreden tot je Saligia. Ik heb geknokt voor wat ik waard ben, ik heb gewonnen en eeuwige trouw beloofd, ik heb zelfs gezworen dat ik iedereen die Saligia in gevaar kan brengen, zal uitschakelen. Je was er zelf bij, je bent mijn getuige. Ik ben trots. Jij en je collega's gingen er ook van uit dat ik zou slagen, anders waren al die voorbereidingen niet getroffen. Dus wat zeur je nou?'

Vlak naast de tatoeage zit een blauwe, beurse plek, overgehouden aan de pijnlijke confrontatie met de punt van de natuurstenen tafel. Alec wrijft er hardhandig over, ik proef zijn minachting over de steek die ik heb laten vallen, en ik moet me nu echt beheersen hem niet te lijf te gaan. Hij is nota bene degene die me voor zijn geheime organisatie heeft gevraagd, er heilig van overtuigd dat ik geschikt zou zijn.

'Je moet het niet onderschatten, Jessy, één moment van onoplettendheid, één foute inschatting, en het kan je einde betekenen.'

Het heeft allemaal te lang geduurd. Mijn geduld is op. Ik wil aan het werk, echt aan het werk. 'Goed dan,' verzucht ik. 'Ik begrijp heus wel dat ze vonden dat ik de tijd moest nemen om alles te verwerken, maar ik weet dat dit mijn nieuwe missie moet zijn, ik wil bewijzen dat ik het kan, dus kom maar op!'

Ik had hem niet verteld over mijn abortus, dat was iets van mij en van mij alleen, ongeacht wie de verwekker was. Hij kwam er natuurlijk achter, ik had niet anders verwacht, want ik werd goed in de gaten gehouden door mijn nieuwe vrienden. Dat had niets te maken met mijn cokeverslaving, die inmiddels tot het verleden moet behoren, het is binnen Saligia standaardprocedure voor nieuwe leden. Die zendertjes waren er niet alleen voor mijn eigen veiligheid, ze wilden ook weten wat ze in huis haalden, ik moest mezelf bewijzen. 'Jij was vast een brave huisvader geworden?' heb ik hem voor de voeten geworpen. Maar dat had er niets mee te maken. Ik wil geen kind, geen herinnering aan de gitzwarte Brezinger-bladzijde uit mijn leven, geen kind dat ik nooit zou kunnen liefhebben zonder een bittere bijsmaak. Ik wend me van hem af en hijs mijn broek op. 'Ben je klaar met je preek? Kan ik aan het werk?'

'Je moet nog een paar dingen weten,' zegt Alec.

Dat zal best.

8

Hoewel mijn Saligia-collega's genoeg vertrouwen in me hebben om me deze zaak te geven, begrijp ik ook dat dit mijn ultieme proeve van bekwaamheid wordt. Smeergeld. Omkoping. IJskoude lieden die mensen behandelen als gebruiksvoorwerpen. Het is geen simpele klus en misschien is Alec zo afstandelijk omdat hij denkt dat ik die niet aankan. Of het heeft iets met onze relatie te maken, ik weet het niet, maar ik merk dat hij met elke minuut die we deze nacht bij elkaar zijn, verder van me wegglijdt. Er is iets, ik voel het, maar ik kan er mijn vinger niet op leggen. Ik laat me er niet door beïnvloeden; ik heb de betekenis van mijn leven weer helder op mijn netvlies, de lens van de zingeving op scherp gezet. Voor het eerst sinds Nicks dood weet ik wat mijn taak op deze aardkloot is: het recht laten zegevieren.

Mijn kennismaking met Salomons is goed verlopen. Nippend aan ons glas whisky hebben we een geanimeerd gesprek gevoerd en ik heb hem volgens plan op afstand gehouden omdat Jenny een *hard-to-get* dame is. Hij heeft nog geen idee wat er met zijn vriendin aan de hand is; terwijl hij me na twee drankjes uitnodigde voor een etentje, keek hij geërgerd naar zijn zwijgende telefoon. Daarna belde hij een taxi, die ons naar het Museum aan de Stroom vervoerde. We gingen naar 't Zilte, zei hij vastberaden. Ik accepteerde zijn uitnodiging; een vrouw als Jenny zou het liefst naar een sterrenrestaurant gaan en zijn keuze waarderen. Net als ik, trouwens.

Uitkijkend op de lichtjes van de Schelde vroeg ik Baruch waar zijn liefde voor diamanten vandaan kwam, en hij antwoordde dat zijn familie al generaties lang in de handel zit. Hij vertelde over de liefde voor zijn vak, het fascinerende proces van het winnen van diamanten, tot die uiteindelijk hun definitieve vorm hebben en de wereld een stukje mooier maken door vrouwen te laten stralen.

'En een vrouw met een zwarte diamant schittert het mooist van allemaal.' Hij strekte zijn arm naar me uit, gleed met een vinger omlaag van mijn hals en stopte bij het bovenste knoopje van mijn blouse. Kalm maar discreet trok ik me terug. Baruch veerde op en alsof ik ineens onder stroom stond, trok hij zijn hand terug. 'Mijn excuses,' zei hij. Hij schraapte zijn keel. 'Jij hebt geen zwarte diamant nodig, eenvoudig kaarslicht is al genoeg om me met die mysterieuze, donkere ogen van je omver te blazen.'

Ik vroeg hem wat er zo bijzonder is aan zwarte diamanten.

'De herkomst,' antwoordde hij. 'Ze heten carbonado's, dat is Portugees en betekent geblakerd, en het materiaal is zelfs nog harder dan gewone diamant, het is waarschijnlijk afkomstig van een exploderende ster buiten het zonnestelsel. Kun je je voorstellen dat vier miljard jaar geleden een asteroïde van ongeveer een kilometer doorsnede op aarde inslaat in een continent waar later Afrika en Zuid-Amerika ontstaan? Dat is wat er volgens de heren geleerden gebeurd moet zijn en het zijn juist zulke ontdekkingen die mijn beroep zo fascinerend maken. Al moet ik eerlijk bekennen dat de geldstromen in de sector ook behoorlijk intrigerend zijn. En met mijn handel draag ik ook bij aan het welzijn van de mensen in de gebieden waar diamanten worden gewonnen.' Hij vertelde nog wat meer over zijn diamanthandel en zelfs Zimbabwe kwam ter sprake, al spiegelde hij de situatie veel florissanter voor dan die in werkelijkheid is. Tijdens een afsluitende kop koffie liet ik mijn duim even over zijn lippen glijden, zogenaamd om een stukje praline weg te vegen. Ik zag het verlangen in zijn ogen. Toen hij vroeg of ik bij hem thuis nog een afzakkertje wilde nuttigen, heb ik hem vriendelijk bedankt.

'Deze avond mag eigenlijk nooit eindigen,' zei hij.

Ik gaf hem mijn kaartje, zodat hij contact met me kan opnemen. Voor die zwarte diamant, ja, natuurlijk, graag. Het trekje rond zijn mondhoek verried dat hij hetzelfde dacht als ik.

Tot zeer binnenkort en dan heb ik grotere plannen met je.

Alec stoot me aan. 'Heb je wel geluisterd?'

'Ja, tuurlijk.' Met een half oor, als ik eerlijk ben, want hij verviel nogal in herhaling, maar ik heb alles evengoed in me opgenomen. De zwarte iPhone met voorgeprogrammeerde nummers, van bijvoorbeeld een zogenaamde zakenrelatie aan wie ik belangrijke informatie kan doorspelen, een andere die mij precies een uur nadat ik het nummer heb ingetoetst, terug zal bellen. Eén nummer voor noodgevallen, dat ik ook in mijn geheugen heb geprent. Vaccinaties voor Afrika, voor het geval dat. Ik ben klaargestoomd, op de proef gesteld. Mijn grootste vijand wordt misschien de tijd, omdat mijn vader bezig is afscheid te nemen van het leven. Ik kan geen dagen voorbij laten gaan zonder hem te bezoeken in het hospice; als ik verzuim is mijn zus er wel om me daarop te wijzen. En ik heb nog een gast, thuis, die ik niet te lang aan haar lot kan overlaten.

'Dus je prioriteit en opdracht is uitvinden hoe die diamanten worden gesmokkeld. Het is net als met een geldstroom: als je weet hoe die loopt, leidt die je vanzelf naar de rest. Daar kunnen wij inspringen.' Hij wijst op mijn mobiele telefoon. 'Die is voor een doorsnee techneut niet traceerbaar, en Salomons heeft zijn zaakjes aardig voor elkaar, maar zijn beveiligingsmensen zijn meer op bescherming gericht dan op opsporing.' Als ik flauwtjes reageer, vraagt hij of het allemaal duidelijk is.

Ik knik. Ja, ik begrijp alles, ik ben geen groentje. En dan krijg ik plotseling haast. Als hij me niet wil trakteren op een inspirerende dosis seks, wat doe ik hier dan nog?

'Ik moet maar eens naar huis,' grom ik, terwijl ik nog even naar het beeldscherm kijk, maar in Baruchs appartement is het donker. Hij slaapt. Zou hij daadwerkelijk denken dat Halina hem heeft verlaten? Toen hij thuiskwam en daar niemand aantrof, heeft hij gevloekt. Daarna heeft hij één telefoontje gepleegd, met een korte boodschap: 'Vind haar.' Dat zei hij tegen iemand die luistert naar de naam 'Pier', de man die eerder op de avond naar Baruchs juwelierszaak kwam om de dingen te 'regelen' rondom de overval. Ik weet niet of de man in het zwart het heeft overleefd, en Alec weet het zelf ook niet of hij verzwijgt het voor me. Hij vertelt me niet wat hij zelf gaat doen en ik vertik het ernaar te vragen.

We staan tegelijk op; Alec pakt mijn arm. 'Veel succes,' zegt hij. 'En onthoud het, Jessy, ik meen het, ik zeg het in je eigen belang: wees zuinig op je hart als je dat van Salomons verovert. In ons werk is geen ruimte voor liefde, die maakt je kwetsbaar, leidt je af.'

Ik maak me van hem los, met de neiging schamper te lachen. Hij heeft het niet over Salomons maar over zichzelf en ik denk niet dat ons werk er iets mee te maken heeft. Ik ken hem niet anders dan dat hij kickt op risico's en uitdagingen. Misschien komen zijn trotse genen in opstand nu ik een andere man ga verleiden. Maar ik kan het me niet permitteren me daar druk over te maken, juist dat zou me afleiden. Toch stoort het me, dat hij me niet wil vertellen wat er aan de hand is. Ik dacht dat wij geen geheimen voor elkaar hadden.

Onderweg naar Thorn ben ik voorzichtig. Er is weinig verkeer op de autobaan, maar ik versnel en vertraag meermaals om te controleren of ik niet word gevolgd. Die alertheid moet gewoonte worden, een tweede natuur. In een impulsieve bui bel ik Marc. Ik heb al een tijdje niets van hem gehoord. Na onze scheiding zocht hij regelmatig contact, natuurlijk voor Nick, maar hij praatte ook altijd graag met mijn vader, en toen we samen de as van onze zoon in zee verstrooiden, had ik het idee dat het ons toch gelukt was een vriendschap in stand te houden. Maar misschien was Nick onze bindende factor en zijn we nu gedoemd elkaar helemaal kwijt te raken. Toen dat vreselijke drama, ook voor hém, met Brezinger achter de rug was, is hij teruggevlogen naar Edinburgh. We belden een paar keer, gesprekjes die het niveau van een weersvoorspelling amper ontstegen, maar korte tijd later vroeg hij ineens of ik langs wilde komen. Omdat hij in recente kunstwerken Nicks dood had verwerkt, daar had ik al iets van gezien, en hij had er gedichten bij laten schrijven door een bevriende collega. Het project was eindelijk klaar en hij was er tamelijk lyrisch over, voor het eerst was hij oprecht enthousiast over eigen werk. Ik dacht dat het een smoes was, dat hij me iets wilde vragen, of zeggen. Dat dacht ik vooral op die zeldzaam mooie zomeravond op zijn terras, zwaar aan de whisky. Maar toen ik begon te vissen nam hij ineens weer afstand. Ik weet niet of hij me alles wat er is gebeurd toch kwalijk neemt, al ontkende hij dat. Om mij niet te kwetsen?

Hij neemt niet op. Ik spreek zijn voicemail in met het verzoek me terug te bellen, maar ik weet hoe slordig hij is in die dingen.

's Nachts spookt alles weer door mijn hoofd. Hoe Brezinger me te grazen heeft willen nemen. Nicks verminkte lichaam. En dus sta ik op. Dan maar wakker blijven om de nachtmerries buiten de deur te houden. Ik besef dat ik vergeten ben de ezels te voeren en als ik hun bakken met brokjes vul, tref ik een dode steenmarter aan. Ik wil het beest in de container dumpen, als ik zie hoe ongeschonden hij is. Een typisch geval van gifmoord. Hij heeft van het dodelijke goedje gesnoept dat ik strooi tegen ratten.

In de werkplaats doe ik niet onmiddellijk het licht aan, wetend dat Halina inmiddels hier moet zijn. Ik had besloten haar een nachtje te laten sudderen, omringd door mijn vaders werk en mijn eigen creaturen, maar dat is nu toch zinloos, het is donker. Mijn ogen wennen aan het duister en ik zie haar silhouet. 'Als je leven je lief is, wil je mij niet zien,' zeg ik. Ze begrijpt het, sluit haar ogen, en ik plak ze af met tape.

Nadat ik lange tijd geen stap over de drempel wilde zetten van pa's werkplaats, kom ik hier nu weer graag en vul soms een slapeloze nacht met stropen en looien. Ik hoor Halina een paar keer gedempt kuchen, maar ik negeer haar. Ik weet hoe beangstigend uren in het donker kunnen zijn als je de dood vreest en ben ervan overtuigd dat Halina nu iets soortgelijks doormaakt. Het villen van de marter dreigt te mislukken bij het doorsnijden van de oogkringspieren, maar uiteindelijk lukt het me toch. Het beest kijkt tenslotte nieuwsgierig de wereld in, staande op een mooi stuk boomschors. Alsof hij zó weg kan rennen.

9

Inzoomen en uitzoomen. Als je dat kunt in je leven, dan ben je op de goede weg. Bruno Rodenberg kan het, wat heet, hij is de meester van het scherp stellen. Hij kan focussen als geen ander, hoewel hij daarbij ook een compliment moet maken aan de techniek.

Beveiligingsmanager, zou er nu op zijn visitekaartje staan. Als hij er een had. Zijn maat Pier, het enige goede dat hij overhield aan die tbs-periode, heeft hem binnengeloodst bij Salomons en hij mag denken van die rijke man wat hij wil, oog voor kwaliteit heeft hij. Salomons erkende zijn meerdere in Bruno, in de meester, een klein moment van triomf.

Afstand scheppen en dan weer dichterbij halen. Inzoomen en uitzoomen.

Hij is niet altijd serieus genomen maar die tijd is nu voorbij. Een enkeling kijkt nog steeds naar zijn voorhoofd alsof hij in de stront is gevallen, maar zo iemand heeft geen weet van de diepere betekenis. Het heet niet voor niets een moedervlek; hij heeft een kleine verzameling van zes prachtige exemplaren en als hij in de spiegel kijkt en zijn ogen tot spleetjes knijpt, vormen ze samen een hart. Het is een teken dat hem is gegeven door zijn moeder, zijn grootmoeder en overgrootmoeder, tot zoveel generaties terug dat hij uitkomt bij het allereerste begin. Hij is voorbestemd tot iets groots. Hij weet ook wat. Iets waar professoren en andere geleerden zich eeuwenlang het hoofd over hebben gebroken, maar waarop ze met al hun wiskundige berekeningen en logische redeneringen geen antwoord kunnen geven.

De ziel.

Het enige onontgonnen stukje van de mens en niet voor niets vrouwelijk. Alles past, alles klopt. Het is allemaal zo logisch dat het een wonder mag heten dat hij er vierendertig jaar voor heeft moeten worden om het te ontdekken, terwijl die vlekjes er van het begin af aan al zaten. Zijn moeder moet onmiddellijk hebben geweten dat hij iets bijzonders was, ze heeft hem na zijn geboorte achtergelaten bij een weeshuis. Bij de nonnen. Vrouwen die muren opwierpen, afstand namen om zichzelf te beschermen tegen het ziekelijk aangetaste uitschot dat voor hun deur werd gegooid. Hij begreep niet dat ze niet zagen dat hij anders was, het was toch zo overduidelijk zichtbaar... als ze maar hadden kunnen inzoomen. En uitzoomen.

'Hé, Braune.'

Hij schrikt van de stem uit het niets.

'De baas gaat haar uitnodigen, wist je dat?'

Hij weet meteen wie Pier bedoelt. 'Ja, ik weet het.'

Pier drukt zijn wijsvinger op zijn lippen. 'Het blijft onder ons.' Hij knipoogt.

Bruno klemt zijn kiezen op elkaar om geen rotopmerking te maken. Hij moet Pier dankbaar zijn. Maar hij haat brute kracht. Pier zou er beter aan doen zijn hersens te trainen, die hebben het harder nodig dan zijn spieren.

Pier weet tenminste wel dat het geheim is. Hij hoeft geen drastische maatregelen te nemen om hem zijn bek te laten houden.

10

Met een grote omweg rijd ik vroeg in de zondagochtend naar Maasbracht, mezelf er meermaals van overtuigend dat ik niet word gevolgd. Mijn privéleven is een risico, maar ik kan niet wekenlang zogenaamd van de aardbodem verdwijnen, zo lang kan ik niet bij mijn vader wegblijven. Ik kijk in mijn achteruitkijkspiegel voor ik de parkeerplaats van het hospice op rijd.

Ondanks mijn voornemen niet te schrikken, gebeurt dat toch als ik hem zie. De dood pakt telkens iets meer kleur en waardigheid van hem af, verzwelgt hem. Steeds minder herken ik mijn vader in dat wegterende lichaam.

'Suzanne,' zegt hij met onvaste stem.

Ik bijt op mijn tong en tel tot tien. 'Bijna goed.' Ik zet de steenmarter voor hem neer. 'Kijk eens, vind je 'm niet goed gelukt?'

Even zie ik zijn ogen oplichten. Hij aait het beest, trekt dan zijn hand terug. 'Die is koud,' zegt hij.

De kleuren van de muren en meubels in hospice De Omega zijn Mondriaan-vrolijk, de stank van ontsmettingsmiddelen wordt gecamoufleerd door sterk geurende bloemen, de vloerbedekking is er hoogpolig zacht, en de verzorgers doen er alles aan de gasten in hun laatste levensfase zo goed mogelijk te begeleiden. Wensen gaan in vervulling en taboes verdwijnen uit het raam, tezamen met schuldgevoelens en al het overige wat een vredig einde in de weg staat.

'We hebben er ook een.' Hij klinkt ineens opgetogen.

Ik schenk thee in twee mokken. 'Hebben wát?'

'Een kast. Nee. Een kist. Met de barones erin. Een dóde! Gisteravond.' Zodra ik naast hem zit en hem de thee heb aangereikt, pakt hij mijn hand. 'Jessica…'

'Dus je weet het wel.'

'Jij bent mijn jongste, de brokkenpiloot. Sorry, je zus is hier vaker dan jij en soms verdwaal ik in mijn hoofd.'

'Dat wil nog niet zeggen dat je moet opgeven.'

'Dat heet berechting.' Zijn ogen bewegen onrustig heen en weer en in gedachten moedig ik hem aan het juiste woord te vinden. 'Belasting. Nee, wacht. Berusting. Acceptatie. Dat is het. Ik accepteer mijn lot, ik zal sterven wanneer God er klaar voor is me op te nemen.'

'Je kunt er ook voor kiezen om te vechten.'

'Dat hoort bij je levenslust. Opstandigheid is voor degenen die nog perspectief zien, die nog niet klaar zijn met leven.'

Misschien moet ik blij voor hem zijn dat de kanker een sprintje trekt en het gaat winnen van de alzheimer. Dat ik cd's in zijn koelkastje vind en lege pakken melk in zijn sokkenlade is lachwekkend, maar de ziekte zal erger worden: ik heb ze gezien in het verpleeghuis waar hij hiervoor verbleef: de zombies met hun lege ogen.

Hij grijpt mijn arm. 'Jessica, die barones was gisteren nog springlevend, nou ja, onder de eh… gezien de omstandigheden, je begrijpt me wel.'

'Ja, nou en?'

'Gisteravond was haar zoon nog bij haar en een paar uur later, boem.'

'Hoezo, boem?'

'Dood. Het kan zomaar afgelopen zijn. Dat bedoel ik.'

'Pa,' onderbreek ik hem, terwijl ik me van hem bevrijd, 'jij moet je concentreren op wat echt belangrijk is. Je moet energie tanken. Eten. Misschien gunt die God van jou je dan een wonder, ga je de wedstrijd met de kanker alsnog winnen of kun je er een verlenging uit slepen.'

Pa wuift mijn woorden weg. 'Het is zo grauw, buiten,' bromt hij, 'het had nu zomer moeten zijn, ik heb zon nodig.'

'Je hebt een hekel aan hitte. Als de ijsbloemen op de ramen zitten en de eerste sneeuw valt, dan word jij actief.' Hij kijkt me aan alsof ik degene ben die ze niet allemaal op een rijtje heeft.

'Als het warmer was,' zegt hij, zijn handen rond de mok gevouwen, 'dan zou ik graag naar zee willen. Met ons viertjes, de trein, en dan de landschappen aan ons voorbij zien trekken. Weet je nog dat we dat deden op die mooie voorjaarsdag met jouw verjaardag, volgens mij werd je zes. Ik herinner me alleen niet meer hoe het was, daar, aan zee... Heb je zandkastelen gebouwd? IJsjes gegeten?'

Zijn vragende blik snijdt me door mijn ziel. Abrupt sta ik op en vervolgens moet ik me aan het keukenkastje vasthouden om niet onderuit te gaan. Ik zie het nog zo voor me: mijn moeder die voor de trein wil springen, mijn vaders armen om haar middel, net op tijd om haar tegen te houden. Die dag hebben we helemaal geen zee gezien.

Ik haal diep adem en wil weggaan, maar dan zegt mijn vader: 'Dag, Jessica. Ga zitten.' Hij glimlacht. 'Fijn dat je er bent. Je moeder is net weg, maar ze heeft een foto voor me meegebracht.' Hij wijst naar de vensterbank met kleurige planten en ik zeg maar niets. Naast een hyacint waarvan ik moet niezen, staat een foto van mijn moeder in een zilveren lijst. Ik zie een spin zitten, knikker het beest tegen het kozijn, waar het langzaam ineenkrimpt, en veeg het lijkje van de vensterbank.

'Waarom zet je je computer niet aan?'

'Het nieuws boeit me niet. Allemaal nare dingen.' Hij wijst ineens naar de marter. 'Heb jij die meegenomen?' vraagt hij. 'Zijn houding... dat heb je knap gedaan.' Inwendig juich ik. 'Je ziet er goed uit, Jessica, vertel eens, wat is er voor bijzonders gebeurd?'

Ik veer op. 'Iets bijzonders? Hoe kom je daar nou bij?'

'Ik ben niet blind! Ik herken die blik van je, ik zag hem toen je vertelde dat je was toegelaten tot de politieschool en ook toen je voor het eerst met Marc bij me kwam... zo trots. Alsof je de hele wereld aankan.' Hij knijpt in mijn arm. 'Ik ben blij voor je. Je moet niet zonder man willen zijn, iedereen heeft liefde nodig.' Dan betrekt zijn gezicht ineens. 'Wat zei ik nou net... dat je moeder hier was?' Hij sluit zijn ogen en zucht. Ik omhels hem.

'Het geeft niks,' zeg ik, 'je weet nog dingen van vroeger, dat is veel belangrijker.'

Als ik hem loslaat, zie ik zijn ogen weer glinsteren. 'Ik denk dat ik een dutje ga doen. Dag, Suzanne, fijn dat je bent geweest.'

Dit keer lukt het me niet tot tien te tellen. 'Jéssica,' zeg ik, bozig.

Hij grijnst. 'Mag ik soms ook nog een grapje maken?' Hij strekt zijn handen naar me uit en drukt een kus op mijn vingers. 'Lieve Jessica. Ik ben blij dat je je oude vader nog weet te vinden. Pas goed op jezelf en kom gauw terug.'

Dat beloof ik. En ik zou nu een moord doen voor een dosis coke.

Als ik zijn kamer heb verlaten, leun ik tegen de deur. Het duizelt me.

'Gaat het wel goed met je, lieve kind?' hoor ik ineens naast me. Ik zie fraaie ogen in een gezicht waaraan iets te veel is gesleuteld. Opgevulde huid, te volle lippen boven een nek die haar leeftijd van ik schat rond de zeventig verraadt. De vrouw stelt zich voor als Sara Maeswater.

Ik geef haar een hand. 'Jessica Haider.'

'Ah, de dochter van Klaus,' zegt ze, 'de jongste. Je zus heb ik al vaker ontmoet, zo'n aardige vrouw, ze is veel bij haar vader.'

'Fijn dat u dat in de gaten houdt. Zorgt u dat mijn vader genoeg eten binnenkrijgt?'

'Eten… zorgen? O, eh, ik ben geen verzorgster, hoor, ik ben hier gast, net als je vader. Ik dacht dat hij wel wat gezelschap kan gebruiken en ik weet sinds Marijkes dood even niet zo goed waar ik het zoeken moet.'

'Marijke?'

'Marijke Schimmelpenninck de Rijckholdt.'

'Sorry, ik kende haar niet. Een vriendin van u?'

De vrouw knikt. 'Ze is gisteravond overleden. Een schat van een vrouw, ze was ergens nog van adel. Oud geld. Je vader kende haar ook. Het is vreselijk, het lijden van sommige mensen.'

'Zijn volgens u de artsen of verplegers tekortgeschoten?'

'O, nee, geen kwaad woord over de verzorging, ze willen alles wel voor ons doen.'

'En u helpt graag een handje.'

'Ik vind het fijn dat ik iets kan terugdoen voor het warme bad waarin ik hier terecht ben gekomen na jarenlang alleen zijn,' zegt ze. 'Ik zorg voor de parkiet en de planten… zolang me de tijd is gegund.' Ze draait even aan twee trouwringen om haar linkerringvinger. 'Je vader herinnert me aan mijn man. Je vindt het toch niet erg dat ik me om hem bekommer?'

Ik leg even mijn hand op haar schouder. 'Nee hoor, integendeel.'

Ze glimlacht. 'Hij vindt het fijn als ik hem mee naar buiten neem in zijn rolstoel. De vogels horen fluiten…'

In december, vogels, ja hoor. Een paar demente kraaien, zeker. Nou ja. Misschien voelt hij zich daar wel bij thuis.

11

In de buitenspiegel ziet Assia de zwarte rook die de stationcar uitspuugt. Zelfs de auto lijkt te protesteren tegen hun reis. Maar Itai geeft gas en ze verlaten de slechte straten, komen op de vierbaansweg die ze de stad uit leidt. Dag, Sunshine City. Vaarwel. Haar man ontspant zich, ze merkt het aan zijn rijstijl, die kalmer wordt. De hitte slaat ze tegemoet, de open ramen verplaatsen de vochtige lucht hooguit. Harare ligt hoog, maar ze dalen af en de *grasslands* en *woodlands* waaieren voor hun ogen open in uitbundig groen. Assia draait zich om en steekt een hand uit naar Ruben. Hij legt zijn kleine jongenshand in de hare, zijn ogen glanzen nu dankzij het stripboek, dat ze speciaal voor deze gelegenheid heeft bewaard.

Ze moet erin geloven dat het mogelijk is opnieuw te beginnen in een vreemd land. Ze moet, voor haar andere kind. Ruben. Een echte zoon van Afrika, vrij van geest, vol van leven. Haar zoon die zo op zijn vader lijkt. Voor hem zal ze het lot tarten. Voor zijn toekomst. Itai was er onmiddellijk van overtuigd dat ze 'ja' moesten zeggen tegen het genereuze gebaar van de zakenman uit het Westen, maar het vervulde haar van doodsangst, ze lag nachtenlang wakker, luisterend naar de krekels en de kikkers, die ervoor zorgen dat de nacht nooit helemaal stil is. Lang geleden zou ze Itai klakkeloos zijn gevolgd, volledig vertrouwend op zijn oordeel. Maar sinds ze weet dat hij haar ontrouw is geweest, heeft een deel van haar ziel zich voor hem afgesloten. Hij had geen vrouw in een klein huis, een vrouw die hij volledig onderhield, maar de vernedering was er niet minder om. Ze deed of ze hem niet hoorde, ging weg als hij thuiskwam, liet zijn *isitshwala* met stoofvlees en bladgroente koud en klef worden. Passief, trots verzet. Hij beëindigde de stiekeme relatie en verzekerde haar dat hij alleen van haar hield, maar het is nooit meer zo geworden als ervoor.

Langs de kant van de weg wordt gehandeld: in mango's, maïsmeel, *cremor tartari*-fruit, omsloten door harige, groene *maraca*-schillen. Schaars geklede, magere jochies zijn in de weer met geroosterde muizen, aan stokjes geregen, als een lekkernij voor onderweg. Ze kijkt ernaar en kan zich niet voorstellen dat ze dit soort taferelen voor het laatst ziet. Haar land is zoveel meer dan corruptie, Mugabe, een bloederige geschiedenis. Zimbabwe zit in haar hart, ze is een kind van het mooiste land van Afrika. Haar Zimbabwe. Een land dat misbruikt, verkracht is, maar ze heeft willen geloven dat op een dag alles weer anders zou worden. Beter. Dat voorbije tijden zouden herleven en het land weer in volle bloei zou staan, met blije mensen en genoeg te eten, een leven van verzoening, beloftevol als de geur van zelfgebakken rozemarijnbrood. Alle misère vergeten, uit het geheugen gewist. Haar man schudde zijn hoofd en zei: 'Assia, word toch eens wakker.' Maar zij wilde haar droom blijven dromen, keer op keer in haar hoofd herhalen alsof ze hem daarmee tot waarheid kon toveren.

Er was een tijd dat ze met hem danste in de nacht. Bij het sensuele licht van de volle maan waren ze vervuld van levenslust, konden ze geen genoeg krijgen van elkaar. In die tijd voelde ze zich nog soepel als een hinde, haar zwarte huid glanzend als gepolijst serpentijn, zoals Itai wel eens zei. Toen leken de mogelijkheden van het leven eindeloos en onbegrensd. Maar dat was toen. Nu durft ze er niet op te vertrouwen dat haar hart elders in eenzelfde tempo blijft kloppen.

Na zo'n zeventig kilometer die ze langzaam maar onafgebroken hebben afgelegd op een plaspauze voor Ruben na, naderen ze Marondera. Een stad die bekendstaat om zijn gewelddadigheden en waarvan onlangs zelfs de burgemeester werd gearresteerd omdat hij aanspoorde tot openlijk geweld. De motor van de auto slaat ineens af, alsof hij er genoeg van heeft. Itai krijgt hem weer aan de praat en ze rijden net langs weelderig groeiende frangipani's die Assia herinneren aan nachten, lang geleden, die ze buiten dansend doorbrachten, als ze op een roadblock stuiten. Een zestal jongemannen met geweren bijna half zo groot als zijzelf, verschijnen als vanuit het niets en omsingelen de auto.

'*Pamberi ne Robert Mugabe!*' schreeuwt een van hen. Leve Mugabe. 'Wat zeggen jullie dan?'

Itai mompelt iets wat ze niet verstaat. Hij zit verstijfd achter het stuur, stoïcijns naar voren kijkend, maar in zijn nek ziet ze een ader pulseren.

'Wat zeg je, oude man?' roept een ander. Er komt een briesend geluid uit zijn neusgaten, dat Assia doet denken aan een nijlpaard dat zich gereedmaakt voor een aanval. 'Het zijn landverraders,' schreeuwt hij tegen zijn kameraden. 'Aanhangers van Tsvangirai, lafaards die zich uit de voeten maken!'

12

Halina's lichaam verstijft als de deur piepend opengaat. Ze is angstig geweest in de eenzame uren en doodsbang toen de vrouw hier vannacht bezig was. Een vrouw, ja, dat concludeerde ze onmiddellijk na het horen van de klakkende hakken en de stem bevestigde dat. Wat ze aan het doen was, weet Halina niet, maar ze vermoedt dat het iets te maken had met wat ze hier heeft gezien. Opgezette dieren. En erger. Ze is zich voortdurend bewust van de figuur in haar nabijheid, waarvan ze klamme handen krijgt. Een wassen beeld uit Madame Tussauds, maar dan vele malen echter, hoe bizar dat ook mag klinken. Ze meent hem te ruiken en denkt aan de morbide fascinatie van degene die de lugubere creatuur heeft gemaakt en aan de mogelijke consequenties voor haar eigen lot. De hakken klinken hard op de vloer, ze komen dichterbij. Zelfverzekerd. Halina zet zich schrap, klemt haar vingers stevig rond de leuningen van de houten stoel. Haar mond voelt zo droog aan dat ze amper kan slikken.

Een vrouw.

Ze dacht dat het een voordeel kon zijn – vrouwen onder elkaar – maar besefte algauw dat haar kansen met déze vrouw misschien wel kleiner zijn dan bij welke man dan ook. Ze denkt aan het

54

winnen van vertrouwen, vriendschap. Maakt ze een kans? Haar ontvoerders hebben geen enkele moeite gedaan hun gezicht te verbergen, maar deze vrouw wil ongezien blijven en dat is vast een goed teken, of laat ze zich dan beïnvloeden door slechte misdaadfilms? Ze hoopt op een kans, een moment dat de vrouw haar zal loslaten. Eén ogenblik, meer heeft ze niet nodig om haar hand onder haar topje te wurmen en het zendertje in haar bh opnieuw te activeren. Ze vervloekt haar ongelooflijke stommiteit dat ding uit te schakelen.

Eén kans, één kans, die zal haar toch wel zijn gegund?

'Halina Kovack, zesendertig jaar,' klinkt de stem van de vrouw. Halina spitst haar oren. 'Je biologische klok begint serieus te tikken, maar tenzij het een diep weggestopte wens is, wil je geen kind, zelfs niet van de man met wie je drie jaar hebt samengeleefd. Je lijkt een meegaand barbiepopje, maar dat ben je niet. Je hebt een sterke hang naar zelfstandigheid, vermoedelijk omdat je ouders zijn gescheiden en je moeder korte tijd later stierf. Je bouwde een sterke band op met je vader, bij wie je woonde tot je voor je studie het huis uit ging. Je wilde bioloog worden en droomde van een boek dat je zou schrijven over de functie van huisdieren in het algemeen en katten in het bijzonder, maar je staakte je studie toen je werd gevraagd als presentatrice voor een nieuwsprogramma op tv. Daarna presenteerde je reisprogramma's, en ook een incidentele show waarin je als glamourgastvrouw het publiek voor je innam. Je straalt lef uit op het scherm, vrouwen identificeren zich graag met je. Nadat je vader drieënhalf jaar geleden stierf, raakte je uit balans en wilde je een sabbatical. Die is vervolgens nogal uit de hand gelopen, ik neem aan door je liefde voor Baruch of door wat hij je aan luxe te bieden had, want daar houd je wel van. Je gelooft in de maakbaarheid van geluk. Maar ieder mens heeft een zwakke plek en bij jou kan ik zelfs kiezen.'

Halina drukt zich verkrampt tegen de rugleuning. Kiezen?

'Jij, Halina, gruwelt van injecties en de verstikkingsdood.'

Haar hartslag versnelt en moeizaam door haar neus ademhalend probeert ze te begrijpen wat er gebeurt. Verstikkingsdood? Is dit haar einde? *O, god, dat kan niet waar zijn.*

'Injecties vind je gruwelijk omdat je als kind zonder enige vorm van verdoving een naald met contrastvloeistof in je knie kreeg, toegediend door een verpleger die zijn dag niet had. En de verstikkingsdood is je ultieme nachtmerrie omdat je broertje onder het ijs verdween en je zijn doodsstrijd moest aanzien zonder hem te kunnen redden. Daar komt misschien ook je ambitie vandaan, je te moeten bewijzen voor twee. Iets goedmaken, hoewel je best weet dat zoiets nooit kan, en je ouders inmiddels zijn overleden.'

De woorden van de vrouw lijken in haar hoofd vertraging op te lopen. Injecties... haar broertje... Natuurlijk vroeg ze zich al af waarom ze hier is, dacht ze dat het te maken kon hebben met haar vaders verleden. In zijn boek heeft hij schuldigen aangewezen, verraders, NSB'ers, met naam en toenaam. Maar zijn boek is al zes jaar uit, hij is dood, en wat heeft dat met haar te maken? Ze kon en kan niet anders dan concluderen dat het gaat om Baruch, die alles op alles zal zetten om haar te vinden. Hoe vaak heeft hij niet gezegd dat hij wilde dat hun relatie nooit zou eindigen? Baruch zal begrijpen dat de brief onecht is, hij zal haar vinden. Ze denkt aan losgeld. Dat Baruch wordt gechanteerd om te betalen in ruil voor haar leven. Dan heeft ze nog een kans. Haar afgeplakte ogen passen daarbij, maar het afscheidsbriefje niet. De onbedekte gezichten van haar ontvoerders. Is het alleen omdat ze Baruch kent? Zijn geliefde was? Een vergelding voor... voor zijn illegale handel in diamanten. De gedachte raakt haar als een mokerslag.

Bloeddiamanten? Is dat waar dit om gaat?

Het zweet breekt haar uit als ze iets scherps in haar arm voelt. Onthutst probeert ze te begrijpen wat er gebeurt, en dan stroomt er een vreemde sensatie door haar lichaam, die haar verlamt. Ze zou willen dat ze iets moois zou kunnen denken, iets wat de moeite waard is voor een laatste minuut, maar de waarheid is dat het in haar hoofd een chaos is.

13

Als een niet al te zware zak aardappelen ligt ze over de schouder van de vrouw, die haar een trap op tilt, en ze hoort niet eenmaal een zucht of versnelde ademhaling. Paniek giert door haar lijf, maar ze kan er niets mee, haar spieren zijn slap, ze luisteren niet naar haar commando's. Terwijl ze een vibrerend geluid hoort en voelt, beweegt haar lichaam dan toch, maar zonder haar eigen inspanning, en ze vermoedt dat ze op een soort tandartsstoel of operatietafel ligt. Ze concentreert zich op haar ademhaling. Even vreest ze dat het allemaal voorbij is, maar dan wordt de tape van haar mond getrokken, drukt er iets op haar gezicht en is er ineens een overvloed aan zuurstof. Het wordt licht in haar hoofd en ze beseft dat ze blij moet zijn dat ze nog leeft.

Even later beginnen haar handen en voeten te tintelen. Ze probeert haar armen naar zich toe te halen, hoort het heldere geluid van metaal en voelt iets scherps in haar vlees snijden. IJzeren kettingen. Boeien. Haar gezicht wordt aangeraakt, ze wil iets zeggen maar voelt dan hoe tape haar opnieuw het zwijgen oplegt. Er wordt aan haar ringvinger gesjord, aan haar driekaraats princess-diamant. Ze hoort muziek op de achtergrond. *So, so you think you can tell heaven from hell.* De muziek klinkt haar vaag bekend in de oren, maar ze heeft geen idee wat het is, net zomin als ze weet waar ze is. *De hel.*

De vrouw is er nog. Af en toe de voetstappen. Andere geluiden, die ze niet kan thuisbrengen en die haar nerveus maken. Het volgende moment bestaat ze alleen nog maar uit pijn. Haar pols staat in brand. Een verstikkende kreet komt uit haar buik omhoog en blijft nutteloos in haar keel steken, eindigt in een nietszeggend gepiep. Het lijkt eeuwen te duren, de pijn verplaatst zich van haar pols naar haar onderarm, nog hoger.

Als de vrouw uiteindelijk begint te praten, probeert Halina de woorden te bevatten, zich daarop te richten. Een uitdaging zoals ze die nog niet eerder heeft gehad, want de pijn maakt denken lastig, laat alleen de basale wens over dat dit hoe dan ook zal stoppen. Zelfs sterven verandert van een doembeeld in een mild verlangen.

'Ik wil dat je je afvraagt of je kunt leven met het feit dat je jarenlang geld over de balk hebt gesmeten waar bloed aan kleeft. Dat je willens en wetens profiteerde van een moordenaar. Waarschijnlijk heb je daar nog nooit serieus over nagedacht en gekozen voor de struisvogeltechniek.'

Waar heeft ze het toch over? Bloed?

Of ze kan leven... bloedgeld? Haar ring... bloeddiamanten. Dan is dat dus inderdaad waar het om gaat.

'Is iemand,' vervolgt de vrouw, 'die niet ingrijpt bij onrecht net zo slecht als degene die de misdaden pleegt? Moeten beiden even zwaar worden gestraft?'

Halina probeert de woorden tot zich door te laten dringen. De onbewogen manier waarop de gruwelijke zinnen worden uitgesproken, jaagt haar angst aan. De tape wordt van haar mond getrokken en automatisch zuigt ze haar longen vol zuurstof. Ze hoest. Moet ze antwoorden? Is dat de bedoeling? Dan hoort ze de koude stem opnieuw. 'Wat je misschien in je beslissing moet meenemen, is de vraag of de dood soms ook geen verlossing kan zijn.

Beslissen dat het leven goed is geweest met de opluchting dat het niet meer hoeft.'

De dood als verlossing?

De pijn stabiliseert zich en terwijl ze een kraan hoort lopen, kan ze zichzelf langzaamaan herpakken. De pijn trekt zich terug, is nog heftig aanwezig maar draaglijk door het uitblijven van extreme pieken. Maar de opluchting is allesbehalve overtuigend, het voelt als een uitstel van executie. Ze glijdt met haar tong over haar lippen en proeft zout. Angstzweet.

Ze krijgt iets te drinken, mag zuigen aan een rietje. Water. Heerlijk, koel water, ze wil meer, meer, maar al snel slurpt ze de laatste druppels op en krijgt ze valse lucht binnen.

'Heb je begrepen waar je over moet nadenken?' vraagt de vrouw. Halina knikt. Onzeker.

'Zeg het.'

'Ik... Over de vraag of ik kan leven met wat ik heb gedaan,' stamelt ze. Haar stem klinkt vreemd hoog en ze schraapt haar keel. Ineens is er aangename verkoeling op de huid van haar arm.

'Hoe beter je me helpt,' zegt de vrouw, 'hoe milder ik zal zijn.'

Mild? Ze gelooft het niet, ze maakt geen schijn van kans!

'Echt?'

'Natuurlijk. Stel alsjeblieft geen banale vragen. Jij helpt mij, ik help jou, zo simpel is het. Je kunt me Jenny noemen, als je wilt, en wat ik eerst en vooral van je wil weten, is waarom Baruch Salomons voor je is gevallen. Waar hebben jullie elkaar ontmoet?'

Jenny, noem me maar Jenny, niet: ik heet Jenny. Het is gunstig dat ze niet haar echte naam prijsgeeft – als de vrouw haar uiteindelijk zou vermoorden zou haar dat niets uitmaken. Toch? En haar ogen blijven afgeplakt. Gunstig. Ja.

Er gloort een sprankje hoop in haar en ze denkt snel na. 'Baruch en ik? Elkaar ontmoet? Eh... in Amsterdam.'

'Ja, en verder?'

'In het Amstel Hotel.' De vrouw zucht ongeduldig en ze haast zich meer te vertellen. 'Het was laat geworden bij een bespreking over een nieuw tv-programma en ik besloot in het Amstel te overnachten. Mijn maag rammelde maar het was na elven en Roger was al weg...'

'Roger?'

'De chef van La Rive, het restaurant. De keuken van de brasserie was ook gesloten, maar daar was Ted, eh, ook een kok, nog aan het werk. Naast hem stond een man met een verbazingwekkende handigheid sushi te maken en ik complimenteerde Ted met zijn nieuwe hulp. Dat bleek Baruch te zijn, die blijkbaar ook trek had.'

Als ze zwijgt, vraagt Jenny opnieuw naar het vervolg. 'Hij vroeg me,' zegt Halina, 'of ik een champagne bij de sushi kon waarderen.'

'Laat me raden: een Dom Pérignon.'

Ze moet diep nadenken maar ziet dan het etiket weer voor zich, met daarop de naam Louise in die typische letters. 'Het was een Pommery Cuvée Louise.'

'En toen?'

'We belandden in zijn royal suite met een uitzicht op de Amstel, waarvan ik niets heb gezien.'

'Waarom denk je dat hij voor je viel, en wel zo hard dat hij het drie jaar met je volhield?'

Volhield, zegt de vrouw. Jenny. Verleden tijd. Maar ze was toch ook van plan Baruch te verlaten, ondanks alle luxe? De herinnering aan hun ontmoeting in het Amstel doet Halina terugverlangen naar dat moment. Haar onbevangenheid. Haar vrijheid.

'Waarom we het al drie jaar volhouden? Misschien omdat ik niet onder de indruk ben van zijn rijkdom. Omdat ik mijn onafhankelijkheid niet opgaf. M-mag ik misschien even naar het toilet? Ik moet echt heel nodig. Alsjeblieft, het hoeft maar één...'

Onzachtzinnig wordt haar mond opnieuw afgeplakt. Haar lippen schrijnen.

'Dat kun je wel vergeten,' hoort ze Jenny zeggen. 'Je hebt het trouwens allang laten lopen, dus daar zou ik me niet druk over maken. Het zal even duren voor ik terugkom, dat geeft je de tijd na te denken over wat ik je heb voorgelegd. Ik wil ook een geloofwaardige motivatie bij je argumentatie. Daarover nadenken lijkt me belangrijker dan een toiletbezoek. Ik moet nu gaan.'

De hakken verwijderen zich. De trap af, nog een tiental tikken en dan hoort Halina de deur dichtslaan.

Weer alleen. Levend. Maar ze moet nadenken over haar straf. Of de dood een verlossing kan zijn. Een absurde vraag. Hoewel ze zojuist even heeft gewenst dat het allemaal voorbij zou zijn. Dat ze geen pijn meer hoefde te voelen.

In wanhoop blijft ze achter.

14

Assia is bang. Doodsbang. Een van de jongens heeft een Zimbabwaanse vlag om zijn schouders geknoopt. In de achteruitkijkspiegel ziet ze hoe hij de achterklep opent en in hun spullen rommelt. Ze pakt Rubens hand, trekt hem naar zich toe, probeert hem op zijn gemak te stellen.

'Hé, jongens, kijk nou, die *musatanyoko* heeft tassen met eten bij zich. En dan niet even ons iets aanbieden? Wat zijn dat voor manieren?'

'Oppositiemanieren!' vult een ander aan.

Doe iets, Itai, wil ze haar man toeschreeuwen als enkele jongens spullen uit de achterbak pakken. Hún spullen. Kleren worden op de grond gesmeten, een leesboek van Ruben wordt lachend verscheurd. Spottend klinkt een stem die zegt: 'Je kunt toch niet lezen, achterlijke *madzimu.*'

Ze stoot Itai aan. Een tweede keer. Hij reageert niet. Zijn borstkas gaat in snel tempo op en neer, hij zit ineengedoken als een gewond springbokjong in afwachting van de dodelijke klauwen van een leeuw.

'Als je iets zegt, maak je het alleen maar erger,' fluistert hij. 'Ze hebben verdorie kalasjnikovs!' En dan wordt het portier aan zijn kant opengerukt. Assia trekt tevergeefs aan zijn arm; ze sleuren hem uit de auto. Een gil ontsnapt uit haar keel als ook zij hardhandig wordt beetgepakt, het lukt haar niet Rubens hand vast te houden en even later ligt ze op de grond. Voor ze ook maar iets kan doen, zit een van de jongens boven op haar en krijgt ze een klap met het wapen tegen haar hoofd. Ze ziet een fel licht aan de binnenkant van haar oogleden en dan explodeert de pijn in haar schedel. Ze beseft amper dat het gewicht op haar lichaam zich verplaatst, dat haar vrolijke bloemenrok omhoog wordt geschoven en haar slip kapot wordt gescheurd. De hitte zweeft boven het zand; ze concentreert zich op een spin naast haar die zijn weg zoekt, stukjes rennend, om zich dan ineens doodstil te houden.

'Hé, man, ben jij wel goed wijs? Hier ligt een lijkkist achterin met een waarschuwing erop: afblijven. Heb je niet gezien hoe klein die kist is? Denk na, man, daar ligt een kind in van die hoer, en wat denk je dat ze hem heeft gegeven! Blijf met je lul ver van haar weg, we pakken straks een ander, gezond mokkel.'

Vloekend trekt de jongen zich terug, maar niet voordat hij haar een trap in haar buik heeft gegeven. 'We kunnen ze net zo goed meteen afmaken,' sneert hij.

De vlaggenjongen steekt een sigaret op en beweegt de aansteker onder de kist. 'We gaan deze maar vast braden,' zegt hij, grijnzend, 'dat scheelt iedereen een hoop gedoe.'

Terwijl ze zich kreunend probeert op te richten, ziet ze vanuit een ooghoek hoe Itai met een van pijn vertrokken gezicht wankelend naar de achterbak schuifelt. 'Daar blijf je van af,' zegt hij, met een schorre stem die ze niet herkent. 'En nu donderen jullie allemaal op.' Dan pas ziet ze het pistool in zijn hand. Het lijkt een speelgoedding in vergelijking met de wapens die de jongens dragen. Maar zijn ogen spuwen vuur alsof een vulkaan tot uitbarsting is gekomen. Itai ontgrendelt zijn pistool en drukt het tegen het voorhoofd van de jongen met de vlag.

En hij schiet.

Assia's adem stokt in haar keel terwijl de jongen achterover-valt, een lichaam waar het leven in een fractie van een seconde uit is verdwenen, en ze wendt zich af van het vernielde gezicht. Ze zoekt Itais blik, hoopt dat hij net zo geschokt is als zij, maar hij heeft het wapen opnieuw gericht, nu op een tweede jongen, die het dichtst bij hem staat en als versteend, met open mond, naar zijn dode vriend kijkt.

De andere jongens sprinten ervandoor. 'Dat noemt zich dan ka-meraden,' roept Itai ze na. Zijn stem klinkt als een jankende hyena.

Hij zegt tegen Assia dat ze in de auto moet gaan zitten, grist dan het wapen van de schouder van de knaap, die ineens weer de weer-loze tiener lijkt die hij hoort te zijn, de clowneske versie van een dappere strijder.

Met zijn pistool op de jongen gericht, slaat Itai de achterklep dicht en dan stapt hij in de auto. Assia is achterin gaan zitten, bij Ruben. De jongen lijkt al die tijd geen vin te hebben ver-roerd, zijn ogen als vastgelijmd aan het stripboek. Alleen een trillende lip verraadt zijn angst. Ze streelt zacht over zijn wang terwijl Itai de vuurwapens onder de zitting van de stoel verstopt.

In de verte blaffen bavianen.

Nog voor ze Itai kan vragen of ze niet gauw nog iets van de kleren bijeen kunnen grissen, stuift de auto al weg in een wolk van stof. Bij de eerste bocht hoort ze de doodskist in de koffer-bak schuiven. Inwendig huilt ze, terwijl ze Ruben zacht in haar armen wiegt. 'Het komt wel goed,' fluistert ze in zijn oor.

Als ze Itais zwarte ogen in de achteruitkijkspiegel ziet, ziet ze daarin een woede, groter dan goed voor hem is. Voor haar is. Dan weet ze het ineens weer zeker: het komt niet goed. Niets komt ooit nog weer goed, niet nu haar gezin zo verminkt is. Niet alleen Itai. Ook zij. En zelfs Ruben. Ze voelt het aan de manier waarop hij ineenkrimpt op haar schoot. Alsof hij geen zeven is, maar terug is bij drie, een leeftijd waarop hij nog amper onder haar rok vandaan durfde te komen als er een vreemde in de buurt was.

Een maraboe vliegt vlak naast de auto op, scheert rakelings langs de zijruit. Ze huivert, ondanks de hitte die de aarde verschroeit. Maraboes zijn sluwe aaseters. De doodgravers onder de vogels.

15

Er was een tijd, niet eens zo gek lang geleden, dat ik vol trots door het politiebureau liep. Dat ik de adrenaline voelde stromen zodra de telefoon rinkelde en ik gretig opnam in de hoop op een boeiende zaak waarin ik me mocht vastbijten. Nu probeer ik me niet te ergeren aan de slijtplekken die de vinylvloerbedekking vertoont, aan de benauwde lucht die hier overal in de kantoren hangt, vooral in het mijne, en aan de traagheid van het computersysteem. Tevergeefs druk ik meermaals op de enterknop. Het ligt aan mij. Dat moet wel, want het bureau is zijn oude vertrouwde zelf.

Mijn mobieltje rinkelt, ik zie het nummer van Suus. Zodra ik haar oproep beantwoord, steekt ze van wal: 'Waarom heb je mij niet even gebeld?' Ze heeft van pa gehoord dat ik bij hem ben geweest, vertelt ze. 'Ik heb je een paar keer proberen te bereiken, de afgelopen dagen...' Mijn overbezorgde zus. Ik mag niet vergeten dat ze mijn hand heeft vastgehouden op het beslissende moment bij de gynaecoloog.

'Ik was een paar dagen weg,' zeg ik, 'het was een plotseling besluit.'

'Oké, prima, ik had het alleen graag geweten, pa gaat hard achteruit, zoals je zelf vast ook wel hebt gezien, en het was een naar idee dat ik niet wist waar je uithing. Vergeet je Eva's verjaardag niet?' Zoals je die van Jordy wel vergat, hoor ik tussen de regels door.

'Die is pas over twee weken.'

'Maar ze rekent op haar tante.'

'Ja, tuurlijk, nee, ik schrijf het op. Ik spreek je, ik heb een brie-fing. Kus!'

Als ik het gesprek heb beëindigd, toont het beeldscherm alsnog de inloggegevens voor het intranet. Ik zoek naar nieuwe meldingen van slachtoffers met de indicatie 'onnatuurlijke dood'. Regel na regel spuugt de computer doden uit. Een zelfmoord, een slachtoffer van een steekpartij. Alsof ik verwacht dat ik zal stuiten op de melding van een nog niet geïdentificeerd stoffelijk overschot, mannelijk, geschatte leeftijd tussen de vijfendertig en vijfenveertig, schotwond in het hoofd. Een Slavisch uiterlijk, ver-moeden van een afrekening in het criminele (drugs)circuit. Het zou me zijn tegengevallen, want ze zullen geen sporen achterla-ten, laat staan een lijk. 'Ze', zeg ik, maar ik mag nu 'we' zeggen. Een gevoel van trots bekruipt me. De cursor blijft hangen en ik heb een lijstje van acht meldingen. Niets over een lijk in de Ardennen, niets wat wijst op een overval in een juwelierszaak in Antwerpen, evenmin een slachtoffer met de kenmerken van de overvaller. Of hij leeft nog, of ze hebben hem net zo goed opge-ruimd als de Rus.

Een hand op mijn schouder. De Meyere. Ik onderdruk een vloek en klik de informatie snel weg.

'Ha, Jessy, zo te zien popel je om weer aan het werk te gaan. Zit er nog iets bij wat je boeit?'

Mijn jongere collega-rechercheur, die ondanks jarenlange con-frontatie met het tegendeel nog steeds gelooft in de goedheid van de mens. Met twee kinderen om 's avonds in te stoppen en voor te lezen is dat misschien ook wel eenvoudiger.

'Nee, niet echt, Louis. Is er niks noemenswaardigs gebeurd?'

'Een paar diefstalletjes, een uit de hand gelopen ruzie zaterdagnacht op het Vrijthof,' antwoordt hij. Hij gaat op de bezoekersstoel zitten en rekt zich uit. 'Als jij op vakantie bent, gedragen alle boeven zich keurig.' Hij glimlacht. 'Heb je nog iets bijzonders gedaan?'

'Beetje gekampeerd, wild gegeten, terug naar de natuur. Ik kan het je van harte aanbevelen.' Ik steek een sigaret op en schuif het pakje uit de macht der gewoonte zijn richting op. Hij schuift het gedecideerd terug. 'Al vijf maanden en drie dagen ervan af. Een verademing, die kan ik jóú van harte aanbevelen.'

'Ja, ja. Wacht maar tot de grond onder je voeten wordt weggeblazen. Het eerste wat je dan doet, is zo diep inhaleren dat je longen eruit knallen.' Ik blaas venijnig een rookwolk in zijn gezicht en voor hij kan protesteren vraag ik hem of onze chef zijn opwachting vandaag nog komt maken. Louis wuift de rook weg. 'Geen idee. Hij moest vanmorgen weer naar een specialist. Hij was vorige week één middag hier, en in die paar uur heeft hij het pad tussen zijn kantoor en het toilet minstens een centimeter verder ingesleten.'

'Weten ze wat het is?'

'Familie van de ziekte van Crohn, zoiets. De details wil je vast niet horen. Er gaan geruchten over een interim, maar omdat er wordt gereorganiseerd, zal dat wel een losse flodder blijken. Koffie?'

'Graag.' Als Louis weg is, sluit ik het intranet af om het evaluatieverslag te lezen van een zaak waaraan ik heb meegewerkt en die onlangs succesvol is afgerond. Naast Louis was David Berghuis aanwezig, zijn partner, met wie hij een onlosmakelijk koppel vormt, en nog twee collega's; een teamleider en een tactisch coördinator. Het rijtje afwezigen door ziekte, vakantie en inzet op andere plekken is langer dan het rijtje aanwezigen en als ik de eerste saaie alinea heb gelezen, schuif ik het verslag aan de kant en druk mijn peuk uit in de afvalbak. Wat doe ik hier eigenlijk? Ik zou bij mijn vader moeten zijn.

Als ik op het punt van vertrekken sta, komt Louis met dampende koffie binnen. Ik vertel hem dat mijn vader in een hospice verblijft en dat ik daar wil zijn, en niet hier. Louis oogt ontdaan. 'Je krijgt het wel voor je kiezen.' Ik hoor de aarzeling in zijn stem als hij zegt: 'Eerst Nick, en nu je vader...' Hij legt een hand op mijn arm. 'En we maakten ons al zo bezorgd om je.'

Ik trek mijn arm weg. 'Het gaat goed met me, hé, ik heb net vakantie gehad!'

'Je ziet er ook goed uit,' zegt Louis, 'ik bedoel, je ziet er altijd... maar nu lijkt het alsof je... ik weet het niet, meer alert bent of zo. Meer gefocust. Maar Lombaert zei het vorige week nog: hij vond het een goed teken dat je ertussenuit wilde en je moest maar zoveel dagen opnemen als je wilt. Neem je tijd. Zeker nu. Je kunt altijd bij ons terecht, dat weet je. Hanne zou het leuk vinden je weer eens te zien.' Ik zwijg. Hij weet net zo goed als ik dat ik niet op visite zal komen. 'En ik ga bezorgd zitten zijn wanneer ík dat wil,' vervolgt hij na een korte stilte. 'Vlak na... na Nicks dood ben je toch behoorlijk de weg kwijt geweest.' Hij verontschuldigt zich meteen. 'Niet dat ik dat vreemd vind, eh... Als een van mijn koters zoiets zou overkomen, zou ik waarschijnlijk krankzinnig worden. Maar pas nadat ik de dader had gevierendeeld.' Hij is even stil, dan zegt hij: 'Ik voel me schuldig, snap je, dat ik er niet voor je was, in die donkere uren.'

Heel even denk ik dat hij doelt op wat Brezinger míj heeft aangedaan en flitst de vraag door mijn hoofd hoe hij daar in godsnaam iets over te weten kan zijn gekomen. Maar nee, hij heeft het over Nicks gijzeling en zijn dood, indirect dan toch ook over Brezinger. Ik steek een nieuwe sigaret op en inhaleer diep. Even verwacht ik dat Louis me alsnog op de vingers zal tikken omdat roken hierbinnen al eeuwen verboden is, maar dan zegt hij: 'Ik kan me er nog steeds kwaad over maken dat hij heeft weten te ontsnappen. Dat hij nu ergens met zijn ballen in de zon ligt...' Hij zucht diep. 'Sorry dat ik dit alles nu weer oprakel, maar ik had je dat al eerder willen zeggen. Als er iets is, wat dan ook, wat ik voor je kan doen, zeg je het dan?'

Dat beloof ik hem. 'Mits jij niet meteen groot alarm slaat als ik een dag niet op het bureau verschijn,' zeg ik. 'Ik wil er met mijn vader tussenuit, met hem naar zee, de kroeg in, een goed gesprek voeren.'

'Ik cover je wel,' zegt Louis. 'Maar Boet zal er niets van zeggen, zeker niet als hij hoort wat er met je vader aan de hand is. Hij maakt zich ook zorgen en ik ben ervan overtuigd dat hij zich schuldiger voelt dan iedereen die erbij betrokken was bij elkaar.'

'Echt? Boet?'

'Hij had de leiding, ziet het als een persoonlijk falen. Wat denk je waar die darmtoestanden vandaan komen?'

'Dat meen je niet.' Hij meent het wel en ik wist het. Arme Boet, die me zo graag wilde beschermen en faalde. Het is jammer dat ik hem niet kan vertellen hoe positief die zwarte periode uiteindelijk is uitgepakt. Als ik tenminste het gemis en de nachtmerries niet meetel.

'Zeker weten. Hij heeft het me zelf verteld na een avondje doorzakken, ik denk alleen niet dat hij dat zelf nog weet.'

Ik schiet hard in de lach. 'En hij er maar op aandringen dat ik naar mijn psycholoog toe ga. Ik zal gauw een afspraak maken, ja, o ja, maar dan wel voor hem!'

'Het is goed om weer een lach op je gezicht te zien,' zegt Louis. 'Die heb ik lang gemist.'

Ik sta op. 'Ik ga naar mijn vader,' zeg ik, 'en daarna ga ik thuis wat papierwerk afhandelen. Als er iets is, dan bel je maar.'

16

Hospice De Omega is gevestigd in een statig pand. Het voormalige doktershuis is volgens mijn zus, die aan de andere kant van het dorp woont, jaren geleden gerenoveerd om er een hotel van te maken, maar de projectontwikkelaar ging failliet en daarop heeft een welgestelde particulier het gekocht. Even verderop, voorbij het kerkplein, bevinden zich een kerkhof en bescheiden uitvaartcentrum en ik weet niet of die een rol hebben gespeeld in de keuze om van dit pand een hospice te maken, of dat het uitzicht over het water de doorslag heeft gegeven. Voor ik naar binnen ga, verzeker ik me ervan dat ik geen verdachte bewegingen zie in de omgeving.

Als ik door de gang naar pa's kamer loop, wordt mijn aandacht getrokken door het geluid van brekend glas. Ik steek mijn neus om de deur, speurend naar de bron van het lawaai, en zie een gevulde verhuisdoos: bovenop ligt een fotolijst waarvan het glas kapot is. Dan pas zie ik de man. Hij gooit mopperend opnieuw iets in de doos. Een asbak, en ook die sneuvelt. Leunend tegen het deurkozijn vraag ik hem of het een beetje lukt. Hij keurt me amper een blik waardig en zegt: 'Ach, ga weg.' Hij veegt met zijn vingers over de mouw van zijn keurige maatpak, dat aan de

72

ruime kant is voor zijn iele gestalte; glimmende plekken op de ellebogen verraden dat het betere tijden heeft gekend. Vervolgens smijt hij hartgrondig vloekend een porseleinen beeldje in de doos. Ik loop de kamer verder in en pak de foto op, voorzichtig, zodat ik me niet snijd aan glassplinters. 'Laat me raden... uw moeder?'

Hij kijkt me afkeurend aan. 'Dat gaat u geen donder aan,' snauwt hij, en hij beent de kamer uit met een klein formaat tv, mij verbouwereerd achterlatend.

Marijke Schimmelpenninck de Rijckholdt, staat achter op de foto geschreven. Aha, de dame van adel over wie pa's wandelmaatje het had. Oud geld. En dat norse mannetje moet haar zoon zijn? Ik ruik sigaren, een muffe geur die me doet denken aan een bruin café. Een fauteuil staat midden in de kamer, eenzaam en overbodig in een sfeer van afscheid en verval. Een tussendeur staat op een kier en als ik die iets verder open, kijk ik tegen een doodskist aan. Nieuwsgierigheid trekt me de ruimte in en dan zie ik een frêle dame liggen, met gitzwart haar en een rode jurk, in een halfgeopende kist. En witte rozen op haar borst, ik vermoed een geste van vrienden of familie, om haar lippen de glimlach van vredig inslapen. Ze oogt voornaam, zelfs in haar dood. Ik kom dichterbij en dan valt me de enigszins omhooggetrokken mondhoek op, wat iets van bitterheid geeft in haar gezichtsuitdrukking. Ik kan het niet verklaren, maar er bekruipt me een unheimisch gevoel. Ik bekijk haar aandachtiger, til haar armen voorzichtig op, schuif de mouwen van haar jurk omhoog en zie sporen van injectienaalden, inclusief de bijbehorende blauwe plekken. En... littekens. Strepen. Witte strepen, andere rozig.

Mijn moeder. Ze doet me denken aan mijn moeder. Mijn moeder was blond, net als ik, en ze leek helemaal niet op deze dame, maar ze had ook vaak een onechte glimlach om haar mond. En soortgelijke littekens.

'Bent u wel zo vredig gestorven?' fluister ik. De littekens verankeren zich op mijn netvlies en in gedachten zie ik mijn moeder met grote, wanhopige ogen, talmend op de stoel in de werkplaats van mijn vader.

Ik verlaat de kamer van de barones om mijn vader op te zoeken en zie de zoon met lege handen terugkomen. Ik wacht hem op; het is hem vast allemaal even te veel geworden en nu is hij weer zijn eigen voorkomende zelf. 'Heeft u niet genoeg aan het verzorgen van de gasten hier?' vraagt hij, terwijl hij de kamer in loopt. Ik draag mijn hooggehakte laarzen, maar zelfs zonder die extra centimeters zou ik moeiteloos op hem neerkijken, wat ik graag doe bij onhebbelijke mannen met te lange achternamen. Als hij de kamer uit wil gaan en langs me loopt met een doos in zijn armen zet ik mijn voet naar voren. Hij struikelt, de doos valt op de grond en hij kan zich nog net staande houden. Ik grijp hem bij zijn colbert, duw zijn lichaam hard tegen de muur en boor mijn ogen in de zijne, zo dichtbij dat ik de kleurschakeringen in zijn irissen kan onderscheiden. Met één hand pak ik mijn legitimatiebewijs uit mijn jas en houd die voor zijn neus. 'Jessica Haider. Recherche.' Dan zie ik twijfel in zijn blauwe ogen.

'O, eh, sorry… recherche?'

'Yep. En ik denk dat uw moeder geen natuurlijke dood is gestorven. Wat heeft u daarop te zeggen?' Hij hapt naar adem. Ik gebruik zijn onzekerheid om in één moeite door te vragen of hij zaterdag iets bijzonders aan zijn moeder heeft gemerkt.

'Iets bijzonders? Hoe bedoelt u?'

'Was ze anders dan anders?'

'Nee, ze was haar eigen oude zeurderige zelf. Het beademingsapparaat had gehaperd, het infuus was pijnlijk. Gezeur van een ziekelijke bejaarde… Ja, eh, sorry, maar mijn moeder dacht altijd alleen maar aan zichzelf.'

'Ach, is dat zo?' Ik laat hem abrupt los en terwijl ik dat doe, zie ik zijn portemonnee half uit zijn broekzak piepen. Ik trek de onderkant van zijn colbert recht. 'U ziet er een beetje verkreukeld uit,' zeg ik en ik gris de portemonnee uit zijn zak. 'Weet u wat ik ga doen? Ik ga een sectie laten uitvoeren.'

'Dat... dat is absurd!' Hij strijkt onhandig de vouwen uit zijn colbert en doet zijn uiterste best mijn blik te ontwijken. 'Hoe komt u erbij! Waarom... U denkt toch niet dat ík iets met haar dood te maken heb?' In de spiegel boven de haard kijkend, probeert hij tevergeefs zijn stropdas recht te trekken. 'Ik... ik ga mijn advocaat bellen.'

'Ga uw gang.' Al moet ik bij Lombaert door het stof, die sectie ga ik verdomme laten doen ook. 'Dan komt u vervolgens mee naar het bureau, klaag ik u aan voor belediging van een ambtenaar in functie en ga ik uw leven de komende dagen heel onaangenaam maken.'

'In functie? Maar... maar dat is ongeoorloofd!'

'Er mag wel meer niet, maar ik wil nu uw mobiele nummer en daarna geef ik u één minuut om heel stilletjes te verdwijnen.' Dan zwijg ik en wacht. Hij aarzelt, maar geeft me alsnog zijn gsm-nummer. Vervolgens pakt hij een doos van de vloer en loopt omzichtig langs me heen, goed oplettend waar hij zijn voeten neerzet.

De portemonnee van Clemence Schimmelpenninck de Rijckholdt levert niets op: wat contanten, creditcards. Tot ik een visitekaartje aantref met een logo dat me bekend voorkomt: van Club eSMée. Nadat Marc en ik uit elkaar waren, bezocht ik deze seksclub wel eens; het is een grote, anonieme club. Stellen zijn er welkom, maar ook singles kunnen er terecht en ze kennen er geen taboes. Ik glimlach, houd het kaartje achter en leg de portemonnee op de schoorsteenmantel.

Ik zou bijna vergeten bij mijn vader op bezoek te gaan; nota bene de reden waarom ik hier ben. Terwijl ik naar zijn kamer loop, bel ik Marcel Penninx, mijn vriend de patholoog van het AZM, die bij hoge uitzondering wel eens een forensische obductie voor me uitvoert. Ik ben blij dat hij die beschouwt als een welkome afleiding van zijn reguliere gepruts met reageerbuisjes en ook nu mag ik een beroep op hem doen.

'Een oudere vrouw, Marcel,' zeg ik, 'ik moet weten waaraan ze is overleden en wil graag dat je dit onderzoek voorlopig geheimhoudt. Vraag me alsjeblieft niet waarom. Kun je een ambulance regelen, zodat ik geen collega's of uitvaartmensen hoef te bellen? Mag ik haar aan jou toevertrouwen?'

'Op jouw verantwoording,' zegt hij. 'Geef me het adres maar.'

Nadat ik hem heb bedankt voor zijn vertrouwen, open ik de deur van mijn vaders kamer. Hij ligt in bed, zijn lichaam als een foetus opgerold, en zijn gekreun gaat me door merg en been. Het computerscherm staat opnieuw op zwart, terwijl hij tot voor kort uren per dag aan het beeldscherm leek vastgelijmd om maar niets te missen van sport of gebeurtenissen in de regio. Er is een vrouw bij hem, ze draait aan een knopje van het infuus. 'Even een tikje extra hulp,' zegt ze. Misschien moet ik me schamen dat ik haar nog nooit heb gezien. Pa's ademhaling zakt tot normaal niveau. De vrouw legt haar hand op zijn arm, schenkt hem een glimlach en geeft mij dan een hand. 'Frida. Dan moet u meneers andere dochter zijn.' Ze buigt zich naar me toe. 'De rechercheur.' Even verwacht ik dat ze zal zeggen dat het allemaal wel meevalt, maar ze zwijgt, knikt alleen vriendelijk en zegt: 'Fijn met u kennis te maken.' Ze kijkt naar mijn vader. 'Kan ik u verder nog ergens mee helpen?'

Hij schudt zijn hoofd. Ik houd de deur voor haar open en vraag haar op de gang of ze de zoon van mevrouw Schimmelpenninck de Rijckholdt zojuist heeft gezien. Als ze bevestigend antwoordt, vraag ik: 'Was hij hier afgelopen zaterdag ook? Toen zijn moeder 's avonds overleed?'

Ze moet even nadenken en dan knikt ze. 'Ja... ik denk zo tegen halfzes. Ik moet bekennen dat het tussen vijf en zes een chaos is met het verzorgen van het avondeten en vervolgens de wisseling van de middag- en avonddiensten, dus helemaal zeker weten doe ik het niet.'

'Heeft u hem ook zien weggaan?' Dat ontkent ze en ik vraag haar of ze daarna nog bij de barones is gaan kijken. 'Ja,' antwoordt ze, 'ik heb aan het begin van de avond aan haar deur geluisterd. Ik hoorde het *Ave Maria* en ze neuriede mee. Het bordje NIET STOREN hing aan de deurklink, dus ik nam aan dat de zoon er nog was en ben weer gegaan.'

Aarzelend ga ik pa's kamer opnieuw in. Ik loop naar zijn bed, wil hem een zoen geven, maar hij staart me aan alsof ik een vreemde ben. Ik wijt het aan de morfine en neem me voor op een later moment terug te komen.

Als ik het hospice verlaat, zie ik de zoon van de barones in een gedateerde BMW stappen en ik prent het kenteken in mijn geheugen.

17

Assia heeft nog last van haar hoofd, waarop ze een dikke bult voelt, maar de meeste pijn veroorzaakt haar buik. Bij vlagen lijkt er iemand met een mes in te steken en dan krimpt ze ineen. Het gevolg van de vreselijke gebeurtenis, gisteren, waarbij Itai een jongen heeft doodgeschoten. Bij elk geluid spitst ze haar oren, verwacht ze sirenes. Ergens rouwt nu waarschijnlijk een moeder om het verlies van haar kind.

Ze hoort Itais maag rammelen. Nog even en ze zullen moeten bedelen. Geen kleding meer, geen geld, niets. Zelfs de auto pufte zijn laatste zwarte adem uit toen ze de stad binnenreden. De hele reis bleef de ader in Itais nek pulseren en de getergde blik week niet van zijn gezicht. Ze denkt terug aan een paar dagen geleden, toen ze *millimeal* en gedroogde *matemba*-vis had gemaakt en Itai vond dat de vis naar afval stonk. Na een nacht in de auto zou ze voor die maaltijd een lief ding overhebben. Itai heeft geprobeerd een hotelkamer te bemachtigen met de belofte later te betalen, maar werd geweigerd. Het maakte haar niet eens uit, ze voelde zich verdoofd, angstig, leeg.

'We zullen zo het mortuarium opzoeken,' zegt Itai, 'daar moesten we ons melden, dus daar helpen ze ons wel.' Hij hoopt nog steeds dat de auto in de koelte van de ochtend wel weer wil starten, maar tot dusver zijn alle pogingen mislukt.

Ze houdt Ruben in de gaten, die iets verderop tegen een lekke voetbal trapt. Als ze kinderen in schooluniform voorbij ziet huppelen, ziet ze in gedachten Ian James voor zich. De grijze korte broek met het witte shirt, en een blazer, gestreept in verschillende kleuren blauw en een puntje goud. Soms droeg hij een *colonial floppy hat* tegen de zon. Ian James sprak vloeiend Engels en Shona, maar op sportief gebied was hij een hark, in tegenstelling tot de jongste, Ruben, die stripboeken leest als hij binnen is, maar niets liever doet dan zwemmen of football spelen.

In de achteruitkijkspiegel ziet ze haar donkere ogen en ze probeert de vermoeidheid eruit te knipperen. De pijn, de wanhoop. Ze strekt haar benen. Met haar bijna één meter tachtig lange, lenige figuur en donkere huid is ze een echte Shona. Toen ze haar man voor het eerst ontmoette, zei hij dat hij haar mooi vond, veel te mooi voor een Shona, ze had een Ndebele moeten zijn, wat ze maar opvatte als een compliment. Hij vindt haar nog steeds mooi, zegt hij, hij zou haar ook nooit hebben verlaten voor een andere vrouw, en ze bleef bij hem omdat ze van hem houdt, ondanks alles. De vernedering van zijn affaire, de sluimerende behoefte aan wrok en opnieuw beginnen, alles viel in het niets bij het sterven van haar oudste zoon. En nu... moord. Haar Itai! Het is te veel en ze kan het nog maar amper beseffen.

'Dat... dat pistool,' zegt ze zacht, 'waarom had je het bij je?'

'Wees blij dat ik het had.'

'We moeten naar huis terug, het zijn slechte voortekenen. Hier zijn we niet welkom.'

'Naar huis terug?' Met een driftig gebaar trekt hij zijn overhemd uit en een gevoel van gêne overvalt haar als ze in het onbarmhartige ochtendlicht zijn naaktheid ziet. De grimmige strepen, sommige als harde, stugge verdikkingen op zijn huid, de zichtbare littekens. Hoe het met de onzichtbare zit, weet ze niet, maar dat hij 's nachts opschrikt van een plotseling geluid, dat hij haar strelende handen niet overal meer verdraagt en haar niet meer begeert, zegt haar genoeg.

'Als dat...' ze kijkt naar zijn littekens, 'als dat niet was gebeurd, hadden we thuis kunnen blijven.'

'Dus het is allemaal mijn schuld.' Itai klemt zijn handen om het stuur. 'Ik kan niet liegen voor de lieve vrede, Assia, ik ben niet zoals jij.'

Alsof hij altijd zo eerlijk tegen haar is geweest! Nee, de tijd dat ze dacht dat iedereen open en oprecht was, is blijven steken in de gedichtjes die ze als kind graag schreef. 'Je zégt niets,' werpt ze tegen, 'je praat niet met me. Wat moet ik dan?'

'Wil je weten hoe het was? Wil je dat echt weten?'

Ze aarzelt. Ze kent de verhalen over de mensen die een autoband om hun nek kregen gehangen en dan in brand werden gestoken. Auto's die over mensenbenen heen reden, geslachtsorganen die werden afgesneden. Mensonterende martelingen, vaak met dodelijke afloop.

Zijn gezicht is vlak bij het hare en ze ruikt zijn onfrisse geur. 'Wil je weten,' vraagt hij, 'hoe Mugabes groene monsters die protestactie neersloegen, de sterke mannen eruit pikten, die knevelden en in de laadbak van een pick-up smeten, terwijl ze dreigden ons dood te schieten? Wil je weten hoe angst eruitziet?' Itai spuugt door het open autoraampje. Dan vervolgt hij: 'Na uren in de brandende zon werden we er als beesten uit gegooid en waren we terechtgekomen in de mijnen. Daar moest ik elke dag met mijn voeten in de modder staan om te graven naar diamanten.' Ze wil hem zeggen dat ze het begrijpt, maar hij heft zijn hand op. 'Ik zag hoe de soldaten van Mugabe kinderen afslachtten. Ze sneden hun kelen door, en ze dwongen mij en een paar anderen de lijken in een diep gat te gooien en dat vervolgens met zand weer te vullen. Ik zag broeders om me heen sterven van uitputting en ik wist dat ik het niet zou volhouden, ik moest daar weg, ik kon op zijn minst een vluchtpoging wagen, anders was ik net zo'n lafaard als die waakhonden. Op een nacht klom ik over een hek met vlijmscherpe punten en haalde mijn benen, armen en rug open. *Guma-gumas*, boeven met messen en ijzeren staven, kregen me al te pakken toen ik amper weer op mijn voeten stond, de pijn verbijtend. Ze sloegen en staken me, genoeg om me weerloos te maken, en toen bonden ze het uiteinde van een paar meter ijzerdraad vast in mijn kruis. Ze wikkelden het strak om mijn *machende*. Zelf hadden ze natuurlijk handschoenen aan, de *musatanyoko's*. Ze rukten lachend aan het draad, lieten me lopen, rennen, rondjes draaien om de pijn te ontwijken. Wat niet lukte. Uiteindelijk viel ik en verloor het bewustzijn. Hoe lang ik buiten westen ben geweest, weet ik niet, ik hield me doodstil toen ik bijkwam, angstig dat ze terug zouden komen, en pas de volgende nacht heb ik mezelf daar weggesleept, een bos in.'

Ze weet dat hij daar een paar dagen later werd gevonden, meer dood dan levend.

Al die tijd hoorde ze geen enkele emotie in zijn stem. Alsof hij iets voorlas, wat hem niet aanging. Alleen bij het woord *chidudu* had zijn stem even getrild. Angst.

18

Het is koud in de werkplaats. De thermostaat geeft elf graden aan, een goede temperatuur om Halina scherp te houden. Ze begint niet onmiddellijk te piepen als ik de tape van haar mond trek. Ze likt met haar tong over haar gebarsten lippen, maar ze geeft geen kik. Ze gedraagt zich zoals ik had verwacht: geen gezeur, geen gejank. Ook Alec was ervan overtuigd dat deze dame wel wat kan hebben, al waarschuwde hij me voor de risico's van hallucinaties en zelfs gekte als het te lang duurt. Alsof ik die niet ken! Gisteravond heb ik hem gebrieft over de voortgang; het was goed zijn diepe, warme stem weer te horen. Ik mis zijn fysieke aanwezigheid, maar ik heb geen idee waar hij nu uithangt, net zomin als ik enig idee heb van de verblijfplaats van mijn overige Saligia-collega's. Ik heb ze zelfs nog niet ontmoet. Die kennismaking volgt als ik deze eerste echte opdracht met succes kan afronden. Ik heb op het punt gestaan te vragen wat er aan de hand is, maar mijn trots weerhield me ervan, zelfs al loop ik daarom nu te piekeren over zijn afstandelijkheid. Vertrouwt hij me niet met Baruch Salomons? Is hij jaloers, of misschien wel teruggefloten door de organisatie? Het niet weten is onuitstaanbaar.

Halina's arm heelt goed. Ik laat de stoel naar voren kantelen en geef haar te drinken. 'Ik help jou, jij helpt mij. Akkoord?' Ze knikt. 'Ik heb een woord op je arm geschreven,' zeg ik. 'Heb je enig idee welk?'

'Bloeddiamanten.' Het woord komt fluisterend over haar lippen, alsof het om een gevaarlijke bezwering gaat. Ik wist wel dat ze niet dom is. De letters zijn niet erg netjes maar goed leesbaar geworden, de 'b' vlak boven haar pols, eindigend met de 'n' boven haar elleboog.

'Dat klopt,' zeg ik. 'Zelfs in bloesjes met driekwartmouwen zal er "bloed" te lezen zijn op je arm.' Ik zie haar moeizaam slikken. Misschien bedenkt ze dat ze straks haar halve garderobe de deur uit kan doen. 'Vertel me wat je weet over Baruch en zijn illegale handel. Ben je ooit mee geweest naar Zimbabwe? Met wie onderhield hij daar contacten? Vertel.' Ik controleer de sloten. IJzeren boeien, vastgeschroefd aan het gevaarte waarvoor de benaming stoel te vriendelijk is. Ze zal met geen mogelijkheid uit eigen beweging kunnen ontsnappen.

'Als ik…'

Ik val haar meteen in de rede. 'Ik wil geen vragen van je, begrepen? Je geeft antwoord op de mijne, meer wil ik niet van je horen.' Ik help haar opnieuw op weg. 'Baruch?'

Haar stem klinkt mat: 'Ik zal je vertellen wat ik weet. Maar ik moet je waarschuwen: als je je in zijn wereld begeeft en je bedondert of verlaat hem, dan kun je net zo goed meteen van een flat springen.' Ze hoest, klinkt hees. 'Hij zal me vinden en dan ben jij dood.'

Ik negeer haar woorden en geef haar een slok water. Op het moment dat ik het glas terugtrek, stoot ze er opzettelijk met haar kin tegenaan, zodat het glas bijna uit mijn hand glipt en er water over haar gezicht plenst. Gretig likt ze de druppels op. Ik geef haar een harde klap die haar wang rood kleurt.

Ik pak de tatoeage-pen en zet het apparaatje aan. Dan klauw ik mijn vingers in haar haar en trek haar hoofd met één felle beweging achterover, klemvast tegen de stoelleuning. Ze krijst en probeert zich te verzetten, maar ze is uiteraard geen partij voor me. Ik zet mijn voet op het pedaal en de pen begint te zoemen; ik dreig haar wang te bewerken. Ze doet verwoede pogingen aan haar lot te ontsnappen.

'Hoe meer je beweegt, hoe lelijker het wordt,' zeg ik. Ze jammert, smeekt om genade, en dan zet ik het apparaat uit. 'Ik heb ook een waarschuwing voor jou. Elke keer dat je me iets vraagt, óf iets flikt wat me niet aanstaat, ga ik een letter op je gezicht zetten. Van de ene wang naar de andere, en als ik de laatste heb voltooid, zul je nooit meer over straat durven, laat staan met je hoofd op tv willen. Is dat duidelijk?' Ze hijgt. 'En nu wil ik het van je horen,' dring ik aan. Ik steek een sigaret op en houd die voor haar lippen. Ze inhaleert gretig. Halina is een sociaal rookster; als Baruch na de koffie een sigaar opstak, nam zij een sigaret.

Het duurt een tijdje voor ze op adem is, maar dan begint ze te praten. 'Baruch kent mensen in de top van Zimbabwes politieke leven. Er was onlangs een hoge functionaris bij hem op bezoek. Mumbi of Mumbe... Daar begon zijn naam mee, ik herinner me nog dat ik die gegoogeld heb en zag dat hij werd geweerd uit sommige landen, terwijl hij minister van Buitenlandse Zaken is. Of was, dat weet ik niet meer.'

Ze heeft het over Mumbawashi. Het bevalt me dat de informatie die ik vooraf heb gekregen, juist blijkt.

'Ze spraken tijdens het diner over de expansie van Baruchs zaken in Afrika,' vervolgt Halina, 'en over het werk dat hij zou gaan doen voor de president... Het was een onaangename man, die Baruch geld bood voor een nacht met mij. Gelukkig weigerde Baruch en gingen ze later naar een nachtclub.'

'De minister van Buitenlandse Zaken. En verder?'

'Niet zo lang geleden mocht ik een keer mee naar Zimbabwe. We vlogen naar Harare en hij liet me het Nyanga National Park zien. Aansluitend moest hij zaken regelen in een plaatsje dat Vila de Manica heet. Een lange autorit, maar de moeite waard; het is een prachtig land. Toen we daar waren, moest ik in de auto blijven zitten, maar het wemelde er van de dure Jeeps en louche types. Ik had het vermoeden dat er diamanten werden verhandeld en ik voelde me er allesbehalve veilig. De laatste keer ging hij alleen en heeft hij Harare ontweken, ik heb hem aan de telefoon gehoord over een vlucht naar een andere bestemming, ik weet de naam niet meer, maar hij had het over een plaatsje vlak over de grens met Mozambique.'

Chimoio. Die naam ben ik ook tegengekomen. Ze vertelt in ieder geval de waarheid, voor zover ik die kan controleren. 'Je hebt er Baruch niet mee geconfronteerd?'

Halina lacht schamper. 'Ik heb één keer een vraag gesteld en toen heeft hij me verteld dat hij er juist alles aan doet om die illegale handel te stoppen, omdat daar de wapenindustrie mee wordt gefinancierd. En verder moest ik mijn mooie hoofd niet vermoeien met zijn zaken.'

'Waarom ben je niet weggegaan?'

'Baruch is verslavend. Hij is charmant, en in bed...' Halina aarzelt. 'Nou ja, ik dacht elke keer dat ik dat altijd nog kon doen, dat weggaan op elk moment nog kon.'

'Je was het van plan.'

'Hoe weet...' Ze breekt haar zin af, lijkt zich te realiseren dat ze geen vragen hoort te stellen en dan knikt ze. Berustend. Ik neem een laatste hijs van de sigaret en ik laat ook Halina nog een paar keer flink inhaleren.

'Wil dat zeggen dat de vraag die ik je heb voorgelegd eenvoudig is beantwoord? Vind je dat je dezelfde straf hebt verdiend als Baruch? Denk je dat het leven goed is geweest en de dood een verlossing kan zijn?'

Ze is even stil. 'Nee, dat vind ik niet,' zegt ze, en haar stem klinkt dun, breekbaar. 'Hoewel ik bang ben dat ik hier sowieso niet levend vandaan zal komen.'

'Ik ben het met je eens,' zeg ik, 'tenminste met het eerste deel van je antwoord. Ik heb je gestraft met een tatoeage op je arm om je er levenslang aan te herinneren wat je hebt gedaan, of eigenlijk wat je niet hebt gedaan. Maar ik hoop dat je je ook herinnert wat ik verder heb gezegd. Jij helpt mij, ik help jou.' Ik plak de tape over haar mond. 'Je hebt je portie water gehad, als je je beter had gedragen had ik je meer gegund.' Zonder nog een moment aandacht te schenken aan het geluid van rammelende kettingen, verlaat ik de werkplaats.

19

Er is iemand binnen geweest. Ik ruik het zodra ik in mijn Antwerpse appartement ben: een vage geur van bloemen, misschien lavendel, maar ook een zwaardere, houtachtige lucht waardoor ik denk aan aftershave. Een van Baruchs mannen? Terwijl ik me behoedzaam door het appartement beweeg, vervloek ik het feit dat ik mijn Glock in de Jeep heb laten liggen. Heeft hij iets van mijn andere leven kunnen vinden? In de slaapkamer ligt een envelop op mijn bed. Brezingers vuile tronie verschijnt op mijn netvlies en ik stuiter zowat tegen het plafond, tot ik de envelop openruk en er een rood hart van karton uit haal. Er staat op: *Ik wil je. Ik verlang naar je hart. Liefs, BS*. Ik lach om mijn opwinding. En toch. Ik ben gewaarschuwd. Het hart is een statement. Ik verstop de sleutels van mijn huis en de Jeep onder in een ladekast, met setjes lingerie en persoonlijke dingen die dit leven moeten verbeelden: foto's, bankafschriften, een agenda van vorig jaar. Ik vind geen sporen van braak en dat verbaast me niet; ik bevind me in een misdaadcategorie op niveau.

Terwijl ik me omkleed voor het etentje bij Baruch probeer ik de rust in mezelf te vinden. Daar ben ik nog steeds mee bezig als ik me in een geruisloze limousine met minibar naar hem toe laat rijden. Ik denk ineens terug aan het dode gezicht van de barones; haar mond met het bittere accent, de littekens op haar armen. De gedachte aan mijn moeder. *Ze wilde eruit stappen, maar durfde niet. Zou deze Marijke met haar lange achternaam voor hetzelfde dilemma hebben gestaan?* Ik zou me in haar leven willen verdiepen, omdat ik denk dat het een boeiende zoektocht kan zijn. Maar de tijd verlangt andere dingen van me en Marcel zal zich melden als hij nieuws heeft.

Twee telefoons. Twee levens. Eén witte iPhone – die ik ook in mijn Jeep heb achtergelaten – voor mijn matig betaalde politiewerk met onregelmatigheid en gevarengeld om het loonstrookje op te krikken, en een zwarte voor de rijke versie van mezelf. Als ik de twee mobieltjes voldoende uit elkaar houd, moet me dat in mijn hoofd ook lukken. Op mijn zwarte iPhone staan geen inkomende berichten, alleen gefingeerde informatie van tevreden klanten, foto's van survivaltochten en belangrijk ogende etentjes.

Baruch belde me gisteravond. 'Het is gelukt,' zei hij. 'Kan ik je verleiden tot een etentje bij mij thuis? Zo'n juweel heeft een intieme sfeer nodig… en anders hoop ik dat je valt voor mijn eigengemaakte en onovertroffen sushi.'

'Jij, zelf sushi maken? Dan kom ik graag oordelen hoe onovertroffen die is,' reageerde ik.

Ik strijk even over de stof van mijn cocktailjurkje en vraag me af waarmee Saligia mijn rijkdom financiert. De Mercedes SLK, de huur van het luxeappartement, mijn garderobe, al het werk en kapitaal dat ze hebben moeten steken in mijn fictieve verleden…

Eerlijk is eerlijk, het kost me weinig moeite me in deze levensstijl op mijn gemak te voelen; ik heb me nooit druk hoeven maken over geld. Mijn vader stamt uit een welvarende Oostenrijkse familie en toen zijn ouders stierven, bleken die hem miljoenen te hebben nagelaten. Pa heeft er nooit naar getaald, hij was gelukkig in zijn werkplaats, maar ik verdien zelfs nu nog meer met de rente van dat kapitaal dan met mijn recherchesalaris. Dat heb ik trouwens nooit iemand verteld, zelfs mijn ex-man in Schotland heeft geen idee hoe groot mijn vermogen is. Mijn vader wilde de verantwoordelijkheid niet en schoof die door naar ons – uiteraard kreeg Suus de helft – nadat mijn moeder overleed. Hij richtte de werkplaats zo in dat hij erin kon wonen, nadat Marc en ik hadden toegezegd de immense hoeve te zullen betrekken, maar we zagen hem zelden, hij begroef zich in zijn werk. Net als wij.

'Uw bestemming, dame,' meldt de chauffeur, die zich voorstelde als Chiel Delpeutte 'tot uw dienst' toen hij me in de auto liet en me vertelde dat ik gerust alvast een drankje kon nemen. Brede schouders, gepoetste schoenen. Ik heb zijn foto gezien bij de informatie over Baruch, hij behoort tot de club beveiligers. Als Baruch me alsnog teleurstelt, vanavond, zou ik me een nachtje met Chiel kunnen vermaken. 'Stapt u maar uit, dan zal ik de deur van de hoofdingang voor u openen.' Hij begeleidt me zelfs naar binnen en drukt het liftknopje voor me in. 'De vijfde verdieping,' zegt hij. Met een knipoog druk ik een briefje van vijftig achter zijn smetteloos witte overhemd en hij wenst me een plezierige avond. Ik schud mijn haar naar achteren en controleer in de spiegel in de lift of alles goed zit.

Een plezierige avond, ja, dat wens ik mezelf ook. Met ongeduldige passen stap ik de lift in.

Vanaf het moment dat ik zijn appartement binnenkom, ben ik me tot in mijn tenen bewust van zijn aanwezigheid. Dankzij mijn observaties voelt het interieur vertrouwd, Baruch is charmant, precies genoeg belangstellend zonder nieuwsgierig te zijn, en zijn schoenen glimmen. Het is te perfect. Te makkelijk. Terwijl ik probeer te genieten van de sushi, bedenk ik dat ik moet oppassen dat ik niet vanzelfsprekend het toilet vind. Of de slaapkamer. Ik vraag me af of een van mijn Saligia-collega's – Alec? – me nu bespiedt, vanuit de flat hiertegenover, en ik onderdruk de neiging een zelfvoldane blik te werpen naar een designwandklok waarin een cameraatje verstopt moet zitten ter grootte van een speldenknop.

Tijdens het etentje afgelopen zaterdag, 's avonds na de overval, heeft hij me al wat gevraagd over mijn werk als beroepsmilitair en mijn Nederlandse herkomst; dat ik geen Belgische van oorsprong ben, hoorde hij natuurlijk onmiddellijk. Hij leek onder de indruk van mijn cv, maar ditmaal is hij meer geïnteresseerd in mijn huidige bezigheden.

We proosten met de champagne die ik heb meegebracht, een fles Moët die hij gul heeft bejubeld, ik complimenteer hem met zijn fraaie optrekje en dan vertel ik hem een paar dingen die hij vast al op het internet heeft nageplozen. Over vorige expedities en opdrachten.

'Ik doe dit nu een jaar of vijf,' zeg ik. 'In het begin liep het nog geen storm, maar ik kreeg meer klandizie dan ik aankon toen een van de topmensen van Shell met een groepje collega's had deelgenomen aan een overlevingstocht in Sri Lanka. We hebben daar illegaal op tijgers gejaagd en een vreselijk spannende nacht beleefd, die meer heeft gedaan voor het groepsgevoel dan die hele week bij elkaar. De Shellman heeft zijn ervaring overal rondgebazuind en sindsdien zit ik regelmatig in het buitenland in zelfverkozen armoede, en dat vind ik heerlijk. Relativerend. Des te harder geniet ik van het leven hier. Van deze champagne, bijvoorbeeld.' Ik hoop dat ik genoeg passie toon.

Terwijl hij weg is – naar het toilet en om een tweede fles uit de koeling te halen – gris ik zijn mobiele telefoon van tafel, haal de simkaart eruit, stop die in de mijne en kopieer zijn gegevens. Kom op, kom op, spoor ik het apparaatje aan, en als ik 'ready' zie op het schermpje hoor ik zijn voetstappen naderen. Razendsnel zet ik de simkaart terug in zijn toestel, en ik schuif het apparaatje net over tafel als hij de kamer weer in komt. Fuck!

'Mooi ding.' Mijn stem trilt, terwijl ik op mijn eigen mobieltje met een druk op de knop Baruchs gegevens doorstuur. 'Maar hij haalt het niet bij mijn iPhone, natuurlijk.'

'Volgens mij vinden iPhone-adepten andere toestellen per definitie waardeloos.' Ik lach om zijn grap. Gewoon niet meer over hebben, geen excuus, geen aandacht meer op vestigen. Hij opent de fles, van een soortgelijke kwaliteit. Ik heb expres niet hetzelfde merk gekocht als hij standaard in huis heeft. Met zijn hand lichtjes op mijn rug vult hij de glazen en even denk ik dat hij me zal omhelzen. Ik voel zijn warmte door de stof van mijn jurk.

'Picasso, *Homme à l'épée*.' Ik wijs naar een kleurrijk schilderij aan de muur. 'Wat aardig. Is deze een paar jaar geleden niet door Sotheby's geveild?' Hij knikt en ik vervolg: 'Bijna zeven miljoen pond, meen ik. Een goede aankoop, gefeliciteerd.' Ik hef mijn glas en we proosten.

'Je bent een liefhebber?' vraagt hij, en ik zeg: 'Niet van deze absurde kunst. Ik neig meer richting de abstractie. Ik heb een bizar groot maar fantastisch werk van Clyfford Still in de kamer.'

'Abstract…'

'Niets zo saai als een Anton Pieck,' zeg ik. 'Ik houd ervan als er iets te raden overblijft.' Ik laat mijn ogen subtiel over zijn Armani-pak glijden.

'Oesters?'

'Ook een goed voorbeeld,' zeg ik. 'Spannend, zolang ze gesloten zijn.'

'Ik bedoel of je ze lust. Ik heb een dozijn, ze zijn al voor ons klaargemaakt. Mijn kookkunsten beperken zich tot sushi.'

'Die trouwens heerlijk was.'

Als ik even later een ziltige glibberjongen naar binnen slurp, piept mijn iPhone. Een bericht, op mijn verzoek verstuurd, precies op tijd. Ik kijk er kort naar, leg mijn mobieltje dan weg. 'Sorry,' zeg ik, 'ik verwacht eigenlijk nog een akkoord op een offerte die ik vandaag de deur uit heb gedaan; het gaat om een opdracht waar ik ontzettend veel zin in heb.'

'O ja? En waar gaat de reis dan naartoe?'

'Naar Mozambique,' antwoord ik. 'Een land waar ik nog nooit

ben geweest, en het moet er erg mooi zijn. Zeker voor een avontuurlijke safari. Ik ga er vast een kijkje nemen als de opdracht doorgaat.'

En dan ligt er ineens een fluwelen doosje vlak voor me op tafel. Opengeklapt. Uit een witte bekleding steekt een ring met een zwarte edelsteen. Een carbonado. De ring is stoer en adembenemend; ik word er stil van.

'Met mijn eeuwige dank dat je mijn leven hebt gered,' zegt Baruch. 'Het is een godsgeschenk dat je net op dat moment binnenkwam.' Hij schuift nog een doosje mijn kant op en opent het. 'Diamanten zijn voor eeuwig. Zeldzaam gulle giften van de natuur die onvergankelijk mooi zijn. Als ik nu een wens mocht doen, zou ik wensen dat onze prille relatie eveneens voor eeuwig is, dat die nooit zal eindigen. Deze wens is misschien wat prematuur, ik hoop dat ik je er niet mee overval.' Mijn mond valt open als ik een tweede, identieke diamant zie, maar nu verwerkt in een hanger. 'Ik vond de combinatie prachtig en deze stenen horen bij je.'

Een ongemakkelijk gevoel bekruipt me: ik voel me vereerd, tegelijkertijd vraag ik me af of hij Halina op een soortgelijke manier heeft verleid. 'Nou, eh, d-dank je,' zeg ik, hakkelend. 'Sorry, ik geloof dat ik handiger ben met overvallers en tijgers.' Ik bedank hem met een zoen en ik dring niet aan, maar Baruch houdt me vast en voor ik goed en wel besef wat er gebeurt, hebben we elkaar half uitgekleed en zit ik met gespreide benen op de tafel. 'Ik weet niet wat me overkomt,' hoor ik Baruch hijgend zeggen, 'dit heb ik niet zo gepland.'

'Dat zijn de mooiste reisjes,' zeg ik.

Ik trek hem nog dichter naar me toe, rits zijn broek los, en als hij bij me naar binnen dringt, laat ik me kreunend achtero10vervallen, op een haar na het bord met overgebleven oesters ontwijkend. Het wordt licht in mijn hoofd en in sneltreinvaart laat ik me meevoeren naar een onaardse dimensie. Baruch kust mijn tepels, bijt er speels in, en ik explodeer. Schreeuwend kom ik klaar, veel te snel, maar het overkomt hem ook. Ietwat onwennig lachend kussen we elkaar. Inwendig juich ik: dit gaat beter dan ik had durven hopen. Veel beter.

'Dit doen we nog een keer over en dan in slow motion,' fluistert hij in mijn oor, 'en we nemen eerst iets lekkers, als je wilt.'

20

Met gebalde vuisten heeft Bruno uitgezoomd. Hij wist dat ze van seks houdt, maar het met eigen ogen te zien valt hem zwaar. En ze zijn nog niet klaar, als hij het goed inschat. Hij begrijpt niets van seks. De nonnen die hij hoogacht, wezen hem al jong op het gevaar ervan. Stiekeme strelingen werden onmiddellijk en zwaar bestraft, niet alleen volgde dan een lijfelijke straf, maar ook werd hij wekenlang genegeerd, wat erger was. Hij leerde dat seks gevaarlijk was, dat het je geest op een zieke manier beïnvloedde en al helemaal een slechte invloed had op de ziel. In de tbs-kliniek werd veel toegestaan en getolereerd, daar had hij nooit iets van begrepen. Hij vulde zijn tijd met lezen. Van jongs af aan verslond hij al boeken tot hij ze vanbuiten kende. Hij stal ze, in winkels, van bibliotheken. En hij leest nog steeds. Veel. Over het bewustzijn van de mens, bijvoorbeeld, dat Sartre een monstrueuze, onpersoonlijke spontaniteit noemt. Over het bestaan, dat de ene filosoof als absurd beschouwt, de ander als een overtolligheid.

Op zoek naar de ziel.

Niemand weet waar de ziel zich schuilhoudt in het lichaam, maar hij zal daar verandering in brengen. Hij zal geschiedenis schrijven door de ontdekking van de eeuw. Van de mensheid tot op heden. Zijn naam zal in boeken worden genoemd, er zullen biografieën over hem worden geschreven. Hoe een mismaakt kind – o ja, hij hoorde wel dat ze dat over hem zeiden, alleen nooit recht in zijn gezicht – uitgroeide tot een fenomeen. Een wonder. Een briljante geest.

'Hé, Braune, let je wel op?'

De chef. Een kleerkast met geniepige ogen in zijn rug. Die moet hij voorlopig te vriend houden, anders ligt hij eruit.

'Natuurlijk, chef,' antwoordt hij, en met tegenzin zoomt hij weer in. Ze heeft een paar diamanten gescoord door haar benen te spreiden. Als dank voor een reddingsactie, volgens Pier. Ja, ja. Maar ze speelt het goed. Ze is geslepen, dat moet hij toegeven, net zo geslepen als de diamanten van zijn baas. Om de gegevens van Salomons' telefoon te kopiëren... Hij weet niet of de baas daar iets van heeft gemerkt, hij twijfelde, maar van hem zal hij niets horen. Hij zorgt voor de melding van verdachte objecten en personen in de omgeving van het appartement. Vanuit de bovenste etage, een verdieping hoger dan de baas woont, heeft hij met camera's en afluisterapparatuur de omgeving perfect in beeld. Ook het interieur van het appartement, uiteraard, maar hij zal Jessica Haider niet verraden. Nooit. Hij volgt haar al zo lang, ze is voor hem, ze is er nu nog niet klaar voor. En hij ook niet. Ze leidt hem af van het grotere doel in zijn leven, tenminste, dat dacht hij eerst, maar bij nader inzien zou ze juist wel eens een perfecte aanvulling kunnen betekenen.

21

Terwijl Baruch een lijntje coke snuift, overweeg ik of ik moet weigeren. Het zou absurd zijn. Als jager op tijgers en ex-beroeps kan ik toch niet ineens preuts gaan zeggen dat het verboden is, of beweren dat ik nog nooit iets heb gebruikt? Daar trapt hij nooit in. En dus snuif ik het witte poeder op, me verheugend op het gelukzalige effect dat ik zo goed ken, zo vreselijk heb gemist. Hoewel ik er op deze avond niet eens aan had gedacht als Baruch er niet over was begonnen. Ik zie aan hem dat ook hij nog steeds het gevoel heeft dat we in een achtbaan zitten. We kruipen nu langzaam weer omhoog, bijkomend van een vorige en in afwachting van een volgende adembenemende vrije val. Hij geeft me mijn glas champagne. Ik lik de coke op die is achtergebleven onder zijn neus en wrijf over mijn tandvlees met een laatste restje.

'Ik heb een tijdje zonder gedaan,' bekent Baruch, 'omdat ik boven elke vorm van verslaving wil staan. Maar ik heb het onder controle. Jij?'

'Een feestgebruiker,' antwoord ik. 'Na een maand in de *middle of nowhere* geniet ik van álles wat slecht voor me is. Heb je trouwens geen muziek?'

Hij toont me zijn installatie en ik kan via een computerprogramma kiezen uit duizenden albums; klassiek, pop, om het even wat. Even later klinken de eerste melancholische synthesizertonen van Pink Floyds *Shine On You Crazy Diamond* uit de speakers. Baruch drukt op een paar knopjes en zegt: 'Nu horen we het in de *master bedroom* ook.' Hij steekt zijn hand naar me uit. 'Ga je mee?'

Dat doe ik graag en ik bedenk dat ik moet oppassen met deze man. Halina heeft gelijk: hij is verslavend, maar ook gevaarlijk.

Bij Gilmours eerste verontrustende gitaarklanken begint het synthetische geluk naar mijn hoofd te stijgen en tegen de tijd dat Waters me wil herinneren aan de tijd dat ik jong was en straalde als de zon, voel ik me alsof ik nooit iets anders heb gedaan dan genieten van Baruchs lichaam. Hij is vijfenvijftig maar hij heeft het figuur van een sportschoolgetrainde veertiger. Goed gespierd, niet te mager, hij is heerlijk, en hij lacht als hij de titel voorbij hoort komen. Op het ritme van de trage klanken streelt hij me, laat me sidderen van ongeduld. 'Wat heb je hier?' vraagt hij, en hij volgt met zijn vinger de schorpioentatoeage op mijn heup.

'Een souvenir van een reisje naar het noordwesten van Soedan,' zeg ik met een hartslag van over de tweehonderd, 'waar ik aan de dood ben ontsnapt na een beet van zo'n klein etterbakje. Ik had geluk, het was er een van een minder giftige familie... Maar wat dondert het! Sjezus, Barúch, kom!'

Hij is goed. Hij weet hoe hij me gek kan maken van verlangen, de opwinding kan opvoeren tot een punt waarop ik niet meer voor mezelf insta. Misschien ligt het aan de coke, die ik ontwend ben en die mijn gevoeligheidsgraad met de factor honderd vermenigvuldigt, of ik wil gewoon niet afhankelijk zijn van hem, van zijn beslissingen, nu, op dit moment. Als hij dat expres doet, moet hij me daartoe dwingen, ik onderga die vertraging richting ontlading niet... niet zomaar, en als hij weigert, wil ik nu... nú... Ik houd het niet meer en zonder na te denken duw ik hem ruw van me af. Hijgend, ongeduldig, kwaad bijna, werk ik hem op zijn rug en ga boven op hem zitten. De rollen zijn omgedraaid en ik zie de verbazing in zijn ogen. Eén ogenblik beleef ik een helder moment dat mijn roes doorbreekt en me waarschuwt dat dit volledig fout is, dat ik me laat leiden door emoties en drugs, maar hij lijkt te verbouwereerd om te merken wat ik doe, dat ik ineens degene ben die hem domineert, en o god o god, het voelt zo verdomde geweldig! Hij verzet zich, kort, maar ik duld geen tegenwerking, met mijn nagels in zijn vlees gedrukt houd ik hem in bedwang en bezorg ik ons alle twee vrijwel gelijktijdig een overdonderend hoogtepunt, dat minutenlang nazindert in de kamer.

Pas als ik mijn ademhaling weer onder controle heb, dringt het langzaam tot me door wat ik heb gedaan. Eén moment houd ik mezelf voor dat het zo erg niet is, dat het gevoel fantastisch was en dat het niet anders kan dan dat hij hetzelfde ervaren heeft, maar als ik hem het dekbed om zich heen zie slaan, de schouders onverbiddelijk recht, weet ik dat er geen ruimte is voor een kwink-slag. Zwijgend pak ik mijn kleren bij elkaar, kleed me snel aan, zo goed en zo kwaad als het gaat, en verdwijn uit de slaapkamer. Met mijn pumps in de hand gris ik mijn jas van de kapstok en sluit de voordeur achter me. Hij heeft niets gezegd, me niet nageroe-pen, geen enkel teken gegeven dat ik moet terugkomen. Ik denk dat hij me het liefst een kopje kleiner had gemaakt. Misschien is de enige reden dat hij me heeft laten gaan, dat ik zijn leven heb gered.

Buiten dringt de koude ondergrond meteen door mijn voetzolen maar ik trek mijn pumps niet aan, ik verwelkom de fysieke pijn in de hoop zo de mentale te verzachten. Ik heb het verpest. Op de eerste de beste avond ben ik volledig de mist in gegaan. Weg toekomst, weg Saligia. Mijn missie de wereld te bevrijden van uitschot kan bij het oud vuil. Net als ik. Wat moet ik nu? Mijn voldoening halen uit het rommelen in levens van mensen die op het punt staan te sterven, of hun verwanten? Ik weet dat ik jarenlang heb geteerd op dat soort klein mensenleed, maar toen had ik nog niet geroken aan de macht die Saligia heet. Toen had ik Nick nog. Nick... alsof al mijn aandacht en liefde altijd op hem was gericht. Mijn vader zou me keihard uitlachen, als hij zich nog kon herinneren hoe dat moet.

Zou hij opknappen als ik hem terug zou laten komen naar zijn oude, vertrouwde stek? Als ik voor hem zou gaan zorgen? Ach, wat, flauwekul. Na één dag zou ik er gillend vandoor gaan. En anders hij wel.

De werkplaats. Halina. Zou ze al zijn weggehaald? Wat zullen ze met haar doen? Ze kan op ditzelfde moment wel bezwijken, na een afschuwelijke marteling, waarbij ze alles uit haar hebben gekregen wat ze weet. Misschien wel effectiever dan wat ik ooit had kunnen bereiken. Maar nee, dat geloof ik niet, ik heb vertrouwen in mijn aanpak, een strategie die niet gericht is op vluchtig succes.

Ik weet niet hoe lang ik heb gelopen als er een taxi naast me remt en even later zet de chauffeur me bij Jenny's appartement af. Ik zoek wat spullen bij elkaar, laat de Mercedes staan en rijd in mijn eigen Jeep naar Maastricht, waar ik ruim een uur later mijn auto parkeer in een donker zijstraatje achter de waterpoort. Het is al laat, maar in mijn kroeg brandt nog licht. De lampen als toverballen vergezellen me in oranje, paars en rood naar de bar en pas als ik een dubbele whisky heb besteld, kom ik tot mezelf.

'Zware klus gehad, Jessy?' vraagt Alain.

'Zo zwaar dat ik jou ook nog wel overhoop kan knallen zonder een centje pijn,' grom ik. In één teug sla ik de whisky achterover. De alcohol zet mijn slokdarm in de fik en doet mijn voeten tintelen. 'Nog maar een, Alain.' Zelfs zonder al te scherpe blik moet ik constateren dat het bedroevend is gesteld met het mannelijk aanbod.

'Als je er nog een bestelt, laat ik je niet meer rijden, hoor,' zegt Alain. *'Darling*, waarom geniet je niet weer eens een beetje? Hmm? Ik ben met Jean gisteren naar de film geweest, echt, zo'n helemaal ouderwets gezéllige romkom...'

Ik sta abrupt op en gooi een briefje van twintig op de bar. Ik omhels Alain, kus hem vol op zijn mond en verdwijn voor ik iets kapot kan maken.

Buitengekomen adem ik de ijzige vrieslucht in en check mijn mobieltje. Nog steeds geen bericht van Alec. Zou hij me al hebben afgeschreven op het moment dat ik de coke opsnoof?

Verdómme! Hoe heb ik in vredesnaam zo ongelooflijk stom kunnen zijn!

22

Hoe ik er terecht ben gekomen, weet ik amper, ik herinner me alleen de lichten van de stad die pijn deden aan mijn ogen. Maar als ik mijn auto stilzet, zie ik ineens waar ik ben: een bouwterrein bij de jachthaven van Maastricht. Het pakhuis dat hier stond ging in de fik en nu verrijst er een villa met uitzicht op het water, tenminste, volgens het reclamebord. Veel meer dan een fundering ligt er nog niet. Op deze plek is Nick vermoord. Ik kom er soms, omdat ik hier zijn pijn voel, zijn smeken hoor, hier Brezinger speelde met mijn zoon tot hij bezweek onder de gruwelijke martelingen. En ik te laat kwam om hem te redden. De grond schudt hier nog steeds onder mijn voeten, ik weet niet of ik het mezelf ooit kan vergeven, maar de zelfkastijding werkt louterend. Alsof ik na een overdosis lijden krediet opbouw om verder te kunnen. Nick. Ik ben er te weinig voor hem geweest, dat is misschien nog wel de meest bittere pil, al overheerst hier altijd de machteloosheid dat ik juist in de laatste dagen, de laatste uren van zijn leven, niet bij hem was. De uren waarin hij zo heeft geleden dat mijn maag zich nog steeds samentrekt bij de gedachte eraan. Ik voel misselijkheid opkomen, een straffe wind blaast in mijn gezicht en net als ik besluit dat ik snel weg moet gaan, hoor ik iets achter me. Iemand. Automatisch krimp ik in elkaar, zak op mijn hurken. Ik ben niet eens gewapend, de Glock ligt in de Jeep, ik besef het terwijl mijn hand naar mijn heup grijpt waar ik een holster had verwacht. Een tatoeage, meer zit daar niet. Met zo'n reeks van stommiteiten verdien ik die hele onderscheiding niet.

'Opstaan!' De stem hoort bij een breed, niet al te groot silhouet. Een man, zonder twijfel. Ik richt me voorzichtig op.

'Wapen?'

'Heb ik niet,' zeg ik en ik schaam me voor die bekentenis.

'Wat doe je hier?' vraagt hij.

'Ik was de weg kwijt, eh, na een ruzie. Is het nodig mij zo onbeleefd te bejegenen? Wat wil je van me?'

Hij komt dichterbij en in het maanlicht kan ik iets van zijn uiterlijk onderscheiden. Is het een van Baruchs handlangers die me vanaf Antwerpen is gevolgd?

'Ben je opzichter van het terrein?' vraag ik. 'Sorry dat ik het bordje "verboden toegang" heb gemist, hoor.' Dom blondje spelen, nee, niet eens spelen, ik bén het gewoon, een herfenloos konijn dat blijft zitten in de koplampen van een naderende auto en genadeloos wordt platgewalst.

'Spreid je armen,' beveelt hij, zwaaiend met zijn pistool. Hij staat nu vlak voor me en dan herken ik hem van de juwelierszaak: de vettige, achterovergekamde haren, de vadsige nek.

'Wat wil je nou van me?' vraag ik afgemeten. 'Weet je wel dat ik het leven van je baas heb gered?'

'Jazeker. Ik heb de rotzooi achter jullie opgeruimd.'

'Baruch zou al je vingers eraf hakken, daarna je tenen, en dan wachten tot je weer bij kennis bent voor je kop eraf gaat, als je mij ook maar een haar krenkt.'

'Nou, dat zullen we hem dan eens gaan vragen,' zegt hij. 'Ik ben benieuwd wat hij zegt als hij hoort dat deze auto op naam staat van ene Jessica Haider.'

Hij rommelt in zijn colbert, vist er een mobieltje uit, en zodra hij zijn blik op de druktoetsen richt, haal ik naar hem uit. Het is alsof ik tegen een blok beton aan stoot, het volgende moment lig ik op de grond en scheurt een helse pijn door mijn borst die me de adem beneemt. Vanuit een ooghoek zie ik dat hij het mobieltje al aan zijn oor heeft. In de hoop dat hij aanneemt dat ik tijdelijk ben uitgeschakeld, verbijt ik de pijn, kruip op mijn knieën en strek mijn armen om met alle kracht die ik in me heb in zijn kruis te beuken. Als hij brullend achterovervalt, vis ik het mobieltje uit zijn hand en sla het aan gruzelementen op de kiezelgrond. Daarna is al mijn aandacht voor de man, die zijn best doet overeind te komen. Ik geef een flinke trap tegen zijn hoofd en pak dan zijn wapen van de grond. Als ik me buk om te controleren of hij meer wapens bij zich draagt, zie ik zijn oude, vertrapte schoenen. Dat verbaast me niets, een man zonder oog voor stijl, evenmin voor detail. In zijn broekzak vind ik zijn rijbewijs. Ferry van Piers.

Ik haast me naar mijn auto om een paar tie-wraps te halen, bind zijn voeten aan elkaar vast, daarna zijn polsen, en één losjes om zijn hals. Daarna pak ik mijn mobieltje. Van Piers. Ik ken die naam toch? Net voor ik kan inloggen in het politienetwerk verbreek ik de internetverbinding. Daarmee maak ik mezelf misschien traceerbaar. Bovendien kan het me niet schelen wie hij is.

Het kost me een halfuur om de man over de bouwplaats naar de rand van een berg geel zand te slepen en hem vervolgens onder het zand te bedelven tot alleen zijn hoofd er nog uit steekt. Als hij bijkomt, trek ik de tie-wrap om zijn hals wat strakker aan, zodat hij geen keel kan opzetten. Hij doet wat in dit geval verstandig is: kin richting borst, ruimte creëren om te ademen. Ik heb gedacht aan beton, maar ik weet niet precies hoe het werkt met zo'n silo. Als ik met mijn in latex gestoken vingers het bandje om zijn nek nog iets aantrek zie ik angst in zijn ogen. Ik vermoed dat de druk op zijn borst al sterker wordt.

'Tijd voor een ander gesprekje,' zeg ik, terwijl ik op mijn knieën naast hem ga zitten. 'Heb je Baruch in de afgelopen uren aan de telefoon gehad?' Hij schudt zijn hoofd. 'Zeker weten?' Een amper zichtbare knik. Ik gooi een handvol zand over zijn gezicht. 'Ik hoor je niet.'

'Zeker weten,' zegt hij proestend.

'Wat heeft Baruch je opgedragen?' Het is even stil en ik gooi opnieuw zand in zijn gezicht. Hij spuugt, moet hoesten. Ik zie dat hij het zwaar heeft en herhaal mijn vraag, dwingender, nu.

'Je volgen.' Zijn stem klinkt benepen.

'Waarom? Is Baruch achterdochtig?'

'Standaard.' Ik versta hem nu bijna niet meer, al zit ik met mijn gezicht zo dicht op het zijne dat ik zijn knoflookadem ruik.

'Gps?'

'In de Mercedes.'

Die staat in Antwerpen, dus hij heeft me al vanaf Salomons' appartement gevolgd. Ik vermoed dat hij niet veel woorden meer uit zijn strot zal kunnen persen.

'Nog één vraag,' zeg ik, 'en dan zal ik je losmaken.' Hij kijkt me achterdochtig aan. 'Hoe zit het met Halina,' wil ik weten, 'hebben jullie haar gezocht?'

Even zie ik oprechte verbaasdheid op zijn zanderige tronie. Zweetdruppels parelen op zijn voorhoofd, ondanks de vrieskou. 'Nog steeds,' fluistert hij, 'niet gevonden, spoorloos, en toen... jij.'

Ik denk aan Brezinger, zie voor me hoe hij Nick martelt. Ik trek het bandje een laatste keer aan. Zijn ogen puilen uit hun kassen. 'Sorry,' zeg ik, 'dat van dat losmaken was een flauw grapje. Maar dat had je natuurlijk wel begrepen, je lachte helemaal niet.'

Thuis drink ik een glas whisky en zoek me vervolgens het apezuur naar een snufje coke. De ene na de andere sigaret rokend, mest ik zelfs het voormalige atelier van mijn ex uit, hoewel hij voor zover ik weet nooit iets heeft gebruikt. Niets, helemaal niets!

Hoe kom ik midden in de nacht aan coke? Ik kocht het altijd op een betrouwbaar adres in Maastricht, maar daar kan ik niet meer terecht en de oorzaak daarvan heet Alec. Ik bedenk dat ik Van Piers vergeten ben te vragen of die overvaller het avontuur heeft overleefd en stel me dan toch maar tevreden met een tweede whisky. Met Pink Floyds *Final Cut* probeer ik tot mezelf te komen en ik bedenk dat ik misschien even moet gaan checken of Halina er nog is. Maar ik kan het niet opbrengen mezelf uit de bank te hijsen en als Waters me lijkt uit te lachen in zijn *Paranoid Eyes*, ben ik bijna zover dat het me allemaal niets meer kan schelen.

You believed in their stories of fame, fortune and glory.
Now you're lost in a haze of alcohol soft middle age
The pie in the sky turned out to be miles too high.
And you hide, hide, hide,
Behind brown and mild eyes.

Laat dat milde er maar uit, vrind. Ik heb een man vermoord die ik niet ken. Ik had geen keuze, net als met die Rus in de Ardennen. Hij had mij vermoord als hij Baruch aan de telefoon had gekregen. Het was hij of ik.

Pas als Waters me vraagt of ik hem vannacht nog steeds zou omhelzen als hij me zijn donkere kant laat zien, val ik in een korte maar diepe slaap, waarin ik moet toezien hoe Brezinger mijn zoon laat creperen.

23

De volgende ochtend weet ik weer hoe een kater voelt en blijkt Halina nog in mijn werkplaats te zijn. De Saligia-collega's – als ik die nog heb – hebben haar blijkbaar ongemoeid gelaten. Ik geef haar genoeg water om haar dorst te lessen en vitaminepillen, die ze mag innemen met een van de flesjes drinkvoeding die pa me in de handen heeft gedrukt, omdat hij die zoete troep weigert en niet wil dat Suus dat weet. Ik laat Halina genoeg drinken om het een tijdje vol te houden, ze ziet er niet uit alsof ze eerdaags het loodje zal leggen, al vertrekt haar gezicht enkele malen van de pijn. Spierpijn, weet ik, door langdurig in een en dezelfde houding te liggen of zitten. Het spijt me dat ik haar nog niet kan laten gaan, ik verstel haar stoel en beloof dat ik vandaag terugkom. Of ze dat als een voorrecht of kwelling beschouwt, weet ik niet, ik ben al bij de trap als ik het haar toeroep.

Voor ik wegga, check ik mijn laptop, maar ik heb geen berichten ontvangen van Saligia. Ook niet op mijn iPhone. In ieder geval ben ik er nog niet uit geschopt.

Een licht ondergesneeuwd Limburg zit vast in de ochtendspits en het kost me meer dan een uur om Maastricht te bereiken. Op de

Hertogsingel is een ongeluk gebeurd en ik manoeuvreer de Jeep door kleine straatjes om via een omweg alsnog de Prins Bisschopsingel te bereiken. Als ik de parkeerplaats van het bureau op rijd, zie ik Lombaerts auto staan.

Gewapend met twee koppen koffie loop ik even later zijn kantoor binnen en schrik als ik zijn gelige huid zie. 'Zeg maar niks.' Boet wuift met zijn hand. 'En als ik jou zo zie, heb je ook geen acht uur geslapen, dame.' Terwijl ik ga zitten, schuif ik de dampende koffie onder zijn neus. 'Hier knap je van op,' zeg ik.

'Hier kom ik van aan 't rennen,' antwoordt hij en hij duwt de beker van zich af. 'Maar het is fijn je weer te zien, Jessica. Gaat het goed met je?'

Nee, het gaat helemaal niet goed, ik heb gruwelijk de pest in dat ik het verkloot heb en het valt me zwaar om Jenny uit mijn hoofd te zetten, of eigenlijk moet ik zeggen om weer alleen mezelf te zijn. Die gedachte vind ik zo bespottelijk dat ik weiger eraan toe te geven. 'Het gaat prima, ja, dank je.'

'Hmm. Behalve met je vader dan, hoorde ik.' Boet legt een hand op mijn arm. 'Zorg dat je er voor je vader bent, Jessica, toen mijn vader in zijn laatste levensfase zat, ontkende ik zijn naderende dood, ik was er niet voor hem en daar heb ik nu nog spijt van. Onafgemaakte gesprekken, onuitgesproken ruzies, op enig moment gaan ze aan je knagen.'

'Die monsters vreten je darmen op, zeker,' grijns ik.

Hij kijkt me zuur aan. 'Laat mijn darmen er alsjeblieft buiten, die hebben het al zwaar genoeg te verduren. Nondeju! Luister, je hebt een prima prestatie geleverd met het oplossen van die zaak in Heerlen. Voel je niet bezwaard om vrij te nemen, je hebt dagen genoeg en anders regel ik bijzonder verlof.'

Ik zeg hem dat ik dat zal doen, en zie hoe hij verkrampt. Net als ik een grap wil maken over de psycholoog die hij harder nodig heeft dan ik, rinkelt mijn mobieltje. Tegelijkertijd wordt er op de deur geklopt. De boodschap is identiek, die krijg ik telefonisch van een dienstdoende agent en de persoonlijke versie komt van Berghuis. Een lijk bij de jachthaven, De Meyere is al onderweg. Ik stuif overeind. Dat zou mijn normale reactie ook zijn.

'Kom op, David!' Ik sla hem op zijn schouder om hem aan te sporen op te schieten. 'Boet, doe voorzichtig, volgens mij heb jij je rust en vrije dagen harder nodig dan ik.' Ik geloof dat hij nog iets zegt, maar ik hoor het niet meer. 'Heb je details?' vraag ik mijn collega, terwijl we ons het bureau uit haasten.

'De melding komt van een bouwopzichter ter plekke,' zegt Berghuis. 'Er wordt met deze kou niet gewerkt, maar hij houdt het spul allemaal een beetje in de gaten en zag een vreemde auto. Die blijkt uit België afkomstig. Toen de man het terrein nauwkeuriger inspecteerde, trof hij het stoffelijk overschot aan van een man. Deels in zand ingegraven, maar blijkbaar opvallend genoeg om niet over het hoofd te zien.'

'België?'

Hij knikt. 'Kan ik weer eens een gezellig kaartje leggen met onze gendarmeriekes.'

Ondanks het feit dat ik al precies weet wat we aantreffen, voel ik de adrenaline door mijn lijf stromen, alsof dat een ingebouwde reactie is op de melding van een moordzaak. Ferry van Piers' hoofd lijkt een versteende karikatuur van de foto op zijn rijbewijs. De ogen uit de kassen puilend, het opgeblazen gezicht in een onnatuurlijk grijzige kleur die als een waslaag op zijn huid ligt.

Berghuis geeft me een setje latex handschoenen en bescherming voor mijn laarzen. 'Die was je vergeten, Jessy, trek gauw aan, anders krijgen we mot met onze vrienden van de forensische afdeling. Die zijn ook onderweg.'

Met een afwezig 'o ja' pak ik het setje van hem aan.

De Meyere weet te vertellen dat hij Van Piers' naam meende te kennen en hem heeft laten opzoeken door een collega op het bureau. 'En wat denk je,' zegt hij, 'ons Pierske heeft een nogal rumoerig verleden, met tal van oneerbare zaakjes. Een collega uit Antwerpen wist zelfs te melden dat ze sterke aanwijzingen hebben dat hij nauw betrokken was bij een illegale handel in organen.'

Ik verstijf. Orgánen? Is dat een vorm van criminaliteit waar Baruch dan ook bij betrokken is? Ik vermoed dat Salomons' praktijken zo professioneel zijn opgezet dat justitie er geen vat op krijgt. Professioneler dus dan gezeul met organen, en het lijkt me allerminst Baruchs hobby. Hij houdt van het luxe diamantwereldje, niet van bloederige snijpartijen.

Van Piers' bedenkelijke cv stemt me positief. Een afrekening in het criminele circuit, er is geen enkele collega, zelfs die van de forensische opsporing niet, die bedrukt kijkt vanwege deze dode. Van Piers heeft gekregen wat hij verdiende.

Mijn mobieltje rinkelt en ik zie Suus' nummer. Het zal toch niet... Ik neem snel op en slaak een zucht van opluchting als mijn zus vertelt dat Julia op het schoolplein is gevallen en ze met haar naar het ziekenhuis moet. 'Waarschijnlijk een gebroken arm,' zegt ze. 'Maar nu kan ik niet naar pa, Jessy, en ik wilde je sowieso bellen, ga je naar hem toe? Ik weet het niet, maar ik denk...'

'Ik ga zo bij hem langs,' onderbreek ik haar kortaf.

'Lángs, ja, dat zul je wel vaak genoeg doen.' Ik zwijg en vraag me af of ik nu met goed fatsoen kan ophangen. 'Allemachtig, Jessy, pa ligt op stérven en hij was afgelopen nacht zo benauwd dat ik dacht dat hij de ochtend niet zou halen! Ik regel alles voor hem, en dat vind ik helemaal prima, ik doe het graag, maar kan je nou niet even melden waar je uithangt? Ik snap dat je druk bent, maar je kunt je hoofd niet in het zand steken!'

Niet mijn eigen hoofd, nee. 'Ik ga naar hem toe,' beloof ik, in dubio of ik zal grinniken of zuchten.

'Jessy?' Ik brom iets. 'Zeg dan wat,' dringt ze aan. 'Zit je nog zo met je... met die... Maar dan kun je toch bij me komen, we kunnen het er toch over hebben? Je wilt ook altijd alles alléén uitzoeken, maar dat hoeft toch niet?'

'Nee, ja, dat is fijn, dank je. Ik zal mijn leven beteren. Ik bel je nog, goed?'

Ik zeg tegen mijn collega's dat ik ervandoor ga. 'Jullie redden je er wel mee, toch? Ik heb min of meer bijzonder verlof, vanwege mijn vaders situatie.'

Terwijl ik naar mijn auto loop, dump ik het latex afval. Berghuis zal zich herinneren dat ik de beschermende spullen was vergeten, dat hij ze me pas gaf toen ik al bij het lijk zat, en dan zal ik hoogstens het verwijt krijgen dat ik onverantwoord nonchalant was op een plaats delict: zonder bescherming zo dicht in de buurt van een slachtoffer, dat mijn DNA tijdens het onderzoek opduikt. Dat gebeurt wel vaker.

24

Assia droomt van Ian James. Haar zoon schreeuwt het uit van de pijn en een priester bemiddelt op zijn sterfbed tussen deze wereld en de andere kant. Ze smeekt hem Ian James te laten leven, ze wil zijn plaats innemen als hij hem zou sparen. Ze wendt zich zelfs rechtstreeks tot God; ze gaat diep door haar knieën, door het stof, maar haar oudste sterft. Met haar familie huilt ze om hem; met gezichten als rouwmaskers bezingen haar moeder, zussen en nichten de vluchtigheid van het aardse bestaan. *Hatina musha panyika*. Dan maakt het gezicht van Ian James plotseling plaats voor dat van haar jongste. Ruben zit achter in een auto en om hem heen is rook, steeds dikker wordende rook die haar verstikt, en ze kan niet bij hem komen.

Dan schrikt ze wakker, ontzet omdat de nachtmerrie zo echt leek, en ze grijpt naar haar nek, die stijf en pijnlijk aanvoelt. Ze ziet opnieuw voor zich hoe Ian James stierf en als ze niet nog een kind had gehad, zou ze de ochtend erna niet zijn opgestaan. Geen enkele ochtend erna. Haar hart huilde en huilt nog steeds om haar zoon. Als ze aan hem denkt, voelt ze zijn klauwende vingers weer in haar arm knijpen. De machteloosheid vreet aan haar. Ook als ze aan Itai denkt. Nadat hij haar gisteren vertelde hoe het in de diamantmijnen was, heeft ze tevergeefs geprobeerd hem te troosten. Hij viel terug in zijn oude zwijgen. Ze zei dat ze hem wilde helpen zijn pijn te verwerken maar hij trok de muur om zich heen nog verder op.

Even weet ze niet waar ze is. De rode stoeltjes, de marmeren vloer, een ruimte zonder hart. Dan weet ze het weer: het mortuarium, waar ze de nacht in de bezoekersruimte hebben doorgebracht. Dicht bij haar zoon, dat wel. Ian James, eenzaam in een kist, en dat is onverteerbaar. Hij kwam uit stof en tot stof zal hij wederkeren, maar dat moet in zijn geboortegrond, niet in het verre Westen. Haar jongste slaapt nog, liggend op twee aan elkaar geschoven stoelen. Maar Itai is weg.

Ze staat op en loopt naar buiten, de koele ochtendfrisheid opsnuivend. Als ze kon, zou ze naar haar huis in Harare terug willen kruipen. Ze voelt zich ontheemd, al klinkt het tsjirpen van de krekels precies als thuis. Dat maakt het gemis misschien nog wel erger. Ze zou willen vluchten, terug naar waar ze hoort. Maar het kan niet. Ruben is hier. En haar andere zoon. Ze zal geen rust hebben voor hij is begraven. Een zeurende hoofdpijn tart haar denken en bij elke pas die ze zet, voelt ze haar buik. De fysieke pijn is niets vergeleken met de leegte in haar, die duizendmaal erger is. Misschien stelt God hen op de proef, is het een test hoe moedig ze zijn. Maar ze verlangt erg naar het einde van dit alles, hoewel ze het zal haten haar afhankelijkheid te tonen tegenover wie dan ook. Dit is niet het moment om trots te zijn, dit is een les in nederigheid. Itai heeft die allang gehad, dit is haar beproeving.

Als ze Itai ziet naderen, strekt ze haar arm naar hem uit. Hij geeft haar een kus en pakt een sigaret uit de zak van zijn overhemd. Hij rookt en dampt als een houtvuur in de natte buitenlucht sinds hij voor het eerst weer op eigen benen naar buiten kon lopen, na die zwarte periode in de mijnen.

'Nog één dag,' zegt hij, 'dan is het zover. Dan komt hij.'

'Wie bedoel je? De Belgische man?'

'Baruch Salomons, ja. Ik kreeg zojuist de bevestiging van de man hier, die het mortuarium beheert. Hij heeft contacten. Morgen, Assia, het is geen droom. Het gaat echt gebeuren. Vandaag het papierwerk en morgen vertrekken we.' Hij raakt even haar wang aan. 'Teruggaan is geen optie, Assia, dat begrijp je toch wel?'

'Het zou beter worden, het gonsde van de geruchten.'

'Maar ik zag het niet, jij wel?'

Nee, tot haar spijt zag zij het ook niet. Ze hoorde alleen dat er niet meer genoeg doodskisten gemaakt worden om al hun doden te begraven, de slachtoffers van aids, cholera en de onderlinge strijd.

'Onze stad is een ruïne aan het worden, Assia, de natuur neemt langzaamaan weer bezit van wat de mens heeft opgebouwd, dat heb je zelf gezien. Ik had er last van muskieten en vliegen, ik zag schorpioenen wegkruipen in holletjes, nog even en de leeuwen en olifanten komen er terug om hun leefgebied op te eisen.'

Ze wast zich zo goed en zo kwaad als het gaat in een stinkende toiletruimte en denkt terug aan de nachtmerrie en vooral aan het gevoel van machteloosheid. Voor het eerst kruipt de angst onder haar huid dat ze ook Ruben kan verliezen. Ze moet zorgen dat ze erop voorbereid is, de tijd van vreedzaam afwachten is voorbij. Itai heeft gelijk, ze heeft altijd gezwegen voor de lieve vrede. Omdat ze dacht dat vrede de beste optie was. Ze steekt een pin in haar kroezige haar om het in model te brengen en bezeert zich als die in de huid van haar duim steekt. Een druppel bloed welt op en ze steekt de duim in haar mond om het bloed op te zuigen.

Wat als Itai niet bij haar was geweest toen die jongens hun woede op hen wilden botvieren? Wat als ze alleen was geweest met Ruben? Zij heeft geen wapen waarmee ze hen op afstand had kunnen houden. Hoe wil ze Ruben ooit beschermen, op momenten dat het nodig is? Ze pakt een tweede pin om haar wilde haar verder te bedwingen en recht haar rug. Een Shona laat zich niet zomaar uit het veld slaan. Ze is Itais vrouw en dacht dat ze hem altijd zou volgen, omdat de angst met de snelheid van de Zambezi door haar lijf giert bij de gedachte zich zonder hem te moeten redden. Maar nu is ze daar niet meer zo zeker van.

25

Mijn vader ziet er beter uit dan ik had verwacht. Moet Suus hier nou echt zo'n ophef over maken? Pa ligt niet eens in bed, hij zit in zijn rolstoel, kijkt helder uit zijn ogen en herkent me onmiddellijk. Gelukkig. Ik geef hem een zoen en schenk thee in.

Ik ben niet meteen naar het hospice gereden. Toen ik bij de plaats delict wegreed, viel ik bijna flauw en ben ik eerst naar huis gegaan. Ik heb een paar uur geslapen, gedoucht en gegeten, en nu voel ik me weer enigszins mens.

'Je ziet er goed uit,' zeg ik.

'God wil graag af en toe ook wat knappe mensen aan de... eh, aan de balie. Nee. Iets anders. Waar je doorheen kunt.'

'Poort,' help ik.

'Ja. Ik moest wel uit bed, ik heb vanmorgen de boel onderge... je-weet-wel. Ze helpen me zo wel weer terug in bed.' Hij buigt zich stijf en traag naar voren, ik neem aan om zijn thee op tafel te zetten. Als ik hem wil helpen, weert hij me af. 'Het lukt wel,' gromt hij. 'Het is fijn dat je er bent. Er was iets met die kleinste van Suzanne?' Zijn stem klinkt zacht, af en toe versta ik hem amper.

'Julia heeft een arm gebroken, of zoiets,' zeg ik, 'maar het valt vast wel mee.'

'Al net zo'n dondersteen als jij vroeger.' Met een muisbeweging brengt hij zijn computer tot leven en toont een nieuwssite. Het nieuws boeit hem dus weer, dat is een goed teken. 'Lees ik dat goed, een moord?' Hij mompelt iets over de politie, de vondst van een lijk. 'Dat is toch jouw bedrijf, zo dicht in de buurt? Nee, nee, geen bedrijf. Záák.'

'Ja, daar had ik nu mee bezig moeten zijn, als zuslief niet zo vreselijk overbezorgd was geweest,' zeg ik, terwijl ik de tekst op het scherm lees. De politie tast nog in het duister omtrent motief en dader, staat er. Maar het is blijkbaar nu al een publiek geheim dat het om een bekende van de politie gaat. Die bovendien in verband wordt gebracht met illegale orgaanhandel. In een reactie van 'Robin Hood' bij het stuk staat 'opgeruimd staat netjes', en daar moet ik om lachen, hoewel ik een hekel heb aan mensen die ongefundeerd van alles roepen.

'Niet te hard oordelen over Suzanne,' zegt mijn vader. 'Ze is nu eenmaal minder sterk dan jij, je moet goed op haar zitten, hoor, als ik er niet meer ben, beloof me dat.' Op haar passen, bedoelt hij zeker. Ik? Op Suus? Mijn zus, minder sterk? Mijn vader kijkt zo serieus dat ik een reactie voor me houd. 'Ze lijkt meer op ma dan je misschien denkt,' zegt hij. Wat bedoelt hij? Dat Suus ook in staat is om een touw om haar nek te knopen? Of dat zij nooit die stoel onder mijn moeders voeten weg had getrapt? Het beeld van mijn moeder met die wanhopige blik in haar ogen, wiebelend op die stoel in de werkplaats, dringt zich weer aan me op. Ik probeer in te schatten of mijn vader dat nog weet, of dat die gebeurtenis zich met zoveel andere heeft samengeklonterd tot een grijze brij.

Hij lacht en ik denk dat hij verdorie echt iets opknapt. 'Ik ben trots op je, Jessica,' zegt hij. 'Dat heb ik misschien niet vaak genoeg laten merken, ik hoopte altijd dat je mijn werk zou... zou...' Hij zucht.

'Voortzetten,' vul ik aan.

'Ja, precies,' knikt hij. 'Maar jij hebt een belangrijker taak op je genomen, geen dode dieren, maar recht doen aan dode mensen met gevaar voor eigen leven. Ik maakte me vaak zorgen... en nu ben ik bang.'

'Bang? Waarvoor?'

'Het moment.'

'Dat komt nog lang niet,' houd ik hem voor.

'Niet wat daar... daarná komt, dat niet. Maar je moet naar je zaak. Aan het werk. Vort. En die "Robin Hood", die... dat mag je niet... niet goedvinden, recht in eigen hand is fout.' Ik zie zweetdruppels op zijn voorhoofd en hij ademt zwaar.

'Maak je over mijn werk nou maar geen zorgen.' Gaat hij zich daar nog een beetje mee zitten bemoeien. 'Je moet rusten, pa, energie tanken.'

'We kunnen ons lot niet ontlopen, Jessica, nee, lot niet ontlopen. Onze-Lieve-Heer hijgt in mijn nek, maar Hij wacht met het uitstrekken van Zijn hand.' Hij knijpt zacht in mijn arm. 'Ga nu maar gauw aan... aan het werk, jij moet boeven vangen, vooruit.'

Ik druk een zoen op zijn voorhoofd. 'Ik kom gauw terug,' zeg ik. Als ik bij de deur ben, draai ik me nog even om.

'Doe voorzichtig, meisje,' zegt hij.

Op de gang haal ik een paar keer diep adem. Ik voel me wankel op mijn benen en niet in staat nu in de auto te stappen. Ik besluit in de keuken een kop koffie te pakken en als ik in het hete vocht sta te blazen, zie ik de vrouw met de fraaie ogen naderen. Sara Maeswater. Van de demente kraaien en de parkiet. Ze heeft een gieter in haar hand.

'Ha, de jongste dochter,' zegt ze, glimlachend. 'Gaat het goed met je?'

Ik haal mijn schouders op. 'Het kon beter. Heeft u familie?'

'Helaas,' zegt ze, 'alleen een zus aan de andere kant van de aardbol. Maar als ik die zoon van de barones zo zie, ben ik daar niet rouwig om... Hij ruimt Marijkes kleren op alsof het afval is.' Ik vraag haar of ze iets van Clemence Schimmelpenninck de Rijckholdt weet en dan schetst ze een liefdeloos beeld van een man die niets zinnigs met zijn leven doet en een deel van zijn moeders geld erdoor joeg. 'Als ik Marijke was geweest...' Ze aarzelt als ik erop aandring dat ze haar zin afmaakt, en dan zegt ze: 'Ik mag niet zo makkelijk oordelen over een ander, het spijt me, ik heb geen idee hoe het is met een kind.' Ze kijkt me afwachtend aan, alsof ik dat wel zal weten, maar ik ga er niet op in.

In de kamer van de barones tref ik de zoon, hij stopt een jasje in een bijna volle vuilniszak. 'Voor het Leger des Heils, zeker?' opper ik.

Hij kijkt niet op. 'Wat wilt u nou nog van me?'

Ik haal een pakje sigaretten uit mijn jas en steek er een op.

'Weet u al wanneer u mijn moeders stoffelijk overschot terugbrengt, zodat ik de begrafenis kan plannen?'

'Heeft u uw portemonnee op de schoorsteenmantel gevonden?'

Het is even stil, en dan valt bij hem het kwartje. 'Ik... Heeft u...?' Zijn gezicht kleurt rood en ik geef hem een knipoog.

'Ieder z'n hobby, dat geeft niks.'

'Wat wilt u toch van mij?'

'Weten hoe laat u afgelopen zaterdag hier wegging.'

'Dat weet ik niet precies. Ik was er rond etenstijd en ben misschien twee uurtjes geweest.'

'Was uw moeder gelovig?'

'Gelóvig? Wat doet dat er nou toe? Mijn moeder was een excentriekeling, ze rookte sigaren. Sigáren, ik bedoel maar, maar nee, ze was niet gelovig, en tenzij u me nu een kogel door het hoofd jaagt, ben ik weg.'

'Ik zal ervoor zorgen dat het lichaam van uw moeder vandaag wordt teruggebracht.'

Hij kijkt me ineens verrast aan. 'Beloofd?' Als ik zijn hand schud om mijn belofte te bekrachtigen, kijkt hij opnieuw van me weg. Zijn hand is koud en klam. Ik weet zeker dat hij iets verbergt.

Terwijl ik naar mijn auto loop, bel ik Marcel Penninx en vraag hem of hij al iets weet over de doodsoorzaak van mevrouw Schimmelpenninck de Rijckholdt.

'Ik heb haar net een dag hier,' zegt hij verontwaardigd.

'Dat weet ik, Marcel, maar ik heb haast, dat lichaam moet terug.'

'Ik snap het al, je hebt nog geen toestemming voor een sectie.'

'Die heb ik niet aangevraagd. Maar ik regel het wel. Er is iets met die vrouw, ik wéét het gewoon.'

'Ze is gestorven aan een hartstilstand,' zegt hij.

'Dus je hebt haar al wel onder handen gehad. Ik wist het wel! En verder?'

'Haar longen zagen zwart van de tumoren, haar dagen waren geteld, maar het is het hart dat haar in de steek liet. Misschien maar goed ook, ze moet al een beademingsapparaat hebben gehad en ze liep groot risico op de verstikkingsdood. Hoewel een arts dat met morfine waarschijnlijk wel had kunnen opvangen.'

'Wat heeft die hartstilstand veroorzaakt?'

'Dat heb ik niet kunnen achterhalen, tenminste niet op basis van mijn onderzoek tot dusver. Ik heb monsters van weefsel en bloed genomen, daar kan ik nog nader onderzoek naar doen, en ik kan toxicologisch onderzoek doen. Je zegt het maar.'

Hoe klef die zoon ook is, hij lijkt me te slim om haar te vermoorden. En waarom zou wie dan ook haar over de rand hebben geduwd, als ze toch al op het punt van springen stond? Laat staan dat ik ook maar één harde aanwijzing heb dat ze geen natuurlijke dood is gestorven. Wat voor risico loop ik hier eigenlijk, alleen omdat ik aan mijn moeder moest denken toen ik het stoffelijk overschot van de vrouw zag?

'Waarom ook niet,' zeg ik dan, nadat Marcel nogmaals vraagt of hij verder onderzoek moet doen. 'Ik weet dat je je anders toch maar verveelt.'

Marcel vindt het goed. Prima zelfs. 'Het is hier rustig, daar word ik nerveus van.'

'Als je haar stoffelijk overschot vandaag maar laat terugbrengen naar het hospice.'

Daar zal hij voor zorgen.

26

Afrika ken ik van een vakantie, lang geleden. Een rondreis door Kenia en Tanzania waarbij Marc en ik door een gids, die tweehonderd kilo woog en zich Mr. Brush noemde, werden rondgereden in een aftands busje met zebrastrepen. Onze ingewanden werden door elkaar gehusseld terwijl de gids zijn best deed ons naar een plek te brengen waar leeuwen, neushoorns of andersoortig wild waren gesignaleerd. Steevast luie beesten, die zich niets aantrokken van de zoveelste toerist en zoemende filmapparatuur. Ik herinner me vooral de weidsheid van de uitgestrekte vlaktes, waar alleen de wind soms een stem had, en ik weet nog dat Marc onophoudelijk opnames maakte van de stilte. Niet van olifanten of apenkolonies, nee, hij filmde de stilte. Vanaf een uitkijkpunt kilometers verder weg een geluidloze regenbui zien hangen, dat deed wat met hem.

Marc… Hoe zou het met hem zijn? Hij heeft niet teruggebeld. Typisch Marc. Verstrooid, onhandig met techniek. Toen ik bij hem in Edinburgh was, heb ik me afgevraagd of hij een nieuwe liefde had gevonden en om hem uit de tent te lokken vertelde ik hem dat Alec en ik… nou ja, dat we toch aardig serieus werden in een toekomstig 'wij'. Al moet ik daar wellicht nu alweer een vraagteken bij zetten.

Ik voel in mijn buik dat we dalen.

'Wil je nog een snufje coke voor we landen?' Baruch klapt een instructiekaart open, waarop in simpele plaatjes wordt uitgelegd wat we moeten doen bij een noodlanding. Op een afgebeeld zuurstofmasker zit een plastic zakje met coke geplakt. 'Ik kan niets meenemen het land in.'

Ik bedank hem, hij kust me en opnieuw stijgt de hitte naar mijn hoofd. Terwijl we de sensatie van een landing ondergaan, brengen wij elkaar nogmaals naar een hoogtepunt. Ik moet lachen als Baruch hijgend laat merken dat het hem allemaal wat te veel wordt.

'Het wordt tijd om ons aan te gaan kleden,' zegt hij even later.

'Je kunt de piloot ook vragen sneller dan het licht een rondje om de aarde te vliegen. Dan winnen we tijd die we vast wel prettig kunnen besteden.'

'Eh... aankleden, Jenny, alsjeblieft, anders overleef ik het niet.'

'Hoe vind je het?' vraag ik, terwijl ik probeer als een model in het nieuwe lingeriesetje te paraderen.

'Staat je geweldig,' zegt hij, kreunend. 'Hou op, Jenny. Je hebt iets in me wakker geschud, tot leven gewekt, opengescheurd,' zegt hij, terwijl hij me boven op zich trekt. 'Wat doe je een oude man toch aan?'

Ik leg zijn arm in een klem en fluister in zijn oor: 'Je conditie op peil brengen, zodat we nog veel verder kunnen gaan.'

Sneller dan verwacht ben ik onderweg naar Mozambique. Met het vooruitzicht van een ultrakort verblijf, maar dat kan me niet schelen: ik ben hier met Baruch. Ik kon mijn geluk niet op toen ik zijn nummer zag oplichten op het schermpje van mijn iPhone. Gisteravond laat belde hij.

'Mijn excuses,' zei hij, 'dat ik even totaal de kluts kwijt was. Vergeef me mijn abjecte lompheid, en ga met me mee naar Mozambique, Jenny. Ik wil je graag beter leren kennen, en jij wilde toch graag dat natuurpark verkennen? We kunnen tijdens de vliegreis praten en ongegeneerd vrijen, en ik wil je alsnog de juwelen geven. We vliegen heen en terug, met een krappe halve dag ginds, en ik moet een flitsbezoek aan Zimbabwe brengen, maar we zullen er kwaliteitsuren van maken, dat beloof ik je. Ik had je graag meegenomen naar een van de eilanden, met hagelwitte stranden, een azuurblauwe zee en adembenemende koraalriffen, maar die bewaren we voor een volgende keer.'

Hij heeft de beschikking over een privéjet, eigendom van een elitair clubje zakenmannen. Ik keek niet eens verbaasd op toen hij me dat op weg naar het vliegveld vertelde. Jenny houdt van luxe en zelfs van de bijzonder overdadige varianten. Ik heb voor de vorm tegengestribbeld en daarna onmiddellijk wat spullen gepakt, een paar telefoontjes gepleegd en de Jeep richting Antwerpen gestuurd. Onderweg heb ik een zogenaamde klant van Jenny's Truth or Dare gebeld, en na het inspreken van een code werd ik een uur later teruggebeld door een zekere Mikael. In het Engels met een licht accent feliciteerde hij me allereerst met de toelating tot Saligia. Ik haalde opgelucht adem: mijn angst dat ik het had verprutst bleek dus ongegrond. Mikael verheugde zich op onze ontmoeting, zei hij, en daarna complimenteerde hij me met mijn voortvarende aanpak.

Toen ik informeerde naar zijn mening over mijn eerste avond met Baruch, zei hij dat Alec bij het zien van mijn cokegebruik woest was geworden, waarop Mikael de observatie van hem had overgenomen. 'Ik begrijp wel dat je niet kon weigeren,' zei hij. 'We zijn intussen bezig met alles wat je ons hebt doorgespeeld, het bevestigt de informatie die we hebben over zijn netwerk. Je doet het goed, Jessica. We hopen dat je slaagt in je missie: dat we te weten komen hoe Salomons de bloeddiamanten naar het Westen smokkelt.'

'En Alec?' vroeg ik.

'Jij moet nu je volledige aandacht richten op Baruch en je andere werk, oké?'

'Ik ga met hem naar Mozambique,' zei ik.

'Niet naar Zimbabwe?'

'Zo goed als. Naar Chimoio. Het ligt vlak over de grens en er wordt volop gehandeld in diamanten.'

'*Now, well,* bravo! Mee naar de bron van alle kwaad. Pas goed op jezelf, neem geen onnodige risico's.'

Toen ik in mijn Antwerpse appartement binnenkwam, werd ik wel weer even met mijn neus op de feiten gedrukt dat ik voorzichtig moet zijn: in de la met lingeriesetjes lag een toepasselijk cadeautje van Baruch. Met eenzelfde kaartje erbij als de vorige keer: *Ik wil je, ik wil je helemaal en vooral je hart. Liefs, BS.* Ik heb het setje aangetrokken, het paste precies en het is gruwelijk sexy.

Ondanks Baruchs privéjet en de bijbehorende voorkeursbehandeling is de douanecontrole streng. Mijn weekendtas wordt volledig uitgepakt tot zelfs mijn parfum en strings op een tafel zijn uitgestald, en ook Baruch moet zijn spullen laten nakijken. 'Er wordt veel illegaal gehandeld in diamanten,' legt hij uit, 'en bij rijkelui zoeken ze altijd naar geld. Ze zijn natuurlijk zelf ook zo corrupt als de pest: stel dat ze nu geld vinden, dan houden ze zelf een deel als zwijggeld om ons bij terugkeer zonder problemen te laten gaan, maar op de terugweg eisen ze een deel van de diamanten voor zichzelf op, of ik er nu certificaten bij kan tonen of niet. Die scheuren ze kapot alsof ze de krant van gisteren in handen hebben.'

En hoe weet jij dat zo goed, meneer Salomons? Dat zou ik hem vragen als ik nu in mijn recherchefunctie was en een pistool tegen zijn hersens had gedrukt. 'Mugabe-aanhangers?' vraag ik.

'Of oppositie, om het even, ze zijn hier allemaal gek op geld.'

'En je kunt niet weigeren?'

'Dan lopen we het risico dagenlang vastgehouden te worden,' antwoordt hij. 'Ze vergeten wat formulieren op te sturen of dienen een aanklacht in die later wordt ingetrokken. Alle blanke mannen in pak worden hier beschouwd als miljonair en ze hebben het hier tot een kunstvorm verheven daar zo goed mogelijk van te profiteren.'

'En dus?'

'En dus accepteer ik dat met een glimlach om mijn mond. Het wordt een dure glimlach, maar we kunnen wel verder.'

Ik zie dat typische trekje bij zijn mondhoek en ik vraag niet verder. Maar Baruch krijgt gelijk. Ik zie hem onderhandelen met een van de gitzwarte mannen. De douanemensen zijn blijkbaar corrupt, maar geen onderdeel van Baruchs smokkelpraktijken. Even later staan we weer buiten. Al draag ik linnen kleren, door de vochtige hitte voel ik de stof al snel aan mijn klamme huid plakken.

We laten ons in een taxi door Chimoio rijden. Er is veel bedrijvigheid, niet alleen vanwege een markt en lokale bevolking die zich weinig aantrekt van claxonerende automobilisten, maar ook door toeristen met zonverbrande huidskleur, safarihoed en blote benen waaraan de muggen zich ruimschoots te goed kunnen doen. Ze zijn hier vast voor het Gorongosa National Park om The Big Five te zien, aangenomen dat de wederopbouw van het park intussen zo ver is gevorderd dat de wildstand zich herstelt.

'Dat is een van mijn projecten.' Baruch wijst naar een flat in aanbouw. 'Ik ga straks controleren of ze wel opschieten. Als de baas komt kijken, herinneren ze zich ineens weer wat werken is.'

'Dat geldt voor veel mensen in ons eigen land denk ik ook.'

Hij glimlacht. 'De meesten zien wel in dat ze bevoorrecht zijn; ze verdienen geld en kunnen aan de armoede ontsnappen.'

'En je hebt meerdere van dat soort projecten?'

Hij knikt. 'Vooral in Zimbabwe. Ik bouw scholen, medische voorzieningen en onderkomens voor de lokale bevolking. Die kan hier straks voor een redelijke prijs een appartement huren mét stromend water en elektriciteit.'

'Als die niet uitvalt.'

'Je bent goed op de hoogte.'

'Ik was van plan hiernaartoe te gaan, weet je nog? Dan bereid ik me voor. Verrassingen zijn welkom, maar alleen de mooie. Ik ben onder de indruk, Baruch, ik dacht dat je hier alleen kwam om de kwaliteit van je ruwe diamanten te controleren.'

'Ah, maar dat doe ik natuurlijk ook.' Hij glimlacht. 'Vind je het goed als ik je bij het hotel laat afzetten? Behalve aan een paar projecten moet ik ook een bezoek brengen aan Harare en Vila de Manica, maar ik zal je elke minuut missen en ik kom zo snel mogelijk terug. Een van mijn beveiligingsmensen die met ons is meegevlogen heeft een Jeep met gids geregeld en hij zal zorgen dat je in het Gorongosa te zien krijgt wat je wilt. Chiel. Je hebt hem al ontmoet, hij heeft je afgelopen maandagavond opgehaald met de limo.'

'O ja, dat is goed,' zeg ik, maar intussen vervloek ik mezelf dat ik dit niet slimmer heb aangepakt. Wat schiet ik ermee op als Baruch alleen op pad gaat en ik dus niks wijzer word? En wat moet ik in godsnaam in zo'n suffe dierentuin?

27

Het was even spannend of de twee elkaar weer zouden vinden. Bruno had al bijna besloten zijn baan hier op te geven omdat hij haar niet meer terugverwachtte, maar het is goed dat hij heeft gewacht. Nu zijn ze samen weg. Naar Zimbabwe. Of zoiets. Afrika. Hij had geen enkele behoefte deel uit te maken van het selecte clubje dat met ze mee dat vliegtuig in ging. Het was hem wel aangeboden, dan kon hij ook ginds een oogje in het zeil houden, maar hij had bedankt. Hij krijgt jeuk van hete landen, vooral als het er ook nog vochtig is. Een bezoek aan Thailand om drugs te smokkelen heeft hem voorgoed genezen, nog steeds is hij ontzettend opgelucht dat hij op het vliegveld in Bangkok niet is gepakt toen hij met een halve kilo cocaïne in zijn buik langs de douane moest.

Waarom er in de evolutie zo kwistig is omgesprongen met de verfdoos, is hem sowieso een raadsel. Zwart loopt massaal over naar wit, en andersom, zij het in mindere mate. Het is goddomme net een schaakspel. Alleen dunt het veld niet uit, maar wordt het juist drukker. Ondanks de vermenging vermenigvuldigt het zich allemaal gewoon. Niks massale sterfte van zwart door de kou of van wit vanwege de onverbiddelijke zon. Maar, dat moet hij toegeven, het is de moeite waard te kijken naar de verschillen, niet aan de buitenkant, maar aan de binnenkant. Misschien zit daar het grootste onderscheid tussen blank en zwart. In de ziel. Zwarten hebben toch meer 'soul'?

Hij had Pier willen vragen er een voor hem te reserveren, zo'n zwartje, maar Pier is niet meer. En driemaal raden wie die bonk spieren van zijn sloffen heeft gekegeld! Het heeft hem er nogmaals van overtuigd dat hij er goed aan doet eerst te observeren. Al gebeurt er veel zonder zijn medeweten, hij hoort de verhalen, de details, en hij slaat ze op om daar op een later moment zijn voordeel mee te doen.

En hij heeft nog geen onderkomen. Hij kan hier niet zomaar afscheid nemen en de straat op gaan. Pier heeft hem echt een werelddienst bewezen met deze baan, waarbij bed en eten inclusief gaan. Een soort all-inclusive job, noemde Pier het. Zou zijn maat iets hebben losgelaten, voor hij werd neergeharkt? Zou Jessica Haider iets weten van de jonge vrouwen die ze hebben opengesneden? Hij heeft opgevangen dat Pier werd verdacht van illegale orgaanhandel. Zijn baas had het erover met een van zijn beveiligingscollega's, die veel voor hem chauffeert. Ene Chiel of zo. Orgaanhandel!

Bruno had moeten lachen.

Alsof een hart nog bruikbaar is als hij het onder handen heeft gehad. Misschien moet hij het volgende eens op Marktplaats zetten. *Aangeboden tegen elk aannemelijk bod: één hart, in plakjes. Ziel afwezig of iig niet gevonden.*

28

Alsof ik nog nooit in mijn leven een zebra of olifant heb gezien, schiet ik de ene na de andere foto. Het natuurpark Gorongosa mag een natuurpark in herstel zijn, ik ben aangenaam verrast. Onder het genot van ritmisch sterke percussiemuziek van Monoswezi – volgens de gids de populairste band van nu – zijn we weggereden, maar zodra we het park binnenkwamen ging de muziek uit. Ik heb me door een opwindend stuk Mozambique laten rijden, met weidse vlaktes, afgewisseld door bossen met kronkelpaden. En nu staan we bij een helderblauw meer. 'Hier kan ik uitstekend terecht met een groepje survivalfans,' zeg ik enthousiast. Ik speel mijn rol overtuigend, hoop ik. 'Zijn er in dit park vaker groepen die te voet alleen rondtrekken, of is dat verboden?' vraag ik de gids.

'Hier mag alles, zolang het maar niet wordt ontdekt.' Zweetdruppels glijden langs zijn zwarte huid, die glimt als gepoetste schoenen. Hij veegt zijn voorhoofd af. 'Mozambique herstelt van een zware ziekte,' zegt hij in gebrekkig Engels, 'het gaat langzaam en er heerst nog veel armoede, dus alles wat er aan geld binnenkomt is welkom. Zelfs een Nederlandse prins die een villa wilde bouwen was welkom, maar ja…' De brede lach op zijn gezicht toont een rij gelige tanden. 'We horen nu zelfs bij de vijftig meest vreedzame landen, wie had dat in de jaren tachtig kunnen denken?'

De gids, die zich met een lichte buiging heeft voorgesteld als Makini, past bij het land dat hij beschrijft, hij is een goede sul en heeft zelfs een doek gelegd op de plek waar ik in de Jeep kon gaan zitten. Baruchs beveiligingsman is uit ander hout gesneden, dat merk ik als hij een hand op mijn been legt, iets te hoog om voor vriendelijke geste door te kunnen gaan. Chiel is een aantrekkelijke man, maar ik heb geen interesse. Niet nu. Ik schuif opzij, weg van hem en van het pistool dat hij op zijn heup draagt. Het is een logisch attribuut in zijn functie, maar het zint me niks omdat ik zelf ongewapend ben. Ik vraag Makini of het gevaarlijk is om hier op eigen houtje een safaritocht te houden.

'Maar daarom wilt u het toch?' Nog assertief ook! 'De kick van het gevaar, en als alles goed gaat,' zegt hij, met grote gebaren, 'dan is er de overwinning! De laatste keer dat ik meeging op een voetsafari sliepen we 's nachts in tentjes, dicht tegen elkaar aan. Ik sliep heerlijk, koesterde me aan de warmte van een rug tegen de mijne aan. Toen ik wakker werd en de zon opkwam, zag ik dat het geen mens was waar ik tegenaan lag; tussen mijn tentje en die ernaast had zich een leeuw uitgestrekt. Terwijl ik lag te dubben of ik stil moest blijven liggen of moest maken dat ik wegkwam, geeuwde het dier luid, stond op, en zag ik zijn silhouet kalm verdwijnen. Voor hetzelfde geld was ik zijn ontbijt geweest.'

'Misschien had hij de vorige avond zwaar getafeld,' oppert Chiel.

'Kijk, daar,' zegt hij dan opgetogen, terwijl hij een arm om mijn schouder legt en de andere langs mijn gezicht uitstrekt, wijzend in de richting van het water. 'Als je het over de duivel hebt…'

'Jullie zijn gelukkige mensen,' zegt Makini in lichte opwinding bij het zien van een groepje leeuwen. 'Ik zal ernaartoe rijden.'

Met een geïrriteerd gebaar maak ik me los van Chiel. Ik zou graag dat minzame lachje van zijn gezicht slaan. 'Wow, *that's magnificent,*' zeg ik, terwijl mijn fotoapparaat overuren maakt. Ik sta inmiddels rechtop in de Jeep, waarvan de kap is verwijderd, zodat ik boven de auto uittoren en zonder ruit tussen mij en de leeuwen plaatjes kan schieten. Ik tel er vijf, waarvan er drie hun dorst lessen. Een vierde kijkt wat slaperig om zich heen en één mannelijk exemplaar ligt met zijn poten in de lucht. Hij schuifelt wat heen en weer in het zand, dat rondom hem opstuift, iets wat ik Beau vroeger ook wel eens zag doen; als Nicks retriever had gegeten en zijn behoefte had gedaan, was hij helemaal gelukkig en was het tijd voor relaxen. Een dier op zijn rug heeft volledig vertrouwen in zijn veiligheid.

Chiel schuift opnieuw dicht bij me en een mengsel van aftershave en vers zweet dringt zich aan me op. Hij slaat zijn arm om mijn middel. 'Lijkt het je opwindend,' fluistert hij in mijn oor, 'om het hier te doen? Durf jij de Jeep uit? Dat moet je straks toch ook aandurven, als jij met zo'n groepje hier ronddwaalt.' Ik wil me van hem losmaken, maar hij verstevigt zijn greep. 'Mij hoef je niks wijs te maken,' zegt hij grinnikend, 'jij bent hier helemaal niet voor die beesten. Ik gok dat je op Baruchs centen uit bent, en dat je daarvoor heel ver gaat. Je weet hem handig in je val te lokken, en ik moet hem nageven, hij heeft smaak... Jij lust er wel pap van, nietwaar? Wat is het je waard dat ik voorlopig niks tegen Baruch zeg?' Met zijn vrije hand knijpt hij stevig in mijn billen.

Met een krachtige, plotselinge beweging maak ik me alsnog los, open snel het portier en stap uit. De gids staat op, springt op zijn stoel en protesteert in heftige gebaren. '*Come back!*' Maar als Chiel met zijn wapen dreigt en hem daar een harde dreun mee verkoopt, zakt hij bewusteloos in elkaar.

Ik schrik behoorlijk van Chiels plotselinge actie en vervloek hem. Die idioot doet gewoon een wilde gok, dat moet, hij kán niets weten, niets. 'Je hebt nu wel een flinke waffel, vrind, maar denk je dat je baas erg gecharmeerd is van jouw versierpogingen?' Ik daag hem uit door een flink aantal passen in de richting van de leeuwen te zetten. 'Kom dan, lafaard, of ben je net zoals al die andere beveiligingsmannetjes, met hun zenders en brede schouders, overduidelijk om iets kleins te compenseren?' Ik spuug op de grond.

Vanuit een ooghoek zie ik dat een van de leeuwinnen opstaat. De afstand schat ik een meter of dertig. Als ze een sprint inzet, ben ik op tijd terug in de Jeep. Denk ik. Leeuwen komen niet echt snel op gang, het zijn geen sprinters, zoals panters. Toch? Shit, ik sta hier nu wel maar ik knijp 'm behoorlijk. Ik let goed op hun bewegingen, omdat eentje dichterbij komt en me iets te nieuwsgierig aankijkt. Ik haal diep adem en loop behoedzaam achteruit, richting de Jeep. Met al mijn aandacht voor de dieren heb ik te laat in de gaten dat Chiel uit de auto is gestapt en nog voor ik daarop kan reageren, heeft hij me al in een wurggreep. Met mij als scherm durft hij wel richting de leeuwen te bewegen en het zweet breekt me uit als ik een van die beesten vervaarlijk hoor grommen.

Chiel lacht. 'Nu heb je niet meer zo'n grote mond, hè? 'Een beetje de grande dame uithangen, met geld strooien en mannen opgeilen, dat vind je prettig, hmm? Ik hoef je alleen maar een harde duw te geven en jij bent vandaag hun lunchhap. Maar als je belooft lief voor me te zijn, dan gaan we nu weer langzaam achteruit.'

Mijn keel wordt dichtgeknepen door zijn arm om mijn nek. Zijn andere hand wurmt zich in mijn broek en ik overweeg net of een jiujitsutrap tegen zijn knie meer kans maakt dan een plotselinge uithaal met mijn elleboog richting zijn kaak, als Makini schreeuwt: '*Get back in the Jeep!*' De gids, met een bloedende hoofdwond, staat naast de auto en zet een wankele stap in onze richting. Chiel lijkt net zo verrast als ik, ik voel dat hij verstijft.

Nu zie ik pas hoe groot en fors Makini is, en nog beter: hij heeft een geweer in zijn handen. Een oud type jachtgeweer, maar toch. Makini gebaart naar zijn Jeep. 'Ik word ontslagen als jullie hier rare dingen uitspoken, dus willen jullie zo vriendelijk zijn naar de auto terug te gaan? Er zijn betere, veiliger plekken om eh... die dingen te doen. Alstublieft! Loop langzaam achteruit, maak de dieren niet nog meer overstuur. Nog even, en ze komen op mijn bloed af...'

Of het de vochtige hitte van het tropische klimaat is, die mensen die er niet aan zijn gewend tot gekte kan drijven, geen idee. Het kan ook zijn dat Baruchs beveiligingsman concludeert dat hij de controle dreigt te verliezen. Hoe het precies gebeurt, weet ik niet, en dat neem ik mezelf kwalijk: ik bevind me niet voor het eerst in een situatie die ik niet beheers, terwijl dat nou verdomme net is waar Alec me voor heeft gewaarschuwd. In een fractie van een seconde heeft Chiel zijn pistool gepakt en klinkt er een oorverdovende knal over de vlakte. De leeuwen stuiven brullend op en de gids stort in elkaar.

'Wat... in godsnaam...' Een moment sta ik als aan de grond genageld. Ik zou kunnen zeggen dat ik me heb laten overdonderen door de snelheid waarmee alles gebeurt, maar dat vind ik een zwak excuus. In no time weet ik mezelf te herpakken. De rook dampt nog van het pistool als ik Chiel met een snelle maar nauwkeurig geplaatste jiujitsumanoeuvre tegen zijn knieschijf trap, waarbij een rauwe kreet uit mijn keel ontsnapt. Het voelt alsof ik erdoorheen stoot. Ik hoor botten kraken en hij klapt schreeuwend in elkaar. Voor hij de tijd heeft om ook maar iets te doen, heb ik hem in een solide houdgreep.

'Je bent gestoord,' zeg ik, met overslaande stem.

Zijn been ligt er raar bij. Ik zie zijn ogen wegdraaien en ik gris razendsnel het pistool uit zijn handen. Ik hou het op hem gericht terwijl ik me langzaam achteruit beweeg, tot ik vlak bij de Jeep ben. Intussen blijf ik het groepje leeuwen in de gaten houden; ik heb gezien hoe ze na hun aanvankelijke vlucht nu onherroepelijk dichterbij komen. In de achterhoede schudt de leeuw met zijn imposante manen om zich vervolgens grommend bij de vrouwtjes te voegen. Het oergeluid uit hun keel bezorgt me ondanks de hitte koude rillingen. Een van de leeuwinnen stuift ineens naar het stoffelijk overschot van de gids. Ze ruikt aan hem, likt bloed op. Een tweede volgt. Ik hoor Chiel hijgen. Of misschien ben ik het zelf.

'Help me in de auto,' zegt hij, terwijl hij probeert overeind te komen. Het lukt hem enigszins, hij schuift een stukje mijn kant op, zijn gewonde been meeslepend, maar dan zakt hij kreunend weer in elkaar.

'Hoe hoog is die pijngrens van je, Chiel? Ik weet niet of je het in de gaten hebt, maar de meerderheid van de dames lijkt nogal van je gecharmeerd te zijn. Wat denk je, hebben ze liever een levende hap dan een dode?' Ik ben nog een meter of twee van het portier vandaan. Als een van de dieren nu op me afrent, kan ik mezelf net op tijd in veiligheid brengen.

De overige leeuwen bewegen zich in sluipgang richting Chiel. Hij staat op één been op, probeert een stap te zetten, en dan stuiven de leeuwen onder luid gebrul op hem af. Vol afgrijzen zie ik hoe een leeuwin aan zijn been begint te likken en voorzichtig zet ik nog een pas naar achteren, tot mijn hand het portier kan aanraken. Chiel begint te jammeren. Het dier opent haar bek, zet haar tanden in zijn kuit en rijt zijn been open. Zijn kreten doen vogels uit de bomen vluchten en ik hoor hem smeken om hulp. De andere leeuwinnen vallen nu ook aan op de levende prooi. En een van de beesten komt mijn kant op.

O, fuck, fuck!

In een snelle beweging open ik het portier van de Jeep en stap in. De leeuw komt niet dichterbij, maar ik start meteen de motor en hou mijn voet bij het gaspedaal, net zoals ik de gids zag doen toen een olifant met wapperende oren ons naderde. Misschien hoop ik tegen beter weten in dat ze Chiel alsnog met rust zullen laten. Als ik aan de slapheid van Chiels ledematen moet concluderen dat het leven hem heeft verlaten, valt er weinig menselijks meer aan hem te ontdekken. Ik rijd weg, mijn handen stijf om het stuur geknepen om ze te laten ophouden met trillen.

29

De dood kan een verlossing zijn, het leven is goed geweest, het hoeft niet meer... Ik help jou, jij helpt mij...

Als dronken bijen zoemen de woorden door Halina's hoofd, onderbreken ze ongevraagd andere gedachten waarop ze zich wil richten. Ze stelt zich een vogel voor die vanaf de top van een boom zijn vrijheid luidkeels over de daken kwettert, maar dan denkt ze weer aan die woorden. Straf. Bloeddiamanten. Verlossing. Ze wil aan een vakantie denken, lang geleden, toen ze haar eerste zoen kreeg achter een duin, dat kinderlijk blije gevoel oproepen ter afleiding, en dan doemt Baruch voor haar op terwijl een mes zijn huid doorklieft. Ze heeft haar polsen tot bloedens toe opengehaald aan de ijzeren ketting, omdat ze zich telkens opnieuw voorhoudt dat ze zichzelf moet kunnen bevrijden als ze maar genoeg doorzettingsvermogen heeft.

Ze geloofde die vrouw. Jenny. *Ik help jou, jij helpt mij.* Maar ze is al te lang weg. Jenny heeft gelogen, natuurlijk, om haar te laten praten, te laten vertellen over Baruch, maar nu laat ze haar gewoon stikken. Dat haar leven hier zal eindigen, dat kan ze niet geloven. Wil ze niet geloven. Zo zinloos. Ze kan zich er niet bij neerleggen dat er niemand komt om haar te helpen. Kom dan toch, wie dan ook! Gillen, ze wil gillen, probeert door het bewegen van haar hoofd en de spieren in haar gezicht de tape los te wurmen. Het zit te strak, ze krijgt er geen beweging in, zelfs niet na een zoveelste ontmoedigende poging. Ze voelt tranen achter haar ogen en huilt geluidloos. *Is iemand die niet ingrijpt bij onrecht net zo slecht als degene die de misdaden pleegt? Erover nadenken. Geen struisvogeltechniek toepassen.* In vredesnaam, waarom helpt niemand haar? Ze kan iemand oproepen, mantra's via haar geest op een andere overbrengen. Er schiet haar iets te binnen wat ze onlangs las… iets met ratten en communicatie. De herinnering zweeft een paar keer langs haar bewustzijn, maar dan heeft ze die te pakken: ratten hebben het bewijs geleverd dat het kan: brein-tot-breincommunicatie, waarbij het niet uitmaakt hoe ver ze van elkaar zijn verwijderd. Nou, kom op, als een rat het kan, moet het voor haar een fluitje van een cent zijn. Baruch, Baruch, Barummmm… ze probeert de mantra te laten doorklinken. De tape belet haar zijn naam uit te spreken maar de gedachte moet voldoende zijn. Ze haalt Baruchs gezicht dichterbij, stelt zich zijn indringende blik voor, het lachje rond zijn mond. Denk aan me, beveelt ze hem, denk aan me, je moet voelen waar ik ben, als je aan me denkt, zul je me vinden. Ze wordt afgeleid door de gekmakende jeuk op haar arm zonder mogelijkheid te krabben, vervloekt haar situatie, vervloekt de vrouw, vervloekt Baruch. Misschien heeft ze het alleen maar gedroomd. Dat van die ratten.

Ze wil nog zoveel dingen doen. Ze wil een documentaire maken die ertoe doet, een profiel schetsen van haar vader en zo een breed publiek laten kennismaken met zijn verhaal… een leven dat mensen moeten leren kennen omdat het belangrijk is. Geen heldenverhaal, maar een geschiedenis over eenzaamheid. Dezelfde eenzaamheid die zij nu ervaart, pijnlijk, maar ze gelooft nog steeds dat ze haar leven naar haar hand kan zetten. Dit is een beproeving, dit moet ze doorstaan om straks die film met heel haar hart te kunnen maken. Haar vader doorstond zwaardere kwellingen, hij had misschien geen lichamelijke pijn, maar aan zijn geestelijk lijden kwam nooit een einde. Maar dat was zíjn keuze. Er is altijd een mogelijkheid, als je maar wilt. Controle over je leven, hoe vaak heeft ze niet gedacht dat haar vader er zich te makkelijk van af had gemaakt? Hij noemde haar wel eens lachend een zondagskind, maar geluk dwing je ook af. Heeft die Jenny haar niet duidelijk gemaakt dat ze nog een kans heeft? Een kans, zie je wel, er is altijd een kans. Wat zei ze ook weer, zoiets over de ene wang en de andere, een tatoeage waarmee ze niet meer over straat zou durven... *ik help jou, jij helpt mij*... ze kan dit overléven, jazeker, ze mag gewoon door naar een volgende fase en dan is ze beter af dan haar dode vader.

Ze zal het vertellen aan die vrouw, vertellen dat ze belangrijk werk te doen heeft, goed werk, daar zal ze gevoelig voor zijn. Ze zal passages uit haar vaders boek citeren... als ze gevoel... nee, ze bedoelt dat ze het persóónlijk zal maken, ja, dat is het. Het stockholmsyndroom, maar dan andersom. Die vrouw moet zich aan háár hechten. Of heeft ze nu iets niet helemaal goed op een rijtje... ratten die gedachten overbrengen... misschien loopt er hier wel zo'n griezelig beest, dat komt dan waarschijnlijk op haar gore lucht af. Het jeukt ook tussen haar benen en ze weet wel hoe dat komt. Alleen, zo alleen. In gedachten zingt ze liedjes van vroeger. Liedjes die haar vader voor haar zong en die haar blij maakten, omdat hij vrolijker leek als hij zong. De woorden herinnert ze zich niet meer, maar ach, wat maakt het eigenlijk uit?

30

Tijdens de rit door het natuurpark heb ik foto's gemaakt zonder veel aandacht voor de route die de gids nam, en nu weet ik de weg terug niet meer te vinden. Het maakt me onrustig, want ik rijd nu misschien wel compleet de verkeerde kant op. Het voelt als een nederlaag om Baruch te bellen, maar net als ik zijn nummer in de contactenlijst wil selecteren, spot ik een safaribusje. Het blijkt een viertal Engelse toeristen te zijn met een gids, en ze geven me met alle plezier een lift. Een uur later ben ik terug in Chimoio, terwijl mijn reisgenoten intussen lichtelijk aangeschoten zijn van een lokaal drankje. Het blijkt een mix van rum en zoetigheid; het smaakt als limonade maar blijkt een hoeveelheid alcohol te bevatten waar je een olifant mee op de knieën krijgt.

Of ik meega, de kroeg in? Ik bedank maar accepteer gretig een tweede borrel om met ze te proosten op al het imponerende wild dat we hebben gezien. Ik giet mijn drankje in één keer achterover, in de wetenschap dat ik ze wat imponerende ervaringen betreft veruit overtref, en verwelkom de rustgevende roes van de alcohol. Bij het afscheid wil een van hen met me op de foto, maar dat weiger ik. Gelukkig hebben ze nog niet genoeg op om vervelend te worden en even later zet de chauffeur me keurig af bij het hotel.

Als ik me heb opgefrist, bel ik Baruch alsnog. Het zou vreemder zijn als ik het niet doe, en ik denk dat ik mezelf weer voldoende onder controle heb om hem onder ogen te komen. Ik vertel hem dat er iets ergs is gebeurd en dat ik hem nu nodig heb. Een beetje vrouwelijke afhankelijkheid kan geen kwaad, lijkt me. Het is even stil, en dan zegt hij een beetje kortaf: 'Neem een taxi, laat je naar het mortuarium brengen. Het is een ritje van vijf minuten, het gebouw ligt een paar straten verder dan het bouwproject waar ik je op wees.'

'Goed. Ik kom er zo aan.'

Dan pas dringt het tot me door waar hij is. Het mortuarium? Mijn god, hebben ze die lijken zo snel gevonden? Terwijl ik buiten een taxi aanhoud, laat ik de afgelopen uren aan me voorbijgaan en bereid me voor op het ergste.

Het mortuarium blijkt een verwaarloosd gebouw met afbladderende verf, gelegen aan een hobbelige, ongeplaveide straat. Ik haal diep adem voor ik naar binnen ga. Ik kom terecht in een wachtruimte, tenminste, dat neem ik aan, met aftandse, rode stoeltjes die me aan een verlaten schouwburg doen denken. Waarom ik dat denk weet ik niet, ik geloof dat mijn gedachten af en toe met me op de loop gaan en daar moet ik voor oppassen.

Op de gok open ik een deur en kom terecht in een kleine, lege kamer waarop één andere deur uitkomt. Als ik die opendoe, sta ik ineens in een koele sectiezaal. Het komt me allemaal bekend voor: de gladde vloer en wanden, rvs-tafels, medische instrumenten, maar eerst en vooral de chemische geuren die altijd weer vergeefse pogingen doen de verrotte lijklucht te overtroeven. Het is er stil en ik loop terug naar de wachtruimte, waar ik Baruch tref. Ik laat me in zijn armen vallen en met zijn beschermende armen om me heen wordt het me ineens te veel. 'Je weet niet hoe blij ik ben je te zien,' zeg ik, snikkend. 'Ik... Hebben ze de twee...'

Baruch onderbreekt me met een paar geruststellende woorden. Hij maakt zich los uit mijn armen, zijn wenkbrauwen in een diepe, bezorgde frons. 'Je ziet bleek,' zegt hij, 'wat dom van me om je ook nog naar deze kille, nare plek te laten komen. Mijn excuses. Wil je me vertellen wat er aan de hand is?'

Dat weet je toch donders goed? 'In het park...' Ik schud mijn hoofd, verward, en vraag hem aarzelend wat hij hier te zoeken heeft.

'Ik was er nog niet aan toegekomen je te vertellen dat we op de terugweg een paar gasten aan boord zullen hebben,' zegt hij. 'Kom, ik zal ze aan je voorstellen.'

In een kamer met gedimd licht staat een klein formaat lijkkist. Halfgeopend, en het eerste wat ik zie is het gezicht van een kind. Al het bloed in mijn lichaam lijkt te bevriezen en ik word overspoeld door een vloedgolf van verstikkende emoties, die me met vernietigende kracht omver blaast. Mijn benen willen me niet meer dragen en ik moet me aan Baruch vasthouden om niet onderuit te gaan. 'Ik... even zitten,' fluister ik. 'Ben... duizelig.' Hij helpt me, laat me bijkomen, met mijn hoofd tussen de knieën. 'Rustig in- en uitademen,' zegt hij. Zijn armen ondersteunen mijn schouders, tot ik mezelf onder controle heb.

'Is she sick?' hoor ik een vrouwenstem zeggen. 'Shall I get help?' Ik richt mezelf op en het lukt me een voorzichtige glimlach te produceren. 'I'm sorry,' zeg ik. Een paar diepe ademhalingen en dan sta ik langzaam op. Mijn benen functioneren weer en ik stel mezelf voor aan het Afrikaanse echtpaar. 'I'm fine,' zeg ik, en ik verontschuldig me voor mijn black-out. Hier, deze dood, dit is hun verdriet, niet het mijne.

Baruch herhaalt hun namen. Itai en Assia Bingandadi. Met zoontje Ruben, en Baruch legt uit dat in de kist hun oudste zoon ligt. Ian James. Een week geleden overleden in Harare. Het gezin komt dus uit Zimbabwe en ik probeer mezelf op scherp te zetten. Wat moet Baruch met dit gezin? Heeft hij ze opgehaald uit hun woonplaats? Met welk doel?

Ik condoleer de ouders met hun verlies en aarzel of ik zal zeggen dat ik hun gevoelens van rouw ken, dat ik weet wat ze doormaken. Ze zien er stoffig en verfomfaaid uit, alsof ze dagenlang in deze kleren door het rode zand hebben moeten reizen. De geur van oud zweet bevestigt die gedachte.

'Elke keer als ik het land bezoek dat zo goed voor mij is,' zegt Baruch, 'laat ik een gezin dat getroffen is door tegenspoed meeprofiteren van mijn rijkdom. Irai en Assia Bingandadi verlangen naar een nieuw leven en dat ga ik ze bieden.' Hij legt in het Engels uit waarom we hier zijn en dat hij de situatie van het gezin betreurt en er alles aan zal doen hun leven in positieve zin te veranderen.

De man buigt licht en kijkt star voor zich uit. Zijn vrouw oogt milder, maar in haar ogen bespeur ik wanhoop. Dus deze mensen zijn hierheen gereisd vanuit Zimbabwe; hebben ze die lijkkist dan meegezeuld? Waarom hebben ze hun zoon ginds niet begraven? De moeder kon geen afscheid nemen. Natuurlijk. In mijn verlangen Nick bij me te houden, bewaarde ik de urn met zijn as lange tijd op mijn slaapkamer, deze moeder doet in feite hetzelfde. De kleine jongen met ogen als zwarte kolen lijkt het allemaal wel interessant te vinden en ik knipoog goedmoedig naar hem.

De vrouw neemt Baruchs hand in de hare en kust die. *'Thank you,'* zegt ze, *'you save our lives.'*

Op weg naar het hotel vraagt Baruch waarom ik hem nodig had. Ik vertel hem dat Delpeutte me aanrandde en dat ik zijn onbehouwen gedrag met enig geweld heb rechtgezet. Zoals verwacht kijkt Baruch daar niet vreemd van op, ik ben tenslotte een ex-militair. 'De gids wilde me helpen,' leg ik uit, 'en vervolgens schoot Chiel die man in koelen bloede dood. Het was... afschuwelijk. Daarna wilde hij mij blijkbaar uitdagen, hij waagde zich te ver van de Jeep. Ik waarschuwde hem nog, maar de leeuwen hadden bloed geroken en waren door het dolle heen.' Dat ik zijn been heb gebroken en Chiel daardoor niet meer kon vluchten voor de dieren, vertel ik hem niet. En ook niet dat ik alles lijdzaam heb moeten aanschouwen, maar dat ik ergens ook dacht: net goed, eigen schuld. Baruchs reactie verandert van ongeloof in afgrijzen als ik hem vertel hoe de leeuwen Chiel in stukken scheurden. Het maakt hem woedend, maar die emotie is gericht op zijn domme medewerker en niet op mij.

Als we ons omkleden voor een diner met zakenrelaties van Baruch en ik hem help met zijn stropdas, vraag ik me af of we in een ander leven bij elkaar hadden kunnen passen. Of we dan misschien een heus gezin hadden kunnen vormen. Ik denk aan de Zimbabwaanse ouders met het kind; zullen die mensen kunnen aarden in ons koude Westen?

'Vind je het niet raar,' vraag ik Baruch, 'dat die mensen een lijkkist meenemen? Mag dat eigenlijk wel? Dat kind is al een week dood, zei je toch?' Ik maak de rechercheur in me wakker, besef ik, maar mijn nieuwsgierigheid lijkt Baruch niet te storen en hij antwoordt dat het lijk is gebalsemd. 'Het is vreselijk,' zegt hij dan, 'als je bedenkt dat straks in België alleen zijn vader, moeder en een broertje definitief afscheid nemen van zo'n jongen. Dat is misschien wel het allerergste... een stille aftocht. Het is barbaars als er niemand bij je begrafenis is.' Zijn blik verstart. 'Of crematie, liever gezegd, ik wil straks in rook opgaan en geen delicatesse zijn voor de wormen... ik moet er niet aan denken. Als ik ga, moet heel België uitlopen, de tv erbij, de hele duvelse bende, en na de ceremonie moet er gefeest worden. Iedereen moet proosten op het leven.'

Op jóúw leven, zul je bedoelen. Alsof je daar dan nog iets van merkt.

Terwijl we naar het restaurant lopen, zegt Baruch dat we nog dezelfde nacht terugvliegen. 'Dat geeft ons nog wat tijd voor onszelf, na het diner.' Hij slaat een arm om mijn middel. 'Gauw weg hier, straks houd ik niemand meer over. Dit is al de tweede beveiligingsman die ik kwijtraak. Zeg, je hebt toch niet ook toevallig Pier in de Antwerpse Zoo aan de tijgers gevoerd?' Hij lacht.

'Pardon? Huur jij mensen in die Pier heten? Dat lijkt me vragen om problemen, hoor, sorry.'

'Het was een grap, dat snap je. Ferry van Piers, dat was zijn volledige naam, is allang terecht.'

'O, ja?'

'Iemand die hem zag heeft gedacht: zand erover.' Als hij is uitgelachen, betrekt zijn gezicht. 'Het lijkt me evengoed verstandig als we hier zo snel mogelijk verdwijnen, de grond onder onze voeten zou wel eens te heet kunnen worden.'

'Dertig graden op z'n minst.'

'Kom, we gaan naar ons diner,' zegt Baruch. 'Ik heb honger.'

31

We dineren met vijf mensen, Baruch en mijzelf meegerekend. Ik prent me de gezichten en namen goed in. Een minister van Financiën, Mugabes secretaris en de man die Halina heeft genoemd, Mumbawashi, een voormalig minister van Buitenlandse Zaken. Mensen uit Zimbabwe. En ze praten over handel, over lopende projecten, voor zover ik hun Engels met het zware accent kan volgen. Er worden plannen gesmeed die alleen goed zijn voor de heren zelf, en dus niet voor Zimbabwe, zoals Baruch me wil doen geloven. Maar hij hoeft mij niets wijs te maken; het nu en dan gedempte praten in een taal die ik niet begrijp, de papieren die onderling worden uitgewisseld, hier hangt de vieze geur van fraude en illegaliteit, en ik hoor enkele keren de naam Mugabe noemen. Halina vertelde me dat Baruch haar ooit meenam naar Zimbabwes hoofdstad, maar daar zitten de tegenstanders van Mugabe hem dus blijkbaar inderdaad te dicht op de huid, anders waren ze niet in dit gehucht samengekomen.

Met een schok dringt het tot me door dat Halina sinds gisterochtend alleen is. O, fuck! Straks is er iets serieus mis met haar, terwijl intussen ook deze reis me verdomme niets heeft opgeleverd.

Ik denk aan mijn vader, voor wie ik ook terug moet, en aan mijn zus die ik nog steeds niet heb gebeld, en ik zie het beeld voor me van de dode barones; de littekens, de bitterheid, de rozen in haar kist. Er dringt zich plotseling een gedachte aan me op. Een morbide idee waarvan de pittig gekruide *galinha à Zambezia* in mijn keel blijft steken. Hoestend excuseer ik me. Ik loop naar buiten, waar het nog steeds onaangenaam warm en vochtig is, maar wel beter dan binnen. Er stopt een taxi voor mijn neus, misschien wek ik de indruk dat ik die nodig heb, en in een opwelling stap ik in. '*The morgue*,' zeg ik, en als de auto even later weer stilstaat, vraag ik de chauffeur om te wachten. Het mortuarium blijkt inmiddels gesloten en daar ben ik bijna blij om. Tot de chauffeur me met drukke armbewegingen iets duidelijk wil maken. Achterom. Een smalle, maar zware deur aan de zijkant van het gebouw is inderdaad open. Bij de lijkkist tref ik een van Baruchs beveiligingsmensen. Hij vertelt dat hij later vannacht de kist naar het vliegveld moet vervoeren.

'Ik wilde hier even zijn,' zeg ik. 'Ik heb zelf onlangs een kindje verloren en er was vanmiddag weinig tijd om daarbij stil te staan.'

Het gaat niet van harte, maar als ik nogmaals aandring, verdwijnt hij uit de rouwkamer. Zo voorzichtig als ik kan, open ik de inmiddels gesloten kist. Eerst de bovenste helft, dan de onderste. Mijn handen glijden snel maar nauwkeurig langs de stoffen kanten. Als ze deze smokkelmethode spaarzaam hanteren, zullen ze zo veel mogelijk tegelijkertijd willen vervoeren, Baruch is geen kleine dealer die genoegen neemt met een handjevol. Ik kan het niet geloven als ik niets, maar dan ook niets vind. Ik check de dikte van de opstaande randen, til de benen van de jongen op, fluister 'sorry', schuif hem op zijn zij. Niets. En dat terwijl ik al zeker wist dat ik zo een paar triomfantelijke fotootjes naar Saligia kon gaan sturen. Met slechts twee woorden: *mission accomplished*. Samen met de namen van die mensen aan tafel, vanavond, zou dat dan zeker het geval zijn geweest.

Ik verontschuldig me voor mijn afwezigheid. Als Baruch me vraagt waarom ik zo lang wegbleef, fluister ik in zijn oor dat ik hem dat straks zal vertellen, dat ik me niet zo goed voel, en of we zo kunnen gaan. De heren zijn uitgegeten, ze doen zich te goed aan koffie met cognac en een dikke sigarenwalm heeft de bescheiden eetzaal in mist gehuld. Even later bedankt Baruch zijn metgezellen voor hun aangename en inspirerende gezelschap. Ik glimlach, buig lichtjes om mijn respect te tonen.

'Ik moest even terug naar dat mortuarium, Baruch,' leg ik uit als we samen onder de douche staan. Over twee uur zal ons vliegtuig de motoren laten brullen en zullen we de hitte achter ons laten. Onder het lauwe water hoef ik geen tranen te simuleren. Als ik hem vertel hoe ontdaan ik was, vanmiddag, laat ik me langs de koele wandtegels zakken tot ik als een brokje ellende in de te kleine douchebak zit. Baruch aarzelt, merk ik, maar dan neemt hij me in zijn armen.

'Ik zag het,' zegt hij, 'en ik heb gedacht dat jou iets soortgelijks is overkomen.'

Ik knik. 'Een baby,' fluister ik met dichte keel, 'een meisje, net drie maanden. Een hartafwijking. Vanbuiten zag alles er zo perfect uit.' Ik denk aan het kind dat ik niet geboren heb laten worden. Aan Nick. En aan mijn vader, die er op een moment in de niet al te verre toekomst niet meer zal zijn.

Baruch draait de kraan dicht en wikkelt een handdoek om me heen, hij veegt mijn gezicht voorzichtig droog, maar dan komen de echte tranen alsnog. In mijn achterhoofd hoor ik Alec zeggen dat ik goed bezig ben, ik heb Baruch iets laten ontdekken over mezelf, dat zal zijn vertrouwen in mij vergroten. Alec. Brezinger.

'Ik... ik heb haar begraven,' zeg ik, 'in mijn eentje, de vader was kort na haar geboorte al buiten beeld. Maar... ik weet hoe het voelt, hoe het is alleen op een begrafenis te zijn, alleen met een paar mensen voor wie het hun dagelijkse brood betekent. Het was zo... koud. Koud en onmenselijk wreed.'

Het is fijn dat hij geen halfzachte pogingen doet met troostende woorden die er niet zijn. Ik klamp me aan hem vast en hij tilt me op, draagt me naar het bed, waar hij me zachtjes begint te strelen. 'Ik zal proberen of ik je mijn liefde kan laten voelen.' Ik geniet ervan. Ik dacht dat ik het niet meer kon en ik wil het niet, niet zo, niet met een toon van warmte, van respect, maar als hij ook nog Pink Floyds *Shine On You Crazy Diamond* uit zijn mobieltje tovert, lach ik door mijn tranen heen, ben ik willoos en onderga ik zijn symfonie van genot, zoals hij het zelf noemt. 'Een lieflijke, inleidende prelude tot de uitbarsting aan het einde van de suite,' zegt hij als we daarna opnieuw toe zijn aan een douche. 'Ondanks de matige geluidskwaliteit,' zeg ik glimlachend.

Ik heb gelogen, ik zou hem nooit vertellen dat ik een abortus heb ondergaan, ik heb het vermoeden dat hij er faliekant op tegen is, in welke situatie dan ook. Goed, ik heb gelogen, maar het intens lege gevoel was er niet anders door.

We kleden ons aan omdat we amper nog tijd hebben om te rusten. Als ik een kam door mijn haar haal, trekt Baruch me naar zich toe. 'Ga even zitten,' zegt hij. En dan vertelt hij dat hij vlak voor mij een relatie heeft gehad. 'Ze heeft me verlaten,' bekent hij, 'en dat heeft me pijn gedaan, vooral omdat ik niet heb gemerkt dat ze er psychisch slecht aan toe was.' Hij vertelt over het afscheidsbriefje dat hij heeft ontvangen, dat hij niet kon geloven dat ze een einde aan haar leven zou maken en tevergeefs heeft geprobeerd haar op te sporen. 'Haar lichaam is voor zover ik weet niet gevonden, dat maakt het voor mij nog steeds een mysterie. Maar ik wil je vertellen dat ik ondanks dat, eigenlijk tegen mijn zin, veel voor je ben gaan voelen.' Even lijkt het of hij nog iets wil zeggen. Hij knielt voor me op de grond en kust me. Zacht, teder.

Even later zegt hij dat ik mijn haar nog kan föhnen als ik wil, hij moet een paar telefoontjes plegen. 'Ik ben zo terug.' Hij kijkt om voor hij de deur uit gaat, en er is iets in zijn aarzeling wat me verontrust.

Mijn haar föhnen? Zodat hij… Wat ben je van plan, Baruch? Ik volg hem op veilige afstand en even later hoor ik zijn stem. Hij staat in de lobby van het hotel en ik bevind me op een afstand van een meter of tien bij hem vandaan, half verscholen achter de hoteltrap.

De woorden die ik opvang, treffen me als dolksteken.

'… een tweede man vandaag, ja, onze Peut, en ik wil dat je nóg dieper in haar leven graaft! Ze zegt dat ze een kind heeft gehad, een meisje dat is overleden, maar ze liegt tegen me, ik weet het zeker. Ik wil weten wie ze is, wie hierachter zit…' Mijn oren suizen. '… had Peut geïnstrueerd… Hij zou haar uithoren, begrijp je, in het nauw drijven, desnoods te grazen nemen in dat park… Ja, natuurlijk wil ik die ook nog steeds gevonden hebben, je gaat toch niet plotseling zelf nadenken, hoop ik? Zoeken moet je, en zo te horen is die opdracht al moeilijk genoeg.' Ik hoor een kille verwensing uit zijn mond komen en dan is het stil.

Met knikkende knieën sluip ik de trap weer op, naar onze kamer. Licht in mijn hoofd, gesuis in mijn oren. Fuck, fuck! Hoe kan ik dit niet in de gaten hebben gehad? En wat nu?

32

Assia wist niet dat vliegtuigen vanbinnen zo overdadig luxe kunnen zijn. Volgepropt met mensen, rij na rij, dat is wat ze voor zich ziet als ze aan die grote vogels denkt. Ze vervoeren toeristen over lange afstanden. Als kind volgde ze de grijze vlekjes soms, een streep van witte rook achterlatend, die dan zo langzaam verdween in de helderblauwe lucht dat haar ogen ervan gingen tranen. Ze fantaseerde over een leven als vliegende dokter, want dat wilde ze later worden. Ze zou kinderen overal op aarde helpen, zodat iedereen gelukkig kon worden. Tot ze opgroeide en besefte dat er dokters van ver weg naar haar land kwamen om te helpen, en dat die een jarenlange, dure studie hadden gevolgd.

Het vliegtuig staat stil, er heerst een onrustige stemming bij de mensen om haar heen en ze weet waarom, ze kan er iets van zien door de kleine ramen: er naderen politieauto's met zwaailichten. Ruben lijkt het allemaal erg spannend te vinden, hij zit met zijn neus tegen het raam geplakt. Ze trekt hem naar zich toe, terwijl ze behoefte heeft aan de hand van haar man. Maar daar kan ze niet bij; Itai zit net iets te ver weg, in een van de andere leren stoelen, die zelfs kunnen draaien. Als ze naar hem kijkt, ziet ze de gespannen blik op zijn gezicht. Politie. Haar hart gaat tekeer in haar borst.

De politie komt haar halen, komt Itai halen. Zal ze weigeren de veiligheidsriemen weer los te maken en Ruben tegen zich aan gedrukt houden? Nee, ze weet dat ze dat niet zal doen. Vanuit een ooghoek houdt ze de deur achter in het toestel in de gaten. Daar bevindt zich de kist. De man met het kostbare horloge is in de cockpit. Salomons. Hij oogde gespannen en Assia vindt het aandoenlijk dat hij zich zorgen maakt om haar gezin. Ze begrijpt dat er eigenbelang in het spel moet zijn maar kan er nu toch niet meer omheen: hij heeft het goed bedoeld, ook al vreest ze dat het plan nu een voortijdig einde sterft. Net als ze tegen Ruben wil zeggen dat hij zich niet moet verheugen op de vliegreis, voelt ze het grote gevaarte in beweging komen. De motoren brullen, ze voelt de trillingen en er siddert een opwinding door haar lichaam die haar stil en nederig maakt. Ze leunt over Ruben heen om te zien wat er buiten gebeurt. Een deel van de politieauto's is nog zichtbaar, rijdt schuin voor het vliegtuig, als vliegen die een olifant tot stoppen willen dwingen, bedenkt ze, en in gedachten slaat ze ze van zich af. Gun ons deze nieuwe kans, bidt ze, het was zelfverdediging, Itai had geen keuze, ze zouden ons gemarteld en gedood hebben. Ze haalt diep adem terwijl het voelt alsof haar buik tegen de stoel wordt gedrukt, een rare sensatie in haar hoofd, een hoop lawaai en dan heeft het grote gevaarte zich losgemaakt van de grond. Er valt een last van haar af: ze hebben het gered! Ze wil Ruben omhelzen, maar die zit naast haar met dichtgeknepen ogen, zijn vingers in zijn oren.

'Rustig maar,' fluistert ze, zijn vingers kussend, 'we vliegen.'

Ruben opent zijn ogen, kijkt verbaasd uit het raam, en dan lijkt hij over zijn angst heen. Ze moeten nog even wachten, maar dan maakt Assia zijn gordel los en huppelt hij van raam naar raam. Ze maant hem tot kalmte.

'Laat hem maar,' zegt de vrouw met het lange, blonde haar, 'het is een hele belevenis voor zo'n jongen.' De vrouw vraagt of ze naast haar mag komen zitten en ze knikt. Was het niet Jenny? Ja, ze maakten nog grapjes over haar achternaam, die in het Engels 'the king' luidde. Alsof ze een man is, en koning zou kunnen zijn. Ondanks het probleemloze opstijgen is het gezicht van de mooie blanke vrouw niet ontspannen. Haar ogen flitsen onrustig heen en weer, alsof ze elk moment belaagd kan worden. Het hadden ogen van haar Afrika kunnen zijn, zo donker...

'We zijn erg dankbaar,' zegt ze, 'dat ons dit mag overkomen. Ik was bang dat het niet door zou gaan, en die politie...'

'We hebben geluk gehad.' Even ziet ze een glimlach om de rode lippen. 'Wat ik me afvroeg... Je hebt nieuwe kleren, mooi, kleurrijk, en je man en zoon zijn ook in het nieuw.'

'Er was niets meer. Onderweg... U moet weten, mevrouw...'

'Jenny. Geen mevrouw, alsjeblieft.'

Ze knikt. 'Vlak na onze kennismaking mochten we ons opfrissen in een hotelkamer en we kregen nieuwe kleren en te eten.'

'Maar je was nerveus voor we opstegen,' zegt de vrouw, die haar scherp observeert. 'Volgens mij was je bang dat de politie voor jou kwam, of misschien voor je man. Heb je vanavond misschien iets vreemds gegeten?'

Wat? Gegeten? Ze schudt verbaasd haar hoofd. 'Nee, waarom?'

'Heeft niemand je gedwóngen iets te eten? Of heeft je man dingen moeten innemen die je niet kon thuisbrengen, of... je zoon?'

Ze ontkent opnieuw en de vrouw zucht. Misschien volgt er zelfs een zachte vloek, ze herkent de woorden niet, maar het klinkt als een boze verwensing. Zou ze denken dat ze drugs smokkelen? De vrouw maakt een paar foto's van haar en Ruben, en dan excuseert Assia zich, ze begeeft zich op onvaste benen naar het toilet. Een vreemde ervaring, zo hoog boven de aarde te lopen. Als een droom, zo onwerkelijk. Ze denkt aan de droom van vanmorgen, wast haar handen en gezicht, schikt iets aan haar haar. De spelden zitten er nog stevig in. Het vliegtuig beweegt, even lijkt het alsof ze in het luchtledige zweeft. Een zachte kreet ontsnapt uit haar keel. Ruben zal toch niet bang zijn zonder haar? Ze haast zich het toilet uit en zoekt houvast aan een stoel, een leuning, tot ze op haar plek terug is. Ruben moet lachen om iets wat de vrouw zegt. Haar man was boos, vanavond, voor ze naar het vliegtuig gingen en de kist ophaalden in het mortuarium. Hij wilde niet zeggen wat er was, maar ze weet dat hij het zat is, dat hij er genoeg van heeft, van het gesol met Ian James. Ze heeft toch gezegd dat ze hem in zijn geboortegrond moesten begraven? Toen wilde hij niet luisteren. Nu ze zo hoog vliegt over geeloranje, kale vlaktes waar geen leven mogelijk lijkt en waarvan ze denkt dat het de Sahara moet zijn, is zelfs in letterlijke zin de grond onder haar voeten weggevaagd.

33

Het is donderdagmorgen kwart voor zeven als ik de Jeep achter mijn huis parkeer. Onderweg naar huis heb ik een kleine dosis coke genomen. Voor we het vliegtuig uit gingen, heb ik drie zakjes uit de instructiekaarten meegenomen, en er daar een van aangebroken, ik moest de vermoeidheid verdrijven. Nu voel ik me weer enigszins mens en als ik uit mijn auto stap, adem ik de kleuren die ik zie met diepe teugen in.

Keer op keer heb ik de reis in gedachten opnieuw beleefd, me afgevraagd wat ik toch in godsnaam verkeerd heb gedaan. Intussen overtrad ik tussen Antwerpen en Thorn alle snelheidslimieten terwijl ik keihard en vals Pink Floyds *Money* meezong.

Ik heb Baruch amper nog gesproken, ik ontweek hem, wist niet wat ik moest zeggen, hoe ik me moest gedragen, maar ik was hyperalert op elke beweging die mijn einde kon betekenen. Tijdens de vlucht ben ik per ongeluk vijf minuten weggedommeld voor ik weer wakker schrok. Ik kon er waarschijnlijk van uitgaan dat hij in het bijzijn van het Afrikaanse gezin niets zou proberen, maar ergens van uitgaan is gevaarlijk, kan dodelijk zijn, zoveel heb ik nu wel geleerd. Dus pepte ik mezelf op. Er waren nog twee beveiligingsmensen in het vliegtuig aanwezig en dat ik die op de heenreis amper heb gezien, maakte me sowieso achterdochtig. Ik moest wakker blijven. Alert.

Met de grootste tegenzin ben ik weggegaan. Het voelt als opgeven, maar ik kon niet meer, ik móést weg, de dingen op een rijtje zetten. Ik heb Baruch alleen gezegd dat ik nogal ontdaan was door alles wat er was gebeurd, dat ik even tijd nodig had om tot mezelf te komen. En dat ik mijn klant ging informeren dat het Gorongosa National Park geen plek is waar ik wil rondzwerven.

Ik haast me naar de werkplaats. Halina. Als ik mijn witte iPhone aanzet, blijk ik zesentwintig gemiste oproepen te hebben. De meeste van mijn zus. Halleluja, die paniekmiep kan er ook nog wel bij. Krijg ik weer dat gezeur dat ik me moet melden, niet zomaar kan weggaan, blabla. Ik druk twee keer op het verkeerde knopje, maar dan heb ik haar nummer te pakken. Ze beantwoordt de oproep onmiddellijk.

'Hé, zus, je hebt gebeld?'

'Allemachtig, Jessy, kijk jij wel eens op een klok? Waar zit je?' Ik hoor wat gekraak, Suus' stem, onduidelijk: 'Het is mijn zus, ja.'

'Waar ik ben? Eh, wat denk je zelf? Thuis natuurlijk, het is nog vroeg, weet ik heus wel, het is verrekte vroeg, zeg maar gerust. Maar je hebt zo vaak gebeld…'

'Omdat je niet ópneemt, snap je wel?' Ze puft, en in gedachten zie ik het verontwaardigd rollen van haar ogen. 'Waar wás je gisteren?'

'Ik ben op safari geweest en bijna opgegeten door een leeuw.'

'Heb je gedronken of zo?'

'Om zeven uur 's morgens, wat denk je wel van je zusje?'

'Jessy, dit is niet het moment voor grapjes. Ik weet niet hoe ik het je op een milde manier moet vertellen… Eigenlijk vind ik dat je ook totaal geen recht hebt op welk mededogen dan ook, maar… pa is gisteren overleden, Jessy, het spijt me evengoed dat ik het je zo via de telefoon moet vertellen. Ik heb je heel wat keren gebeld en je voicemail ingesproken. Rob is zelfs nog naar je huis gereden, maar de poort van je vesting zat zoals gewoonlijk potdicht.' Ik hoor haar geagiteerde ademhaling. 'Pa was ontzettend in paniek op het laatst. Hij was zo angstig, het was naar om te zien hoe hij met zijn handen klauwde en onverstaanbare woorden uitkraamde, ik herkende pa er helemaal niet meer in... Ik had het gevoel dat ik hem totaal niet meer kon bereiken. Het klinkt misschien raar, maar we waren opgelucht dat het voorbij was.'

En dan is ze stil.

Nee! Ik heb hem in gedachten nog zo aangespoord niet dood te gaan. Verdomme! Als ik met mijn ogen knipper, zal ik wakker worden, vertel ik Suus dat ik straks bij hem langs, nee, áán zal gaan, en is er niets aan de hand. Ik geloof het niet, het onomkeerbare wil niet tot me doordringen. Ik hoor Suus huilen.

'Ik ga douchen en me omkleden, en dan kom ik naar het hospice,' zeg ik, met een dikke keel, iets naars wegslikkend. 'Kom jij dan ook?'

Haar antwoord kan ik niet verstaan, en als ik haar vraag wat ze zei, is de verbinding al verbroken.

Zijn werkplaats. Mijn hand ligt op de deurknop. Hij zal gewoon binnen zijn, aan het werk, bezig met zijn grote passie, zoals ik het me herinner van duizenden vorige keren. We zullen herinneringen ophalen. Aan onze kampeertocht, wij met zijn tweetjes in het Schwarzwald. Een mooi gebied om te jagen, vond pa, en ik voelde me groot, omdat ik mee mocht op jacht. De eigenaar van de kampeerboerderij was een kalme, stille man, en ik was verontwaardigd omdat hij draalde toen hij een vos het genadeschot moest geven. Pa houdt ervan zulke verhalen op te halen. Als ik de werkplaats binnenkom en hem niet zie, sla ik zo hard met mijn vuist tegen de deur dat mijn knokkels beginnen te bloeden.

Halina. Ik haast me de trap op en constateer dat ze er nog is; ik druk twee vingers tegen haar hals en voel haar hartslag. Voorzichtig trek ik de tape van haar ogen. Pas als ik haar afwezige, verwarde blik zie, de helderblauwe ogen die ik alleen kende van foto's, besef ik wat ik heb gedaan. Halina. Ik wilde haar laten gaan. Dan trek ik ook de tape van haar mond. Ik had haar moeten laten gaan. Haar gezichtshuid lijkt geïrriteerd, en ze stinkt.

'Is er iemand bij je geweest? Halina?' Ze reageert niet en als ik zachtjes tegen haar wang tik en mijn vraag herhaal, volgt een nauwelijks hoorbare ontkenning. Ik laat haar water drinken en daarna zet ik een flesje drinkvoeding aan haar mond. Drinkvoeding van pa. Het is niet waar. Suus wil me gewoon één keer goed de stuipen op het lijf jagen, zodat ik in het vervolg haar oproepen nooit meer onbeantwoord laat. Ik doe mijn best daarin te geloven maar dat lukt niet. Suus zou zulke grappen namelijk niet maken. Zij niet. Mijn zus betaalt haar gemeentebelastingen keurig op tijd en haalt een dode egel of kat van de weg om die in de berm te leggen, ook al heeft ze het beest niet zelf aangereden. Niet zo sterk, zei mijn vader. Pfff. Dat had me genoeg moeten zeggen: hij was echt flink de weg kwijt.

De drinkvoeding gaat er gretig in.

'Ik droomde...' Halina's zachte stem klinkt gebroken. Doods. 'Mijn vader... voelde zich thuis altijd opgesloten, liep op zijn tenen om niet op te vallen... eenzaam...'

Wat bazelt ze over haar vader? Ik krijg geen lucht, ik moet hier weg. Ik struikel bijna op de trap, kan me nog net aan de leuning vastpakken. God, wat is het hier benauwd. Naar mijn vader, ja, dat was het. Ik moet naar mijn vader, ik moet gaan kijken hoe hij eruitziet nu het leven uit hem is weggezogen, en er is geen enkele vezel in mijn lijf die dat idee verwelkomt.

Naar zuurstof snakkend verlaat ik de werkplaats. Ik realiseer me dat ik de tape ben vergeten om Halina te laten zwijgen, maar ik ga niet terug. Zoveel geluid komt er niet meer uit, en dan nog, niemand die haar hoort. Kan ik nog een beetje coke nemen?

Waarom niet; wat maakt het allemaal uit in het fucking licht van de eeuwigheid? In de keuken laat ik me op een stoel zakken en kijk in Beaus schele ogen. Een van pa's minder geslaagde creaturen, maar Nicks retriever is me dierbaar. Pa hield van zijn werk. Dat doe ik ook. Mijn werk is belangrijk, pa heeft het zelf gezegd, al was hij vaak bang dat me iets zou overkomen. Belangrijk, ja hoor, het zou wat. Ik stapel fout op fout. Ik heb Halina's ogen gezien en dus heeft ze mij gezien. En Baruch vertrouwt me niet. Niet meer.

Ik wil net een lijntje coke snuiven als ik me bedenk, godzijdank maakt één bijdehante hersencel me duidelijk dat als ik nu nog een dosis neem, ik straks geheid ga omvallen. Mijn werk. Pa vindt mijn werk ook belangrijk. Wat moet ik doen? Ik ijsbeer door mijn koude woonkamer. Alec bellen, of Mikael, welke Saligia-figuur dan ook, en vertellen dat ik jammerlijk heb gefaald? Nooit, zegt mijn alter ego Jenny, die zich flink genaaid voelt. Als een van hen in het Antwerpse observatieflatje bivakkeert, zal hij merken dat Baruch terug is en daarna mij bellen. Waarom ben je niet bij hem, zal hij vragen. Of misschien zoekt hij contact uit bezorgdheid, of ik de reis heb overleefd. Vragen, zoveel vragen, en geen antwoorden, geen enkele aanwijzing die mijn opdracht tot een succesvol einde kan brengen. Mijn vader is dood.

34

Niet weggaan, wil ze roepen, maar het enige wat ze uit haar keel krijgt is een onbeduidend gekras en dan klinkt het dichtslaan van een deur. De deur die haar opnieuw tot eenzaamheid veroordeelt. De marteling van het alleen zijn. Ze wil wel… pijn lijden, als dat haar dood zal versnellen. Moest ze daar niet over nadenken? Tevreden leven, op een keer is het mooi geweest. Verlossing. Bizarre kronkels in haar gedachten, die het helder denken beginnen over te nemen. Ze zal niet opgeven, nee, nooit. Bij elke beweging sturen spieren vlijmscherpe steken door haar lichaam, maar ze leeft en dus kan ze denken en ze beseft dat ze de vrouw heeft gezien. Die ogen. Zo zwart. Ze doen haar denken aan… aan de ogen van een koningscobra. Ooit… ooit was ze in Vietnam voor een reportage over het wonderlijke zeelandschap bij Halong Bay, waar duizenden grillig gevormde eilanden loodrecht uit het water omhoogsteken. De plek waar ze de mooiste zonsopgang van haar leven zag. Tijdens een korte pauze op de terugweg naar de luchthaven waren de toiletten bij het tankstation zo smerig dat ze besloot liever buiten tussen de struiken haar broek te laten zakken. Toen zat ze ineens oog in oog met de cobra. Gelukkig had ze het benul doodstil te blijven zitten totdat de slang zijn interesse verloor. Ze zal die indringende ogen nooit vergeten, en zeker niet het besef dat ze daar ter plekke binnen enkele minuten had kunnen sterven. Eenzelfde doodsangst giert nu door haar keel. De vrouw heeft de tape van haar ogen getrokken. Waarom deed ze dat? Ze heeft de vrouw gezien. Jenny. Gezien! Waarom is ze nu weg?

Ze roept om hulp en haalt hijgend adem. Ze is afgevallen, dat moet wel na dagenlang zonder eten, en ze pept zichzelf op: de krampen in haar maag zijn tenminste verdwenen. Ze moet hier weg. Ze heeft Jenny gezien, kan haar beschrijven, aangeven bij de politie, de vrouw zal haar niet laten leven. Niet meer. In een vlaag van absurde logica of wellicht toch simpele hoop dwingt ze zichzelf opnieuw haar pols door de metalen boeien te trekken. De wond springt open, het bloeden begint weer, maar ze prent zich in dat ze het kan en zet door, de pijn verbijtend, denkend aan de euforie die ze zal voelen als ze een arm vrijelijk kan bewegen. Waarmee ze het zendertje tot leven kan wekken. Als de ene hand er echt niet door wil, gaat ze door met de andere. Links is vast ook dunner dan rechts, die had ze natuurlijk meteen moeten kiezen.

Uiteindelijk geeft ze het op. Uitgeput. Duizelig van de pijn moet ze zich tot het uiterste concentreren om niet over te geven. Ze zal kunnen stikken in haar eigen braaksel als ze die peristaltische bewegingen hun eigenwijze gang laat gaan. Nu heeft ze zo onderhand toch wel het niveau bereikt dat haar vader voor ogen moet hebben gehad toen hij het had over ondraaglijk lijden. Toen hij besloot dat het genoeg was, de wanhoopskreten van zijn eenzame hart hem zo verstikten dat hij het niet meer kon opbrengen te doen alsof het leven de moeite waard was. Zelfs zij was voor hem geen reden te willen leven. Ze was de moeite kennelijk niet waard. Haar succes, de financiële onafhankelijkheid die ze aanbood te gebruiken om zijn verhaal te promoten, het was niet goed genoeg. Aarrghhh! En als ze nu godverdegodver die kloteketting niet kan afschudden, dan... Ze trekt, trekt uit alle macht, houdt haar adem in, voelt hoe het bloed naar haar hoofd stijgt, haar oren suizen, ze trekt, trekt… en geeft het opnieuw op. Opgeven. Zij kan het toch, ze lijkt op haar vader. Een hysterische lach ontsnapt uit haar keel.

Hoe lang ze buiten westen is geweest weet ze niet, als ze de stem van de cobraogen weer hoort. Haar hoofd voelt nat aan, en koud. Ze krijgt water.

'Pap… ik zal mijn best…' Een klap in haar gezicht. Met een schok keert Halina terug in de realiteit.

'Ben je er weer? Luister, Halina, ik heb geen tijd voor flauwekul, je moet me nú alles vertellen wat je over zijn diamantensmokkel weet, alsjeblieft. Ik snap dat je denkt dat ik je niet meer laat gaan, omdat ik de tape per ongeluk van je ogen heb getrokken, maar ik ben geen onmens, ik heb het je beloofd: jij helpt mij, ik help jou. Als je me verzekert, als je zwéért dat je me nooit, maar dan ook nóóit zult verraden, dan laat ik je gaan, oké? Ik heb je hulp nodig, Halina, kom op, práát tegen me. Waar verstopt hij die dingen? Je bent toch ook mee geweest, op reis. Wat weet je?'

'Wat…' Ze schudt met haar hoofd om haar zicht helder te krijgen. Wat zeggen die cobraogen toch? Zullen ze haar laten gaan? Kan ze de vrouw vertrouwen? Misschien juist wel, ja, is het niet de betrouwbaar lijkende blik die juist verraderlijk is? Zoals die van Baruch?

'Halina, je moet me helpen, hoe doet hij het? Ik heb een man laten creperen en in een lijkkist zitten wroeten en ik ben niets opgeschoten. Ik ben ten einde raad en mijn vader is gestorven, ik moet naar hem toe. Hoor je? Heb je me gehoord? Ik beloof je dat ik je vrijlaat, als je me helpt, hier, met de hand op mijn hart. Je denkt toch niet dat ik ooit van plan was om je te laten sterven? Halina? Zeg iets!'

Ze krijgt meer water. En dat zoete goedje, waardoor ze zich iets beter voelt. Ze is er nog. Natuurlijk.

'Mijn vader...' zegt ze, 'ik moet zijn verhaal met iedereen delen, het is belangrijk.'

'Whatever. Al wil je Baruchs hart in plakjes geserveerd met truffelsaus, het zal mij worst wezen.'

'Dan wil ik eerst een schone broek. En zelf naar het toilet. Je kunt onmogelijk nu nog bang zijn dat ik ervandoor zal rennen.'

35

Nog wensen ook, en ik vervul ze, hoe belachelijk is dat, maar het kan me niet schelen. Halina is mijn laatste kans. Eerst haal ik een oude spijkerbroek uit mijn kast voor haar, en een schone slip. Als ze dat nu zo belangrijk vindt... Ik heb gedoucht, afwisselend koud en warm, en daarna een paar koppen koffie gedronken. Nu ben ik hopelijk redelijk terug op aarde. Niet dat ik daar ook maar één moment verheugd over kan zijn, maar als ik nog iets goeds uit dit alles wil laten voortkomen, moet ik mezelf bij de kladden grijpen en mijn werk doen. Ik moet me concentreren. Halina móét me vertellen hoe het zit met die diamantensmokkel. Ze weet er meer van, anders zou Baruch geen minuut aandacht meer aan haar hebben besteed. Eerst Halina. Dan mijn vader. De tijd begint te dringen, mijn kans op succes heb ik waarschijnlijk allang verprutst, maar ik ga nog één keer alles op alles zetten om mezelf te bewijzen. Voor pa. Ik zal het voor mijn vader doen. Hem trots maken. Ik moet naar het hospice.

Ik haast me terug naar de werkplaats en help Halina: ik maak haar los, ondersteun haar om overeind te komen want ze staat te wiebelen op haar benen. Ze heeft gehuild, ze is verzwakt, begint verward te raken, en ik denk dat haar weerstand is gebroken. Toen ik haar beloofde dat ik haar zou laten gaan, rolde ze met haar ogen en ik zag kwijl langs haar mondhoek druipen. Een zachte hand is goed. Ik weet dat ze geen gevaar meer kan betekenen, maar ik blijf alert op onverwachte bewegingen. Als ze het washandje gebruikt dat ik nat heb gemaakt in heet water, houdt ze haar bh aan. Ik denk dat ik in haar geval graag mijn hele lijf had willen opfrissen, maar ik kan me voorstellen dat ze haar laatste restje privacy op prijs stelt. Of ze merkt het niet. Intussen vertelt ze, aanvankelijk aarzelend, en ik dring erop aan dat ze opschiet. Ze heeft het over haar reis met Baruch naar Zimbabwe. Het Nyanga National Park. De autorit naar Vila de Manica met de dure Jeeps.

'Ik weet niet wat je wilt horen,' zegt ze als ik haar nogmaals vraag alles te vertellen wat ze weet. 'Ik heb nooit diamanten gezien tijdens die reis.' Ik vraag haar geen enkel detail weg te laten, maar dat levert informatie op waar ik niets aan heb. Over lodges, wandelen met leeuwen en lokale gerechten. Zelfs de seks met Baruch komt aan bod. Maar dan, eindelijk, vertelt ze iets wat me op scherp zet. Ook bij haar terugvlucht was er ineens het gezelschap van een Zimbabwaans gezin. Mét een gestorven kind. Ik wist dat hij vaker gezinnen die kampen met de nodige pech een tweede kans biedt, dat heeft hij me zelf verteld, maar niet dat er een sterfgeval aan te pas moet komen.

'Dus er was een lijkkist in het vliegtuig aanwezig?' vraag ik voor de zekerheid.

Halina knikt. 'Een luguber idee, ik bedoel, waarom je doden niet in eigen grond begraven? Dat gezeul...'

Maar ik heb die kist onderzocht. Niet goed genoeg, stribbelt een vinnig stemmetje tegen, je had haast, je was daar niet alleen in dat mortuarium, je moest terug naar het diner, je hebt niet eens gecontroleerd of er een dubbele bodem in zat.

'Baruch heeft die mensen in de kou laten staan,' zegt Halina. 'Daar heb ik me schuldig over gevoeld, maar op het moment zelf wist ik het niet, ik hoorde pas later dat ze in een asielzoekerscentrum waren terechtgekomen, dat ze terug moesten en dat de man van dat gezin zelfmoord pleegde...'

Ik zeg haar dat ze terug moet naar haar stoel, wat ze doet zonder tegensputteren. 'Mag ik een koele doek voor mijn arm en mijn polsen?' vraagt ze. 'Dat zou fijn zijn.'

'Het zou fijn zijn als je nu gaat opschieten.'

'Mijn vader heeft ook zelfmoord gepleegd,' fluistert ze. 'Daarna was ik van slag en juist op dat moment ontmoette ik Baruch. Ik denk dat de zelfmoord van die man mijn ogen opende, ik was alleen te laf om actie te ondernemen. Ik heb dit gewoon verdiend.'

Ik zie dat ze moeite heeft met slikken. 'Ik heb nog eens diep nagedacht... Baruch verdient misschien de zwaarste straf voor zijn daden, dat... Ik weet het niet, ik durf daar niet over te oordelen, maar ik... ik kan iets goedmaken, dat weet ik zeker.' Ze kijkt me verwachtingsvol aan.

'Dat klinkt goed, Halina, we zullen het er later over hebben.'

Ik vraag haar of het nog nodig is dat ik haar mond afplak met tape. Ze schudt haar hoofd, ik geef haar nog een paar slokken van pa's zoete goedje en dan beloof ik haar dat ik zo snel mogelijk terugkom.

Dus, volgzame Halina, je wilt Baruch wel zien sterven? Sluit dan maar achteraan in de rij aan.

Ik verontschuldig me dat ik haar opnieuw alleen moet achterlaten.

Het moet, ik neem elk risico, hoe dan ook. Ik zet de Jeep langs de kant van de weg, kijk in mijn achteruitkijkspiegel om zeker te weten dat er niemand hetzelfde doet en bel hem op. Met Pink Floyd op de achtergrond om het geluk af te dwingen, luister ik naar het overgaan van de kiestoon. Hoeveel weet Baruch? Zodra hij opneemt, zeg ik dat het me spijt, dat ik zo van slag was dat ik amper afscheid heb genomen. 'Die hele toestand in dat wildpark... die heeft me enorm aangegrepen...' De waarheid is dat ik in de hotelkamer razendsnel mijn boeltje bij elkaar heb gepakt en me bij het gezin heb gevoegd, dat beneden in de receptie al klaarzat voor vertrek. Ik durfde niet meer met hem alleen te zijn. Het is even stil, terwijl Gilmour de tijd laat wegtikken. *So you run and you run to catch up with the sun but it's sinking Racing around to come up behind you again.* Ik haal opgelucht adem als hij begripvol reageert en vraagt of ik zo snel mogelijk bij hem terug wil komen. Dat zal ik doen. 'Ik zit bij een klant in Maastricht,' zeg ik, 'maar daarna kom ik jouw kant op. Ik zat nog te denken... hoe is het met dat gezin, Baruch? Ik wilde eigenlijk vragen ze mijn beste wensen over te brengen.'

'Een gezin in rouw in een onbekende omgeving, een nieuw land, het zal nog wel een tijd duren voor ze de mooie kanten van het leven weer gaan zien. Maar ik zal je wensen overbrengen. Ik wist trouwens wel, hoor, dat je zou bellen.'

'O, ja?'

'Je gaat me niet vertellen dat je vergeten bent dat je nog steeds je carbonado's niet hebt?'

Mijn diamanten. 'Die heb ik expres achtergelaten, dan móést je me wel vragen terug te komen.'

36

Voor ik het hospice binnenga, bel ik naar het bureau om te zeggen dat ik voorlopig niet aan het werk ga omdat mijn vader is gestorven. Ik heb David Berghuis aan de lijn, hij wenst me sterkte en zegt dat hij er voor me is als ik hem nodig heb. 'O ja, Boet heeft je geprobeerd te bellen,' zegt hij op de valreep, 'ik weet niet waarover. Maar we redden ons wel met meneer Van Piers, maak je daarover geen zorgen.' Ik vraag hem of ze al wat weten over een mogelijke dader en hij zegt dat ze wroeten in de illegale orgaanhandel en samenwerken met de zuiderburen, maar dat ze nog geen aanknopingspunten hebben. 'Je hebt ons trouwens extra werk bezorgd, je DNA is op de plaats delict aangetroffen.'

'Ik was er met mijn gedachten niet helemaal bij, sorry,' zeg ik, en dat is precies wat hij in het rapport heeft gezet en waar volgens hem iedereen begrip voor zal hebben, zeker nu. Ik bedank hem en hij wenst me nogmaals sterkte.

Voor pa's deur aarzel ik. Ik leg mijn oor tegen de deur en hoor niets. Suus is er dus nog niet. Ik besluit koffie te halen, al heb ik eigenlijk iets anders nodig om moed te verzamelen, en kom in de gang Frida tegen, die me condoleert. Vervolgens doet Sara hetzelfde in de keuken. Ze schenkt koffie voor me in en zegt: 'Je ziet eruit alsof je wel wat cafeïne kunt gebruiken. Ach, wat was ik nog graag een paar keer met hem naar buiten gegaan, hij genoot er zo van.' Ze zucht diep. 'Sterven. Het hoort bij het leven, maar soms is het hard. En nu moet ik hier ook nog weg.' Al verhuist ze naar Timboektoe, denk ik bij mezelf. 'Ik ben gezond verklaard,' vult ze ongevraagd aan, 'een fout van de specialist, die mijn door vocht opgezwollen buik aanzag voor een vat vol tumoren.'

'Wat een blunder. Maar wel goed nieuws.'

'Het vervelende is dat ik geen thuis meer heb,' zegt ze. 'De huur opgezegd, spulletjes naar de kringloop... De enige plek waar ik terechtkan is op de begraafplaats in mijn donkereiken kist.'

'Helpen ze hier dan niet om iets te vinden?'

'Jawel, hoor. Ach, lieve kind, daar moet ik jou niet mee lastigvallen. Heb je je vader al gezien?'

Ik schud mijn hoofd. 'Ik ga nu naar hem toe.'

Ze legt haar hand op haar hart. 'Als je maar onthoudt dat je het belangrijkste altijd bij je zult dragen.'

Bij je dragen? Waar heeft ze het over? 'Sorry, ik heb u geloof ik niet goed verstaan.'

'De herinneringen,' zegt ze, haar andere hand ook op haar borst leggend. 'Die pakt niemand je ooit nog af. En hij ligt er mooi bij, ik denk dat God hem met liefde in Zijn armen heeft gesloten.'

Er is niets moois aan het stoffelijk overschot van mijn vader. Hij is morsdood en zo ziet hij er ook uit. Een nare, grauwe huidskleur, ingevallen wangen. Leerachtig vel, slordig over een geraamte gedrapeerd. In een pak dat te chic voor hem is. Ik had hem liever in zijn schipperstrui willen zien, vergezeld van een paar opgezette dieren.

Suus is er nog steeds niet. Ze wil me vast niet zien en dat kan ik haar niet kwalijk nemen.

'Sorry, pa,' fluister ik. 'Ik heb er een vreselijke puinhoop van gemaakt en ik heb geen idee of ik alles kan rechtbreien.' Ik slik iets weg. Dit valt op geen enkele manier recht te breien. Heeft Suus de begrafenis al geregeld? Voor wanneer? Ik weet helemaal niets en dat irriteert me. Ze had toch wel wat praktischer dingen kunnen vertellen dan dat deprimerende verhaal over zijn laatste uren? Ik besluit dat ik hier niet langer wil blijven, maar dan komt mijn zus de kamer binnen. Gehaast. Ik trek mijn jas strakker om me heen. Ik merk dat ze aarzelt, maar dan loopt ze naar me toe om me te omhelzen. 'Jammer,' zegt ze, 'dat we elkaar nu pas weer zien en onder deze omstandigheden.'

Een ingestudeerd zinnetje. 'Wanneer is de begrafenis?' vraag ik.

'We hebben nog geen datum, daarover wilde ik eerst met jou overleggen.'

'O.'

'Ik dacht aan maandag.'

'Dat lijkt me prima,' zeg ik.

Suus herinnert me eraan waar hij wil worden begraven: op de enige begraafplaats van Maasbracht, hier vlakbij.

'En kaarten?' vraag ik.

'Ik zou niet weten aan wie ik die moet sturen, jij?'

Ik haal mijn schouders op. 'Pa heeft een broer en een zus,' zeg ik.

'Maar je weet net zo goed als ik dat hij daar niets mee te maken wilde hebben. Pa is ook niet naar de begrafenis geweest van zijn jongste broer, en trouwens, ik weet niet eens of ik ze zou kunnen vinden, en dan op zo'n korte termijn...'

'Heeft pa daar zelf iets over gezegd?'

'Heb jij hem ernaar gevraagd?' Ze klinkt kribbig.

'Nee. Het boeit me ook niet,' zeg ik.

'Dat is nu net het hele punt,' reageert ze in gefluister waarin ik een ingehouden woede voel. Ze wenkt me en loopt de kamer uit. Op de gang vervolgt ze: 'Jou boeit alleen zo'n moordzaak en verder kan iedereen je gestolen worden. Je hebt niet eens even geïnformeerd hoe het met Julia is gegaan in het ziekenhuis. Dat kind heeft veel pijn gehad, twee breuken in haar arm. Een opbeurend telefoontje van haar stoere tante die ze zo bewondert, had ze vast erg op prijs gesteld.'

'Sorry. Ik ben inderdaad nogal opgeslokt door die moordzaak, het zijn heftige, drukke dagen.'

'Die je met óns had moeten doorbrengen,' bijt ze me toe. 'Je hebt collega's genoeg, maar je hebt, hád maar één vader.'

'Je hebt helemaal gelijk.'

Ze kijkt me beduusd aan. 'En dat zeg je dan zomaar even. Alsof het daarmee klaar is.' Er ontsnapt een wanhoopskreet uit haar keel. 'Weet je... weet je wat nog het ergste is? Altijd, nee, niet altijd, maar wel vaak... váák als ik bij hem was, ging het over jóú, omdat je zulk fantastisch werk doet voor de mensheid, met gevaar voor eigen leven op jacht bent naar gerechtigheid. Papa's lievelingetje. Vroeger al. Het geeft allemaal niks, ik kan ermee leven, maar nu even niet. Weet je waar ons laatste gesprek over ging? Over waar jij was. Voor hij in paniek raakte, vroeg hij naar jou. Wees hij naar dat stomme beest in de vensterbank, met die enge ogen.' Ze slaakt een diepe zucht. 'Ik laat je nog wel weten hoe laat, maandag. We vertrekken van hieruit, vanmiddag wordt de kist bezorgd. Als je niet opneemt, spreek ik één keer je voicemail in en dan zie ik wel of je komt opdagen. Voor mij hoef je het niet te doen.'

En dan beent ze weg.

37

Net voorbij Turnhout rinkelt mijn witte iPhone en ik zie Lombaerts nummer. Ik heb het afgelopen halfuur naar Pink Floyd geluisterd, in een poging de stormvloed aan verwijten van Suus in perspectief te zien. Ik? Pa's lieveling? Dan heeft ze ergens toch een afslag gemist. Wat ze zei deed me nog wel deugd ook, vooral het gepijnigde toontje waaróp, en daar vervloek ik mezelf om, want het mag strelend zijn voor mijn ego, pa heeft me gemist, vlak voor zijn dood, en ik had bij hem moeten zijn.

Mijn chef condoleert me met het verlies; zegt dat het hem spijt dat het zo snel is gegaan. Maar ook hoe goed hij het van me vindt dat ik zoveel tijd bij mijn vader heb doorgebracht, dat dat misschien helpt om zijn dood te accepteren. Ik bedank hem en vraag of hij me ook voor iets anders belt.

'Nee, hoezo?'

'David zei zoiets.'

'Ach, dat kan wachten.' Ik dring aan en dan zegt hij dat het om een factuur gaat. 'Eén van de ambulancedienst. Een lijk vervoerd van een hospice in Maasbracht naar het AZM en eergisteren vice versa. Je hebt zonder mijn medeweten een stoffelijk overschot laten onderzoeken, Jessica, kan ik dat verantwoorden?'

'Eh… ja, natuurlijk kun je dat verantwoorden, ik laat niet zomaar een lijk opensnijden.'

'Want?'

'Want… die vrouw is vermoord, Boet, ik denk dat ze vergiftigd is door haar zoon.'

'Welke vrouw? Als ik het goed begrijp, iemand die in het hospice is vermoord? Zeg me dan tenminste dat het geen stervende was.'

'Ja, dat was ze wel, maar…'

Hij onderbreekt me. 'Jessica, doe me een lol, ik wil niet oordelen over de besteding van je tijd, maar denk je wel aan mijn budget en vooral de beperktheid daarvan?'

'Of iemand nu achttien of tachtig is, mag dat uitmaken?'

'Nee,' verzucht hij, 'maar die vrouw verbleef daar niet omdat het eten er zo uit de kunst was, wel? Nondeju, Haider, waarom zou wie dan ook zo iemand een laatste zetje willen geven als ze toch al gaat?'

'Dat is nou precies wat ik ook dacht en dat is de grootste valkuil. Ik sprak net een vrouw die was opgegeven en fout blijkt te zijn gediagnosticeerd. Helemaal gezond verklaard! Bij mijn lijk kan iets dergelijks ook gespeeld hebben. Wil jij die tunnelvisie op je geweten hebben? Die moeten we toch altijd voorkomen?' Dat mijn barones zwart zag van de tumoren vertel ik er niet bij. 'Boet, ik heb die zoon ontmoet en ik weet zeker dat hij iets te verbergen heeft. Luister, ik betaal die ambulance zelf wel, als je daarmee in de problemen komt. Ik wil gerechtigheid. Als jij daar anders over denkt…' Ik hoor hem kreunen. 'Gaat het wel goed met je, Boet?'

'Nee, het gaat helemaal niet goed, ik ga zo naar huis als ik door dit stapeltje facturen heen ben. Maar nondeju, als ik overal achteraan moet…'

'Ja, ja, ik weet het wel, sorry.'

'En hoe doe ik dat met het OM? We hebben geen toestemming voor deze sectie, Jessica, je kunt dit toch niet zomaar op eigen houtje doen!'

'Penninx doet wel eens wat buiten de officiële weg om, ik regel wel iets.'

'Nee, néé, doe dat nou maar niet. Eh, het is een haastklus, ik bel Marja wel.'

Marja is een van onze beste OvJ's en ze heeft een oogje op de chef. Ik grinnik, en hoor hem mopperen. 'Zorg dat ik deze kunstgrepen niet voor niets uithaal, Jessica. Maak het de moeite waard.'

'Je kent me toch? Als ik even niks te doen heb, stort ik me op die moord. Eigenlijk is een beetje afleiding wel lekker, het is hier verder maar een dooie boel.'

'Ja, maak er maar een grapje over. Pas in vredesnaam op, je bent nu kwetsbaar, neem geen risico's, je moet eigenlijk nu niet eens aan werk hoeven dénken, laat staan met een moord bezig zijn.'

'Doe me dan een lol en laat meneer Clemence Schimmelpenninck de Rijckholdt doorlichten, wil je? Hij is mijn verdachte, de zoon van de dode vrouw.'

'Goed, dat zal ik doorspelen aan je collega's. Je hoort het zodra we meer weten.'

Als we elkaar sterkte hebben gewenst en het gesprek beëindigen, bel ik onmiddellijk Penninx op om te vragen of hij al resultaten heeft van het bloed- of weefselonderzoek. Dat blijkt helaas niet het geval te zijn en ik vraag hem haast te maken.

'Morgen, Jessy, dan hoop ik je meer te kunnen vertellen, geef me nog even de tijd.'

'Als je iets vindt en dat lukt je eerder dan het mij lukt, neem ik je mee naar Beluga,' zeg ik, om hem extra te motiveren en in een spontane aanval van totale zelfopoffering.

Marcel is een lieverd en gek op lekker eten, maar als tafelgenoot is hij een ramp. Hij ontleedt zijn vlees, noemt elk spiertje en peesje bij naam en toenaam. Zelfs bij een dessert weet hij nog onappetijtelijke Latijnse ingrediëntennamen te noemen die mijn eetlust volledig in het niets doen verdwijnen.

38

In mijn Antwerpse appartement neem ik de tijd om me voor te bereiden. Misschien wacht ik op tranen, maar die blijven uit en hoewel ik nerveus ben, stort ik ook niet in. Ik kleed me om in een zakelijke outfit waarbij ik de Glock onder het colbertje kan verstoppen. In gedachten neem ik mogelijke scenario's door. Misschien moet ik mijn strategie bijstellen. Of gaat het om improvisatietalent? *What if…* En vervolgens bedenk ik wat Baruch zal doen als hij heeft ontdekt wie ik werkelijk ben. De vraag waar ik een steek heb laten vallen, houdt me bezig. Zei die Van Piers niet dat het standaardrecept is elke nieuwe kennis van Baruch te laten doorlichten? Of is het al misgegaan toen ik die telefoongegevens heb gekopieerd?

Een halfuur later parkeer ik mijn Mercedes SLK naast Baruchs BMW. Ik neem de lift naar de vijfde etage en terwijl ik omhoog zoef, kijk ik naar mezelf in de spiegel die mijn beeld in mat licht weerkaatst. Geen kind meer. Is het aan me te zien?

Baruch doet meteen open, maar hij wist al dat ik eraan kwam, ik moest me melden voordat ik de parkeergarage in mocht en hij heeft me vast gevolgd via de monitoren. Hij omhelst me innig en ik haal opgelucht adem: als hij me uit de weg had willen ruimen, zou hij me met geen vinger meer willen aanraken. Ik moet oppassen dat hij mijn pistool niet opmerkt. Terwijl hij in de keuken een fles rode wijn opent, trek ik mijn colbertje uit, hang het over een stoel en leg de Glock eronder.

We proosten en dan biecht ik op dat ik niet helemaal eerlijk tegen hem ben geweest. Hij reageert niet verbaasd, wat me sterkt in mijn voornemen iets prijs te geven van mijn geheimen om zijn vertrouwen te herwinnen. 'Toen ik je gisteren vertelde over dat drama met Delpeutte in het natuurpark, vroeg je voor de grap of ik ook niet toevallig iets te maken had gehad met de dood van die andere veiligheidsman.'

'Ja, dat weet ik nog. Die Zimbabwaanse politie was niet op jacht naar jou, als je je daarover zorgen maakt.'

'Nee, het is... O, nee? Waarvoor was al die heisa dan bedoeld?'

'Dat Zimbabwaanse gezin is op weg naar Chimoio overvallen door een bende jonge oproerkraaiers en de man heeft een van die gastjes doodgeschoten.'

'Wát? Hoe ben je daarachter gekomen?'

'Die vrouw was extreem nerveus toen ze de politiesirenes hoorde, en toen ik haar er later op wees dat ze niets voor me mocht achterhouden, heeft ze het me verteld.'

Zit hij me nu voor de gek te houden? Die politie... 'Dat meen je niet.'

'Helaas wel.' Ik vraag hem wat er met ze gaat gebeuren. 'Ik lever ze weer uit aan hun eigen land, dat lijkt me evident, ze moeten verantwoording afleggen voor hun misdaad.'

'Waar zijn ze dan, nu?'

'Ik heb ze in een hotelletje vlak bij het vliegveld laten onderbrengen.' Het lachje verschijnt in zijn mondhoek. 'Ze wilden in het mortuarium blijven slapen.'

Het mortuarium? Daar moet hij het Antwerpse mortuarium mee bedoelen, dicht bij het vliegveld, en die kist is daar, zonder dat de ouders erbij mogen. Waarom? Is het aannemelijk dat er vanavond iets moet gebeuren omdat overdag het risico daarvoor te groot is? Ik krijg ineens weer hoop: Halina had het ook over een kist, daarin ligt het antwoord, het moet, het móét, ik heb gewoon niet goed gezocht.

'Jij wilde me iets vertellen,' helpt Baruch. 'Over Pier. Mijn veiligheidsman. Toch?'

'Eh... ja, Baruch, beloof je dat je niet kwaad wordt?'

'Hoezo, heb je mijn auto beschadigd?' Hij lacht, maar gerust ben ik er niet op. 'Die Pier, hij achtervolgde me, 's avonds, toen ik naar een uitgaansgelegenheid in Maastricht was geweest.'

'Maastricht? Daar zit je nogal eens.'

'Ik kom er regelmatig voor mijn werk. Nederlanders hebben vaker een nieuwe uitdaging nodig dan Belgen, denk ik. *Anyway*, ik merkte dat ik werd gevolgd, ben naar de jachthaven gereden omdat het daar rustig zou zijn en heb hem daar opgewacht. Hij bedreigde me met een pistool, Baruch, het was hij of ik.'

Het is even stil, en dan zegt hij: 'Ik had het al vermoed en ik ben blij dat je het me vertelt.'

Ik wil nog iets zeggen, een verontschuldiging, maar hij legt zijn vinger op mijn lippen en begint me langzaam uit te kleden.

'Vrouwen die niet met zich laten sollen, bewonder ik het meest, maar dat wist je al.' Zijn stem klinkt schor als hij mijn borst aanraakt, aan mijn tepel zuigt. Verlangend. Ik pruts de knoopjes van zijn overhemd los. 'Ik wil graag verdergaan,' fluistert hij, 'waar we waren gebleven. Jij ook?' Als hij zijn arm om me heen slaat en me meevoert naar zijn slaapkamer, aarzel ik geen seconde. Het gevaar is voor dit moment geweken. Op de stoel ligt de Glock, verborgen onder mijn colbertje. Ik kan altijd nodig naar het toilet moeten.

39

Haar bekentenis heeft hem pissig gemaakt en de reactie van zijn baas stookte het vuurtje nog iets hoger op. Het was wel zijn maat over wie ze het hebben. Even tussen neus en lippen door: ach, ik heb hem vermoord. Het was hij of ik. Zo zinloos. Hij voelt de aandrang de trap af te stormen naar het appartement beneden hem en daar eens flink huis te houden. Bruno ijsbeert knarsetandend tussen de beeldschermen, waar hij af en toe een blik op werpt. Hij stemt meer schermen af op de slaapkamer omdat zijn collega dat wil. Hij weet al wat er komen gaat en kan zich bijna niet beheersen. Zijn handen heeft hij tot vuisten gebald, de nagels tot bloedens toe in het vlees.

Hij herinnert zich wat zijn baas zei over de apparatuur: 'Het geeft een hele nieuwe dimensie aan het begrip jacht.' Salomons beschouwt zichzelf als een jager, op zijn best als hij zijn prooi kan binnenhalen maar voldoende geduld heeft om te wachten. Dat gaat hij dan nu zeker doen.

Moet hij ingrijpen? Dat zal hem nooit lukken, twee kleerkasten staan zich voor de ingang van zijn baas' appartement te verkneukelen, een derde is hier, bij hem, omdat hij niks van de show wil missen.

'Geil wijf, Braune, vind je niet? Hé, man, doe niet zo nerveus, jij hoeft er niet op, hoor. Je denkt toch niet dat ze voor jou haar benen spreidt, met die vogelpoep op je harses?'

Hij reageert niet. Hij haat die naam. Braune. Alleen vanwege de moedervlekken. Alsof ze een vloek zijn in plaats van een zegen. Mensen zijn dom, en dit exemplaar past in de categorie amoeben. Hij is eigenlijk allang klaar met dit rotbaantje. Het is tijd voor een nieuwe schepping en die moet hij zelf creëren, zijn eigen keuzes maken, zijn eigen verantwoording nemen.

Zijn collega stompt hem tegen zijn schouder. 'Heb je je al een beetje met dat joch vermaakt? Jij hebt niks met die dame, vertel mij wat, misschien wel niet met vrouwen in het algemeen, jij bent er meer een van jongetjes met hun kleine pikkies, kom, doe niet zo schijnheilig. Willen vrouwen jou niet? Zijn ze bang dat ze na een beurt ook met zulke strontvlekken op hun kop rondlopen, dat het besmettelijk is?' Zijn collega moet er hard om lachen.

Bruno doet alsof hij de man een high five wil geven, maar op het moment dat de gespierde arm in de lucht steekt, geeft Bruno een simpele, maar krachtige stoot tegen het strottenhoofd. De adem van de man stokt, even is daar die verbaasde blik in de ogen en dan stort de kolos ter aarde.

'Nog bedankt voor je hulp,' zegt hij, 'maar verder red ik me wel.' Hij spuugt een keer in de richting van het gezicht met de open mond en de bodemloze ogen. Weer een hufter minder. Hij sleept het lijk in een kast, doet de deur op slot en peinst niet eens over een betere plek. Hij heeft voor deze daad een goede reden gehad en hij gaat eerdaags toch weg. Hoe eerder, hoe liever.

Even later geeft hij gehoor aan de opdracht met grote spoed naar Thorn te rijden. Jessica's woonplaats. Zijn chef had een medewerker op weg gestuurd, maar die had de baas bij nader inzien voor een andere klus nodig; hij zit krap in de mensen en nu moet Bruno op pad: ze hebben die ex van hem gelokaliseerd.

'Met alle plezier,' zegt hij. Alles liever dan hier blijven kijken.

178

40

Pas als hij me schrijlings op zich laat zitten op zijn bed, zie ik wat hij zojuist heeft bedoeld. Op het ivoren nachtkastje liggen de attributen. Bondagetape, boeien, zweepjes... tot gezichtsmaskers en tepelklemmen aan toe. Hij heeft flink ingeslagen; een mondknevel zit zelfs nog in de verpakking. Ik glimlach. 'Dus ik heb het goed ingeschat dat je hier ervaring mee hebt,' zegt hij. 'Ik dacht het, na die eerste keer, hier, en ik wil voelen hoe het is...'

Ik leg mijn hand op zijn hart en voel hoe het tekeergaat. 'Weet je dat zeker?' vraag ik, en hij knikt, al voel ik zijn aarzeling. 'Ik heb me continu afgevraagd hoe het zou zijn als ik de controle echt uit handen geef.'

Baruch dringt aan op een lijntje coke en ik neem maar een klein snufje, na vanmorgen ben ik huiverig voor een tweede dosis. Ik wil rustig genoeg blijven om te weten wat ik doe. En wat hij doet. Ik sluit de gordijnen, Baruch zorgt voor kaarslicht en ik moet grinniken om zijn bijna kinderlijke opwinding als ik zijn geboeide polsen aan de haken van een ijzeren stang vastbind, die hij speciaal voor de gelegenheid aan het stevige hemelbed moet hebben bevestigd. Als ik zou willen, breng ik hem nu meteen naar een gelukzalig hoogtepunt.

Maar ik laat hem kronkelen met de zweep en als hij begint te smeken, gebruik ik de mondknevel. Hoe verder ik ga, hoe meer ik zijn ongemak voel, en zijn vrees, maar ik zie ook het vuur in zijn ogen. Baruch heeft een goede *single tail*-zweep aangeschaft, met een plat, leren uiteinde waarmee ik hem goed kan raken zonder het risico op snijwonden. Hooguit wat bloeduitstortingen. Er komen gesmoorde geluiden uit zijn keel. Ik heb hem beloofd te stoppen als hij daarom zou vragen, maar dat lukt hem nu niet.

Als hij erg opgewonden raakt en ik vermoed dat hij het niet langer volhoudt, ga ik even weg. Ik weet hoe naar het voelt op zo'n moment alleen gelaten te worden, omdat hij niet zeker weet of ik terugkom. In de vriezer vind ik wat ik nodig heb.

Terug in de slaapkamer leg ik een plastic zak gevuld met ijsblokjes op zijn geslacht. Hij krimpt kreunend in elkaar, voor zover zijn beperkte bewegingsvrijheid dat toelaat. Ik haal de mondknevel weg, vervang die door een oogmasker, waardoor hij niets meer kan zien, maar wel kan praten. Terwijl ik met de zweep heel lichtjes over zijn huid streel en ik zijn lichaam voel sidderen van spanning, fluister ik in zijn oor: 'Je mag alleen fluisteren. Als je hardop praat, bind ik de mondknevel weer om en ga ik daarna weg. Knik maar even, als je dat begrijpt.' Hij gehoorzaamt en het lukt me te ontspannen, te genieten van waar ik mee bezig ben. Dit is precies wat ik nu nodig heb. 'Als je vraagt om te stoppen, ga ik extra lang door. Snap je dat ook?' Hij knikt opnieuw. 'Goed zo. Je doet het goed. Vertrouw je me?'

'Ja,' fluistert hij.

'Maar je hebt me laten achtervolgen door die Pier van je. Waarom?' Ik sla hem, hard dit keer, en hij kreunt.

'Standaardprocedure, Jenny, vergeef me.'

De reactie die ik wilde horen. 'Ik wil dat je me een geheim vertelt, Baruch, om te laten merken dat je me vertrouwt. Iets boeiends, liefst iets van vroeger.' Dat vraag ik om niet de indruk te wekken dat ik iets wil weten van zijn diamantensmokkel, en ondertussen streel ik hem, afgewisseld met ferme slagen van de zweep. Af en toe slaakt hij een kleine kreet, maar ik merk dat hij wanhopig zijn best doet het geluid binnensmonds te houden.

'Een geheim? Ik weet niet…' Ik sla hem. Hard. 'Oké, goed.' Zijn stem schiet iets uit en ik straf hem met klemmen op zijn tepels. 'Fluisteren zei ik.' Zijn borstkas gaat zwoegend op en neer, en ik vraag me even af of zijn hart dit wel aankan. In combinatie met de coke… Ik laat hem even met rust. En dan begint hij op zachte toon te vertellen: 'Ik heb twee oudere broers, en vergeleken bij hen voelde ik me nooit goed genoeg, dat lag niet aan mijn broers, maar aan mijn vader. Hij kleineerde me. Daarom vind ik dit moeilijk.'

'Wat vind je moeilijk? Ik wil dat je het benoemt.'

'De controle verliezen.'

Goed zo, Baruch. Even overweeg ik hem toch een bekentenis over zijn diamantsmokkel af te dwingen. Mocht me dat lukken, dan heb ik geen andere keuze: dan moet ik hem vermoorden, hier, waar mijn sporen en DNA zo overvloedig aanwezig zijn dat ik daar nooit mee wegkom. Ik doe het niet.

Ik kan het niet.

Ik laat hem nog flink pijn lijden, niet in de laatste plaats om mezelf ervan te overtuigen dat ik er het lef voor heb. Als zijn borstkas voor mijn gevoel gevaarlijk snel op- en neergaat en het zweet in straaltjes van zijn lichaam gutst, leid ik hem langzaam naar zijn hoogtepunt. Waarbij het hem niet meer lukt stil te blijven, maar dat vergeef ik hem. Ik trek het oogmasker voorzichtig weg en dep de zweetdruppels van zijn voorhoofd. Ik laat hem bijkomen en dan maak ik de boeien los. Het duurt een tijdje voor hij zijn normale kleur en hartslag terugkrijgt. En dan lacht hij. Gelukkig. Puffend komt hij overeind.

'Godallemachtig,' zegt hij. Hij schudt een paar keer met zijn hoofd. 'Ik had alles verwacht, maar niet dat het zó verdomde fantastisch zou zijn.' Hij kust me hartstochtelijk. 'Weet je wat we doen? We nemen een fles champagne mee in de jacuzzi, en daarna mag ik.'

41

Ze zitten vastgebonden op een stoel, in een kleine, donkere kamer zonder ramen. Assia kan niets zeggen, als haar mond er net zo uitziet als die van Itai zit er een grijze laag op, een dik soort plakband. Tevergeefs probeert ze opnieuw haar handen los te maken. Ze is de schok nog niet te boven en twijfelt of dat ooit zal gebeuren.

Ze wilde liever in haar eigen land blijven ondanks de misère daar, maar toch heeft ze diep vanbinnen altijd hoop gevoeld, hoop dat Itai gelijk zou krijgen en zij ongelijk. Dat God het met haar eens was dat ze met de dood van Ian James genoeg geleden hadden. Maar nu... nu is alles verloren. Haar hart is met het sterven van haar oudste zoon al in duizend stukken gevallen en ze stelt zich voor dat het van puur, doorzichtig glas was, en dat ze nu al die stukjes glas moet opeten, het is alsof haar ingewanden verscheurd worden, alles kapot wordt gemaakt tot er niets meer van haar overblijft. Dat moment moet dan maar snel komen.

Samen met Itai en Ruben is ze vanaf het vliegveld in een auto vervoerd, naar Antwerpen, een naam die ze eerder had gehoord. Ze zouden naar een hotel, tot hun huisje klaar was, daar werd nog druk geschilderd en volgende week zouden de meubels komen. Ze had visioenen van lichte kamers en een aparte slaapkamer voor Ruben. Maar toen ze de stad naderden en op een parkeerplaats stopten, werd Ruben van hen weggenomen. De ene man hield haar vast in een stalen greep, terwijl de ander de krijsende Ruben de auto uit sleurde. Ze kreeg geen enkele kans om wat dan ook te doen. Het laatste wat ze van hem zag, was zijn betraande gezicht en de verschrikkelijke angst in zijn ogen.

Vanuit een ooghoek kijkt ze naar Itai. Wat deed hij eigenlijk op dat moment in de auto? De vraag raakt haar plotseling en hard. Ze probeert het zich te herinneren, maar ze komt niet verder dan een zwijgzame, versteende Itai, die lijdzaam toeziet. Waarom heeft hij niet om zich heen gegrepen? Waar was zijn pistool? Ze wil zijn blik vangen, nu, desnoods woede daarin vinden... Het lukt haar niet iets van zijn gezicht te lezen, en als ze hem doordringend aankijkt, merkt ze dat hij haar iets probeert duidelijk te maken. Zijn ogen flitsen van de hare naar... ja, naar wat? Naar onderen. Naar haar voeten? Nee, hoger, haar handen? De stoel? Hij probeert te bewegen, zijn stoel te verschuiven door zijn bovenlichaam schokkend naar voren te bewegen, en dan snapt ze het. Zijn stoel is een zwaar, houten meubelstuk dat is vastgemaakt aan de wand, maar de hare staat los, midden in de kamer. Ze schuift een stukje opzij, hoort het krassen van de poten op de vloer. Maar waar... Naar zijn handen, ja, natuurlijk, als ze elkaars handen kunnen aanraken, kan ze hem losmaken. Of hij haar.

Voor haar gevoel duurt het uren, maar dan slaagt ze erin hem te bereiken, en nog eens een eeuwigheid later zit er beweging in de touwen om haar polsen, kan ze haar handen bevrijden. Ze rukt de tape van haar mond, voelt de pijn die dat veroorzaakt amper, en met nerveus gehannes aan het touw lukt het haar ook om haar enkels van de stoel los te maken. Daarna trekt ze bij Itai de tape van zijn mond, met eenzelfde voortvarendheid als ze zichzelf heeft bevrijd. Ze weet even niet hoe het verder moet, maar Itai maant haar tot haast: 'Schiet op, Assia, ze kunnen elk moment terugkomen.'

En dan aarzelt ze, terwijl haar vingers de knopen beginnen te ontwarren van het touw om zijn polsen. Ze kijkt hem aan. Kijkt naar de glimmende huid van zijn gezicht, het wit van zijn ogen dat gelig ziet. Een vertrouwd gezicht, maar ineens toch zo anders, zo... afstotend. 'Ik wil weten wat er met Ruben is gebeurd,' zegt ze. 'Je weet iets, je houdt iets voor me achter.'

'Assia, hier hebben we geen tijd voor, je moet me losmaken. Nú!'

Ze weigert, dringt aan op de waarheid, en ze weet dat ze gelijk heeft als hij zijn blik afwendt. Hij weet meer dan hij haar heeft verteld. 'Je verbergt iets voor me,' zegt ze, 'ik wil dat je me de waarheid zegt, eerder doe ik niets meer.' Ze draait hem haar rug toe en zwijgt. Haar hart bonst in haar hoofd, maakt het te zwaar voor haar lichaam.

Het blijft lang stil, momenten waarin ze Ruben voor zich ziet, daarbuiten in de kou, rillend, huilend om haar. Dan begint Itai toch te praten. 'Hij was op sterven na dood, Assia, we kregen een kans, wat moest ik anders?'

'Wie? Ruben? Wat kakel je toch?' Ze draait zich om, zodat ze kan zien wat hij bedoelt.

'Ian James. Zijn dood betekende voor ons een ticket naar de vrijheid.'

'Een mooie vrijheid,' lacht ze schamper. 'Ik begrijp het niet, je moet het me uitleggen.'

'Ik moest alleen toestemming geven... dat we diamanten wilden smokkelen voor hem. Wat ben je toch naïef, Assia, je denkt toch niet werkelijk dat zo'n rijke man ons zomaar zou helpen vanwege jouw lieve lach of ons verdriet? Hmm?'

'Waarom heb je daar dan niets van gezegd?'

'Je had niet willen meewerken, daarom.'

'Wat bedoelde je toen je zei dat Ian James op sterven na dood was?'

'Toen hij in het ziekenhuis wegteerde, kwam er een hulp van de Belgische man bij me en deed me het voorstel. Met ons vieren naar het Westen als onze zoon zou sterven. Ik heb toegehapt. Alleen het duurde te lang, ze stonden op het punt een ander gezin te kiezen, van wie het kind net was gestorven.'

De wilde blik in de ogen van haar zoon, het speeksel rond zijn mond... Ze weet dat hij de waarheid spreekt. Ian James wilde het haar vertellen en kreeg de kans niet meer. 'Jij... je bent... En toen?'

'Ik heb hem geholpen, hem vergif gegeven om zijn lijdensweg te bekorten, dat is alles.'

Met haar vlakke hand geeft ze hem een klap op zijn wang en ze ziet hoe hij geschrokken terugdeinst. Een klap van zijn eigen vrouw. Maar het is niet genoeg en ze beukt met haar vuisten op zijn borst. 'Hoe kón je, hoe kón je! Je bent een door God verlaten leugenaar!' Hij zwijgt. Als ze is uitgeraasd, kijkt ze hem als verstomd aan. Hoe is het mogelijk dat ze hier niets van heeft gemerkt? Ze denkt aan de martelingen, het zwijgen over die zwarte dagen en aan de jongen die hij zonder enige wroeging door het hoofd schoot. Het hóófd, godbetert, alsof hij de mogelijkheid van een hart niet eens wilde overwegen. Itais hart is dood, denkt ze, dat moet wel. Zijn zwijgzaamheid, de onmacht haar nog aan te raken, het is allemaal logisch als zijn hart is verschroeid, weggeteerd.

'Ik wil weten waar hij is,' zegt ze. 'Ruben, waar is hij?' Haar stem klinkt traag. Vlak.

'Dat weet ik niet, Assia. We zouden hier een nieuwe kans krijgen, een huisje, ik mocht komen werken voor Salomons bedrijf.'

Assia hoort amper wat hij zegt, alleen dat het geen antwoord is. Ze frunnikt met haar vingers aan haar haar.

42

Ze kunnen nu elk moment komen om haar te redden. Aan die gedachte houdt Halina zich vast, probeert het moment te visualiseren dat de deur opengaat en ze andere voetstappen hoort dan de klakkende hakken van… van die cobraogen. Hoewel ze de vrouw gelooft… ze beloofde haar vrij te laten. Jenny of hoe ze ook mag heten is iemand die haar woord houdt, ondanks de wreedheden is er iets in haar wat die gedachte bevestigt. En dus is haar enige opdracht dit vol te houden tot ze wordt vrijgelaten. Door wie dan ook. Dat moment zal komen. Vrij. Vrijheid. Ze beseft hoe monumentaal dat begrip wordt zodra het onder je benen wordt weggeschopt. Ze herinnert zich de doodsangst en beseft dat geluk toch niet altijd een eigen keuze is.

Bij vlagen bevindt ze zich in een andere, vreemde, misschien zelfs hogere staat van bewustzijn, die beelden van vroeger op haar netvlies tovert. Uitstapjes in haar hoofd. Hersenvluchten. Ze heeft haar vader gezien, hem kunnen aanraken. Zijn handen die altijd warm waren, zelfs tijdens een winterse wandeling. Ze liep links van hem, dan weer rechts, om en om liet ze haar handen opwarmen in de zijne. Af en toe moest ze dribbelen om zijn lange benen bij te houden. Dan spoorde hij haar aan niet te treuzelen en zeker geen prullen van de straat op te rapen. Een verloren handschoen. Een knikker. Een snoepje. Laten liggen, zei hij dan, daar heeft een hond overheen gepiest. De aansporingen vat ze op als een aanmoediging door te zetten. En dat zal ze doen. Natuurlijk geeft ze niet op. Zijn warmte lijkt ook nu nog om haar heen te hangen. Ze begrijpt het, ineens, dat hij niet anders kon. Dat het niets met haar te maken had, dat zij misschien wel de reden was dat hij het volhield tot hij zeker wist dat ze hem niet meer nodig had. Al had hij dat mis.

Ze voelt zich rustiger. De herinneringen hebben haar gekalmeerd, alsof die haar optillen uit de beangstigende realiteit.

Als de deur opengaat en voetstappen klinken, haalt ze opgelucht adem. Vervolgens schrikt ze: er klinkt een harde vloek. Een zware stem. Een van Baruchs mensen? Het is geen stem die ze kent, Chiel is het zeker niet. Ze roept, met schorre keel: 'Hier, ik ben hier, boven, help me!' Nog even en ze zal de voetstappen op de trap horen. Haar redding is nabij.

Een man met een hele serie moedervlekjes op zijn voorhoofd, zijn halflange haar achterovergekamd, een kuiltje in zijn kin. Ze kan zich niet herinneren hem eerder te hebben gezien. Hij laat zijn kille, blauwe ogen over haar lichaam glijden. 'Nou, dame, je bent er niet op vooruitgegaan, maar ik geloof dat ik snap waarom.'

Maak me nou maar snel los, eikel, denkt ze, maar intussen probeert ze hem zo lief mogelijk aan te kijken.

Hij pakt zijn mobieltje, het duurt lang voordat hij begint te praten. 'Baas? Wat klink je ver weg... Ik heb haar gevonden, hoor, en in haar arm staat "bloeddiamanten" getatoeëerd. Driemaal raden bij wie... Nee, nee, geen quiz, ik begrijp het. Ze is in een creepy werkplaats met opgezette dieren en zelfs... eh... Shit!' Het is even stil en dan zegt hij: 'Ik heb eerst het huis doorzocht. Dit alles hier is eigendom van ene Jessica Haider. Geen Jenny, maar Jessy. De sleutels uit het Antwerpse appartement die ik heb laten dupliceren, passen op haar huis- en werkplaatsdeur, dus... de dame die nu bij jou is, ja, ik meen het, ik heb foto's van haar gezien, hier. Ze is rechercheur, baas... Je had gelijk, ja... Wat doe ik met Halina?'

Vrijlaten, denkt ze. Nu meteen! Meenemen naar Antwerpen en goed verwennen met een heet bad en Baruchs onnavolgbare sushi, jij lelijke strontvlek!

'Voornemen, ja, nee, dan branden we onze vingers daar niet aan... O, oké, begrepen. Daarna onmiddellijk naar Antwerpen. Ik heb de naam van 't hotel, ja.' Hij beëindigt het gesprek en gromt, misschien is het een vloek, ze hoort niet wat hij zegt. Er begint iets naars in haar buik te rommelen als ze hem zijn wenkbrauwen ziet fronsen.

'Dat heb ik weer,' zegt hij, 'moet ik me nog haasten ook.' Nog voor ze iets kan zeggen, bedekt hij haar mond met een groter stuk tape dan de vrouw ooit heeft gebruikt. 'Dat zal hopelijk genoeg zijn om je een beetje stil te houden, dame, ik heb opdracht iets te doen wat je niet zo leuk gaat vinden.'

43

Hij verheugt zich erop, zegt hij, met dat typische trekje bij zijn mondhoek. Geamuseerd, ja, maar ik herken ook het cynisme erin. Moet ik ingrijpen? Ik kan mezelf niet beheersen als hij de tweede metalen tepelklem bevestigt en zo ver dichtschroeft dat ik er licht van word in mijn hoofd. Ik buig mijn hoofd achterover ter overgave. De jacuzzi met champagne was heerlijk, maar dit is hemels. O god, wat heb ik hiernaar verlangd! Hij durfde het ook aan met mij, bedenk ik, terwijl hij mijn polsen vastbindt aan de metalen stang. Hij liet zich ook zonder twijfel in de boeien slaan, ik had met hem kunnen doen wat ik wilde. In zo'n delicate situatie moet het vertrouwen wederzijds zijn. Ik krijg een latex masker over mijn hoofd dat mijn ogen bedekt en hij kiest ook meteen voor de mondknevel. Toe maar. Dan kan ik nu niet meer vragen of hij het wel aankan. Het luistert nauw; de grens tussen opwindende en echte pijn is een grijze zone die je spelenderwijs moet leren ontdekken...

Een opdringerig stemmetje in mijn hoofd waarschuwt me, maar dan bedenk ik dat mocht er iets misgaan, er binnen tien minuten hulp aanwezig is. Ergens hoop ik dat het Alec is die me observeert, zodat hij zich gefrustreerd kan gaan zitten verbijten van jaloezie. Hoewel hij misschien juist daarom te lang zou wachten met helpen. Ik acht hem ertoe in staat.

'Ik wil de stang boven het bed bevestigen,' zegt hij, 'zodat je op je knieën moet zitten.' Ik schud mijn hoofd, dat wil ik niet, maar dan heb ik mijn eerste zweepslag te pakken. En die verrast me, hij is ongemeen hard en treft me aan de binnenkant van mijn dijen, de meest gevoelige plek die hij had kunnen kiezen. Het stelt me gerust: hij is niet zo onervaren als hij heeft willen doen voorkomen. Muziek vult de kamer. Pink Floyd.

Through the fish-eyed lens of tear stained eyes
I can barely define the shape of this moment in time
And far from flying high in clear blue skies
I'm spiraling down to the hole in the ground where I hide.

Roger Waters' stem in *The Final Cut* klinkt vertrouwd en ik voel dat ik begin te zweven. Ik moet hem gehoorzamen, goed, hij speelt het spel zoals het hoort. Ik laat me op mijn knieën helpen en ik hoor een klik als hij de stang ergens boven me bevestigt. Met mijn armen weerloos gespreid in het luchtledige, terwijl ik bovendien niets zie, voel ik me kwetsbaar. Als ik had geweten dat hij zo ervaren was, had ik hem langer laten lijden, dieper vernederd, en ik neem me voor straks alsnog een tweede ronde te eisen. Een flink aantal zweepslagen maakt me duizelig, vooral omdat het ademen door mijn neus zwaar is. Hij heeft een andere zweep dan ik heb gebruikt, en ik begin te vrezen er meer aan over te houden dan wat bloeduitstortingen. Het stoort me dat hij niets zegt. Ik wil zijn stem horen, al was het alleen maar om te concluderen dat hij geniet ten koste van mijn pijn.

'Geniet je ervan, Jen? Ik ben niet zo ervaren als jij, maar ik heb stiekem wel wat geoefend, misschien heb je dat al gemerkt. Het is niet mijn stijl onvoorbereid een avontuur aan te gaan, wat dat betreft zijn we aardig aan elkaar gewaagd, denk ik.'

Dus ik ben ook niet onvoorbereid het avontuur aangegaan? Als het om hem gaat, of heeft hij het over mijn zogenaamde werk? Mijn god, dat mag ik toch hopen. Ik zou nu toch erg graag de mogelijkheid willen hebben tot aftikken. Klaar, Baruch, even pauze. Maar dat idee deelt hij niet. Terwijl de muziek dreigender wordt, brengt hij zichzelf tot een hoogtepunt, waarbij hij mij vooral veel pijn doet door me ruw van achteren te nemen. Daarna voel ik hoe hij onder me gaat liggen, de tepelklemmen verwijdert en onzachtzinnig met zijn vingers in mijn borsten knijpt. Hij bijt zo hard in mijn tepels dat ik er misselijk van word. Merkt hij niet dat ik tussendoor moet bijkomen om mijn ademhaling tot rust te brengen? Fuck, Baruch, kappen nou.

Ik krijg mijn zin als zijn mobieltje rinkelt. Het kost hem enige tijd zich onder me uit te wurmen om het ding op te nemen.

'Ja, wat is er?' hoor ik hem kortaf zeggen. 'Nee, ik wil hem zelf spreken.' Het is even stil, en dan zegt hij: 'Denk je soms dat ik zit te wachten op een quiz of zo?' Het is opnieuw stil, zelfs Waters zwijgt, en dan zegt hij afgemeten: 'Ik heb het je gezegd, ik wist het.' Gevolgd door een vreemde kreet, een woord misschien, dat ik niet versta. 'Je hebt gezien wat ze met die koeien deden, ginds, zodat ze niet meer konden weglopen. Ze had het voornemen, dat verdient straf, maar we willen onze vingers niet branden aan moord als het niet nodig is, Braune, iemand anders maakt die klus wel voor ons af, blijkbaar. Snappen we elkaar?' Hij wacht het antwoord geloof ik niet af, ik hoor dat hij het mobieltje niet al te zachtzinnig op een harde ondergrond legt. Smijt.

De temperatuur in de kamer lijkt tien graden gedaald als hij zegt: 'Een rechercheur. Allemachtig. Een rechercheur! Ik wist dat je een toneelstuk opvoerde, maar dit…'

Het duurt een tijdje voor ik werkelijk kan geloven dat ik erin ben geluisd, dat ik zo verschrikkelijk dom met open ogen in zijn val ben gelopen. De schaamte is zo groot dat het besef nog niet volledig tot me doordringt. Dat mijn leven aan een zijden draadje hangt en dat Baruch dat draadje zal doorknippen. Waar blijft de beloofde hulp? Alec, of wie dan ook, je mag nu ingrijpen! Zit je intussen uit je neus te vreten, of vind je het reuze amusant dat ik hier mijn laatste adem ga uitblazen?! Ik zie het woedende gezicht van Suus al voor me, als ik maandag niet kom opdagen. Want hij zal me ergens zo ver weg laten begraven dat ik nooit meer word gevonden.

Terwijl de eerste klanken van uitgerekend *Shine On You Crazy Diamond* de ruimte in worden geblazen, verstijf ik. Ik denk dat ik me vergis, maar even later weet ik het zeker. Ik hoor stemmen boven de muziek uit. Fuck, zet mijn muziek uit! Mannenstemmen. Vervolgens Baruchs lach. 'Ik heb het zo onderhand wel gehad, waar bleven jullie? Er is een kleine verandering van de plannen. Ze is voor jullie. Als je haar daarna maar zo goed opruimt dat niemand haar ooit nog vindt, begrijp je?'

'Wow, dat is wel even andere koek, baas.'

Gelach. Opruimen. Opruimen!

'Ze zal nu wel mega-opgewonden raken, denk je niet?' Een vreemde, lijzige stem. Vingers glijden over mijn huid en ik probeer aan de aanraking te ontsnappen. 'Veelbelovend.' Ineens iets nats op mijn borsten. Warm, zacht. Een tong? Ik huiver. '*Yip*, dat zit wel goed. Verrek, baas, dat is nog eens een welkome verrassing. En daar hoeven we niet eens voor te betalen, hé, Ig, stop eens met kwijlen.'

Ik hoor geluiden die ik niet kan thuisbrengen, er worden woorden gewisseld die ik niet kan verstaan en dan slaat een deur dicht. Baruch is weg, denk ik, en even later weet ik dat zeker, want het eerste wat de twee doen is het masker verwijderen. Ze willen me kunnen zien. En mijn mondknevel mag ook weg. Die vinden ze onhandig, zegt een van de twee, voor wat ze van me willen.

Ik onderga hun martelingen zonder een kreet om genade. Die gun ik ze niet. En ze kunnen eisen wat ze willen, ik werk niet mee, op geen enkele manier. Langzaam glijdt alle gevoel van me weg, treed ik buiten mijn lichaam, hoor ik alleen in de verte vaag nog Pink Floyd en kan ik zelfs de pijn verwelkomen. Ik kan erboven staan. Het is goed. Ik zie Nick, hij lacht naar me en zegt dat aan alle pijn ooit een einde komt. Hij steekt zijn hand naar me uit, een kleine kinderhand. Tot ik een klap tegen mijn wang voel. 'Hé, wakker worden, je gaat me toch niet vertellen dat we slaap-verwekkend zijn! We moeten er nog een schepje bovenop doen, Ig.'

Ik hoor meerdere keren blikjes openketsen en de gore bierlucht wordt steeds indringender. Als ze op enig moment te vermoeid blijken te raken, willen ze met een van Baruchs nieuwe speeltjes voor elkaar krijgen dat ik een orgasme beleef. Ik voel continu een hand op mijn borst, ik vermoed om te controleren of mijn hart-slag versnelt, en ik ervaar het als een vreselijke vernedering als mijn lichaam reageert. Een van de twee denkt dat ik een orgasme fake en straft me met zweepslagen op mijn billen. Als ik een kik geef, krijg ik er tien extra, belooft hij, maar ik zwijg als het graf. In gedachten vraag ik mijn vader of hij me alsjeblieft wil helpen, of dit nu snel voorbij mag zijn.

Ik wens meer dan eens dat ze er een einde aan maken, dat ze me vermoorden. Tot ze me uiteindelijk een ouderwetse revolver in handen drukken en vlak voor mijn ogen één kogel in de trommel plaatsen, waar ruimte is voor vijf. Ik denk weer aan Suus, en of ze herinneringen aan mij bij zich zal blijven dragen. Wie had het daar toch over? Niet mijn zus zelf. Denk aan iets moois, denk aan Nick.

'Ook een leuk spelletje,' grinnikt de man die Ig genoemd wordt. 'Misschien moeten we nu eerst even een gebedje voor haar opzeggen.'

'Een schietgebedje,' zegt de ander, schaterlachend. 'Zeg, Ig, jij zat toch vroeger in een kerkkoor, misschien kun jij het *Ave Maria* zingen, dat vindt ze vast wel mooi.'

Een kans van één op vijf dat ik mezelf overhoop blaas. Mijn handen trillen, nee, ik beef over mijn hele lichaam, als ik de lijzige stem hoor zeggen dat Baruch niet blij zal zijn met de rotzooi die dit gaat geven. Daarna moet ik een klap hebben gekregen, want er explodeert iets in mijn hoofd en het wordt zwart voor mijn ogen nog voor ik ook maar één gedachte aan mijn zoon heb kunnen wijden.

44

Het duurt even voor ik mezelf ervan heb overtuigd dat ik niet dood ben. Hoewel mijn hoofd bonkt en mijn oren suizen in het pikkedonker, weet ik dat ik me nog steeds in het aardse bevind, ik voel mijn lichaam, het ongelijkmatig schudden van mijn ledematen, het monotone maar zware geluid van een motor. Ik ruik de lucht van olie en rubber. Ze hebben me niet vastgebonden en met mijn handen tast ik in het duister, op zoek naar iets wat als wapen kan dienen. Ik voel stof, stukken karton, een massief, vierkant blok, vermoedelijk een jerrycan. Niets wat ik als wapen kan gebruiken. Maar zolang ik niet dood ben, leef ik en maak ik een kans. Zodra die kofferbak straks opengaat, spring ik er één in zijn nek. Maar als ik een minimale beweging uitprobeer door een been onder mijn kin te schuiven, schieten de tranen in mijn ogen van de pijn. Toch probeer ik het te visualiseren: hoe ik met een snelle beweging waarop ze niet bedacht zijn, omhoogkom en rake, liefst dodelijke jiujitsutrappen uitdeel.

In gedachten is het een mooi scenario, maar de werkelijkheid kan niet tippen aan mijn mooie droom. De kofferbak gaat open en op het moment dat ik me wil oprichten, kijk ik recht in de loop van een revolver. Een oude revolver? Dan herinner ik het me. Vlak voor ik buiten westen raakte.

'Eruit. Schiet op.'

Ze sleuren me lachend en grappen makend mee, als aangeschoten wild hang ik tussen hun armen in. Ik probeer op mijn benen te staan, maar zonder resultaat. Ik ruik dennenbomen. En bier. Ze laten me los en ik val. Ik voel me machteloos, mijn lichaam luistert niet naar me.

'Op je knieën,' zegt de een. 'Nu wordt het pas echt lachen,' zegt de ander. 'De grande finale.' De stem klinkt nog steeds lijzig maar ook onvast, dubbel, net als die van zijn maat. Ze moeten een flinke dosis alcohol in hun lijf hebben. Mijn tanden klapperen. Ik had de kou nog niet gevoeld, al ben ik ongekleed en zal het rond het vriespunt zijn, maar nu dringt die ineens in alle hevigheid tot me door.

Een van de twee houdt me onder schot met een pistool, de ander drukt de revolver in mijn hand. 'Eén kogel, vijf kamers,' zegt hij.

'Ik ga winnen, ik ga winnen,' roept zijn maat. 'Ik heb twee gezegd. Eén keer klik, de tweede keer bám. Kom, kom, laat ons niet langer in spanning.' Schaterlachen. Opnieuw het geluid van een blikje dat wordt opengetrokken. 'Hier, jij ook nog een?'

'Ik moet effe opletten, Ig, en dat zou jij ook moeten doen.' Hij drukt de revolver tegen de zijkant van mijn hoofd, pakt mijn hand en legt mijn vingers om de trekker. Dan laat hij me los. 'Doe het. Nu.'

Ik hoor hoe een pistool wordt ontgrendeld. De koele klank van metaal over metaal. Mijn hand trilt.

'Ik tel af,' zegt een van hen. 'Als je niets doet, schiet ik je bij nul overhoop. Tien, negen, acht…' Ik weet niet wat ik denk, of mijn hoofd leegraakt of dat de gedachten met een zo grote snelheid over elkaar heen tuimelen dat ik ze niet kan benoemen. 'Zes, vijf…' In een flits zie ik mijn vaders gezicht voor me, en dan dat van Nick… en ik doe het. Zo ineens. Ik hoor hem 'twee' zeggen, en dan hoor ik een klik.

Ze zijn een ogenblik doodstil, waarschijnlijk hadden ze niet verwacht dat ik het zou doen, maar dan beginnen ze te gieren. 'Ik krijg gelijk, ik krijg gelijk,' roept de een, en de ander schreeuwt iets terug wat ik niet versta. Ik probeer uit alle macht mijn zenuwen te beheersen want ik besef dat ik leef, dat ik mijn kans moet grijpen en dat ik daar geen seconde meer mee moet wachten.

Met alle kracht die ik in me heb, laat ik me op mijn zij vallen, haal de trekker van de revolver over en trap tegelijkertijd met mijn been. Ik jank van de pijn maar tref doel: ik heb een van beide mannen in de maagstreek geraakt. En het duurt even voor ik besef dat ik daadwerkelijk een schot heb gelost, dat er niet alleen een droge klik volgde. Vanuit mijn ooghoek zie ik hoe de man in elkaar stort, maar veel tijd om naar hem te kijken, heb ik niet, want de ander richt zijn pistool opnieuw op me.

Het is een stevige man, die even verrast was door mijn stoot, uit zijn evenwicht gebracht, maar ik heb te weinig kracht kunnen zetten om hem werkelijk pijn te doen. Even kijkt hij vol verbazing naar zijn maat, dan lijkt hij zich te herpakken en hij schiet. Een kogel fluit langs mijn lichaam, denk ik, maar op datzelfde moment lijkt mijn linkerbovenarm in brand te staan en besef ik dat hij me heeft geraakt.

Het maakt me woedend en ik werp me op hem met een herwonnen wil om te overleven, die me de kracht geeft hem uit balans te brengen. Ik schreeuw de longen uit mijn lijf om de pijn te overstemmen en de tweede trap raakt hem vol in zijn gezicht. Ik hoor iets kraken, hij grijpt naar zijn hoofd en valt voorover op zijn knieën. Snel schop ik het pistool bij zijn voeten weg, gris het van de grond, en met eenzelfde snelheid controleer ik de toestand van de ander.

Daar hoef ik niets meer aan te doen, zijn ogen staren in een lege verte die hoort bij de doden, maar ik jaag vloekend nog twee kogels door zijn hoofd. Daarna druk ik het pistool – een 9mm-Heckler & Koch – tegen het hoofd van de kreunende man. Ik geef mezelf even de tijd te herstellen van de onmenselijke inspanning en als ik mezelf weer enigszins onder controle heb, vraag ik hem wat hij heeft afgesproken met Baruch. 'Moet je bellen als de klus is geklaard?' Hij geeft niet meteen antwoord en ik schiet in zijn voet. Hij brult en ik herhaal mijn vraag. Hij probeert iets te zeggen en ik vuur een tweede kogel af, die zijn knie verbrijzelt. 'Ik versta je niet,' zeg ik.

'Nee... nee... o god... hij... vertrouwt op ons.'

'Waar zijn we?'

'Kalmt... houtse... Heide.'

Dat geloof ik. Dennenbomen. De zekerheid van een verlaten natuurgebied. Dan ben ik vlak bij de Nederlandse grens. Hij vertelt me na een kogel in zijn lies dat Baruch inmiddels weer thuis zou moeten zijn, tenminste voor zover hij weet, hoewel ik hem bijna niet meer kan verstaan, en dat hij niets weet van gesmokkelde diamanten. Na een kogel in zijn buik weet hij dat nog steeds niet, en daarna jaag ik hem een kogel door zijn hoofd. En nog een, en nog een, tot het magazijn leeg is en mijn woede bekoeld.

Pas dan bedenk ik dat ik had moeten vragen naar Halina. Ik herinner me iets van het telefoongesprek dat Baruch voerde, maar dat kan niet met een van deze twee zijn geweest, tenminste niet als Baruchs gesprekpartner op dat moment bij haar was en die indruk had ik wel.

Ik kleed de man die ik het eerst heb neergeschoten uit, zijn kleren zijn minder bebloed dan die van zijn maat, en ik leg het leeggeschoten wapen in zijn hand. Mijn pijn verbijtend, hijs ik me in de veel te wijde broek. Als ik het overhemd wil aantrekken, zie ik pas dat ik bloed en niet zo zuinig ook. Ik scheur een reep van het overhemd van de ander af en bind die stevig om de wond. Een schampschot. Ik heb geluk gehad. Nee, dat heb ik afgedwongen. Mijn blote voeten moet ik voor lief nemen, ik verzuip in hun schoenen. De kou heeft mijn vingers intussen wit en gevoelloos gemaakt en het kost me moeite de knoopjes van het overhemd dicht te krijgen.

Ik doorzoek hun zakken; vind mijn sigaretten en aansteker, mijn eigen Glock, autosleutels van een Mercedes en twee mobieltjes. Ik overweeg met een ervan het nummer voor noodgevallen te bellen maar ik doe het niet, ik wil het risico niet lopen dat de nummers worden getraceerd of met elkaar in verband gebracht. Ik stop ze terug in de broekzakken. Helaas vind ik niet mijn zwarte iPhone, maar wel een zakje met wit poeder.

Ik kijk in de achterbak van de Mercedes, in de hoop dat ik daar daadwerkelijk een jerrycan heb gevoeld, en dat klopt. Hij is zelfs tot de rand toe gevuld, dus dat bespaart me een hoop gesleep. Als ik de lichamen heb overgoten met de benzine, steek ik een sigaret op en gooi die op een van de lichamen. De vlammen laaien meteen fel op. Terwijl ik kijk hoe het vuur gretig aan de lijken likt, neem ik een dosis coke. Pas als het vuur begint te doven, voel ik dat de scherpe randjes van de pijn in mijn lijf vervagen.

45

Het Antwerps uitvaartcentrum is gevestigd in een statig gebouw met olijfbomen voor de ingang. Het is na middernacht en er brandt geen licht. De auto heb ik voor de zekerheid uit het zicht geparkeerd, al is de straat verlaten. Het is doodstil als ik me naar de achterkant van het centrum begeef, waar grote ramen uitzicht bieden op een moderne tuin met buxushagen in strakke lijnen. Ik gluur naar binnen en zie een lege ruimte met aaneengeschakelde rijen stoelen. De achteringang heeft veiligheidssloten en kleine raampjes. Ik zou het glas van een ervan kunnen intikken om de deur te ontgrendelen, maar ik wil geen sporen van braak. Boven de deur bevindt zich een smal raam dat op een kier staat. Ik zegen de commandotraining voor de Ardennen, die me heeft geleerd geruisloos en onzichtbaar voor mijn omgeving te zijn. Met mijn lengte is dat geen eenvoudige opgave, maar het gaat om spiercontrole. Het is goed dat ik mezelf moet dwingen in het moment te blijven en ik accepteer maar al te graag dat de coke me daarbij helpt. Ik negeer mijn pijnlijk kloppende arm en laat mijn lichaam voorzichtig door de kleine opening glijden, erop alert dat ik geen bloedsporen achterlaat. Ik kan dit. Zelfs nu. Ik móét hier zijn en ik ben er. Pa zal trots op me zijn. Ik heb een opdracht en die zal ik uitvoeren, hoe dan ook. Ik hoop dat ik me niet vergis en dat de kist inderdaad in dit uitvaartcentrum is.

Voorzichtig zoek ik mijn weg in het gebouw. Er is niemand, denk ik, maar evengoed loop ik met ontgrendeld pistool, ik neem geen enkel risico. Niet meer. Hier moet het antwoord liggen, het kan niet anders, en dan schiet me ineens te binnen wat Sara zei. De plastische interpretatie van haar opmerking over herinneringen die je bij je draagt, zet me op een even gruwelijk als logisch spoor.

Ik beweeg me systematisch door het gebouw; de aula, een bescheiden keuken, verschillende zalen, een rouwkamer. De eerste is leeg, maar in de tweede staat een kist. Dicht. De kist die ik herken van het mortuarium in Chimoio; licht hout, de donkere randen. Goddank. Ik wacht bij de deur, mijn oren gespitst, maar ik hoor niets. De metalen sluitingen van de kist laten zich opnieuw eenvoudig openen, zelfs nu ik daarvoor alleen mijn rechterarm kan gebruiken. Ik slik iets weg en dan maak ik de knopen los van het jasje dat de jongen draagt, vervolgens die van het overhemd. Mijn hart begint sneller te kloppen als ik het T-shirt omhoogtrek en het enorme litteken op zijn buik zie. Geen standaardincisie van een autopsie. Wat me te doen staat, maakt me onpasselijk.

Met het scherpste mes dat ik in het keukentje kan vinden, snijd ik in de littekens en terwijl ik hem openmaak, zijn mijn gedachten bij Nick. Zijn verminkte, uitgeteerde lichaam, nog warm toen ik het vond, de doodsangst in zijn verstarde ogen. Hoe ik met mijn vuisten tegen een muur ramde, niet kon ophouden met schreeuwen en daarna in elkaar stortte. De nachtmerries over Nicks dood zijn nog steeds angstaanjagend, maar minder talrijk, en soms droom ik zelfs over zijn betoverende blauwe ogen die naar me lachen. Dan daagt hij me uit, dribbelend met zijn basketbal.

De buik van de jongen is leeg, ik hoef het lichaam en mezelf niet verder te teisteren, het is duidelijk. Overduidelijk. 'Dank je wel, lieve schat,' fluister ik, terwijl ik even mijn hand op zijn voorhoofd leg. 'Sorry dat ik je dit moest aandoen.' Dan trek ik snel het shirt naar beneden, knoop het overhemd dicht en daarna het jasje, en sluit ten slotte de kist. Ik hoop maar dat niemand die ooit nog wil openmaken. In het keukentje maak ik het mes schoon en leg het terug in de la. En dan verdwijn ik net zo geruisloos als ik ben gekomen.

In de tuin, tussen de buxushagen, geef ik over.

Een uur lang blijf ik voor mijn Antwerpse appartement in de auto zitten voor ik naar binnen ga. Ik heb geen potentieel gevaar kunnen ontdekken, wat geen garantie biedt voor mijn veiligheid: er kan me altijd iemand opwachten. Het is een risico dat erbij hoort. Als ik nu word aangehouden, zonder enige vorm van identiteitsbewijs, in mannenkleren, op blote voeten en ook nog eens met een schotwond, zullen ze me zeker niet door laten rijden. En dus begeef ik me naar mijn appartement, met mijn Glock op scherp.

Ik heb natuurlijk geen sleutel, maar met deze calamiteit is rekening gehouden: er ligt een reservesleutel in het trappenhuis, verstopt onder de eenenveertigste tree. Met hetzelfde gemak had ik ingebroken, dat is Baruchs mensen ook vrij eenvoudig gelukt via de brandtrap, maar het is niet nodig. Naast een douche en fatsoenlijke kleding heb ik nog een reden naar binnen te willen: ik wil contact met Saligia, met wie dan ook van de club. Ik verzeker me ervan dat er niemand binnen is, kijk zelfs onder het bed en in kasten, en dan leg ik mijn wapen neer. Maar ik houd het binnen handbereik, zelfs als ik mijn tanden poets en daarna onder de douche stap. Ik probeer de dood die nog in al mijn poriën aanwezig lijkt te zijn, van me af te spoelen. Terwijl het hete water pijnlijk over mijn bont en blauwe huid stroomt, word ik overvallen door een gevoel van leegte. Ik denk aan mijn vader, hoe hij me vroeger op zijn schouders droeg, zodat ik boven alles en iedereen uittorende en me onoverwinnelijk waande. Even overweeg ik hier te blijven tot ik al het water van België heb verspild. Ook die gedachte laat zich verjagen; ik moet naar huis, de mogelijkheid bestaat dat Halina daar nog is. Maar ik ben hier nog niet klaar.

De wond aan mijn arm is dieper dan ik dacht en opnieuw gaan bloeden; als ik er een handdoek tegenaan houd, is die binnen de kortste keren doorweekt. In de badkamer vind ik een verbanddoos. Met een pleister of gaasje red ik het niet. Ik gooi de doos ondersteboven in de wasbak en zegen degene die deze op welke manier dan ook meer dan professioneel heeft gevuld: ik vind morfine, injectienaalden, allerlei medicatie, en ook hechtnaalden met -draad. Mijn maag draait zich om als ik de spullen uit hun verpakking haal, maar mijn commandotraining komt ook nu van pas: dit heb ik geoefend. Op een varkenshuid, weliswaar, maar *what the hell*. Eigen schuld. Ik giet eerst een flinke hoeveelheid jodium op de wond, en zet dan na een reeks vervloekingen de naald in mijn arm. Ik bijt op mijn tong. Mijn vingers trillen. Ik overweeg een shot morfine, maar ik heb geen verstand van de juiste dosering en ik mag hier niet onder zeil gaan. Bij nader inzien neem ik eerst een tweede dosis coke, misschien dat die me erdoorheen zal slepen, en dan doe ik nog een poging. Je moet, Jessy, je moet, niet zeiken, je móét. Deze pijn is tijdelijk, te overzien. Kom op!

Bij de eerste steek wens ik Salomons de meest enge ziektes toe, mijn lichaam beeft en ik bijt mijn lippen tot bloedens toe stuk, maar dan lukt het me. Zes keer haal ik de naald door mijn huid en dan plak ik de uiteinden van het draad vast met tape, dat ik een paar keer om mijn arm wind. Een dokter moet hier later maar naar kijken. Ik slik een paar pillen antibiotica, in de hoop daarmee infecties voor te zijn, en blijf een paar minuten zitten, bang om flauw te vallen zodra ik opsta. Ik wacht tot het bloeden vrijwel gestopt is.

In gedachten voel ik weer het koude staal tegen mijn slaap, hoor ik de doffe klik van de revolver vlak bij mijn oren. De trekker die ik zelf overhaalde in de wetenschap dat het allemaal voorbij zou zijn, zonder dat het me angst aanjoeg. Ik herinner me eerdere momenten waarop ik heb overwogen een loop in mijn mond te steken en de trekker over te halen.

Intussen heb ik de pc opgestart, ik surf met codes naar een beveiligde website en als ik ben ingelogd, verstuur ik een bericht.

Diamanten gesmokkeld via lijkkist – in lijk (!) verborgen na verwijderen ingewanden – vanaf vliegveld Chimoio, voorheen vanaf Harare. Twee volwassenen plus kind mee met retourvlucht. Heb op onbewaakt ogenblik in vliegtuig foto gemaakt van moeder en zoon en verstuurd. Lijk in Antwerps uitvaartcentrum opgebaard. Afgerekend met twee van Salomons' medewerkers. Lichtgewond. Met dank aan jullie ondersteuning. Jenny. PS. Ik wil persoonlijk afrekenen met Salomons!

Zo geruisloos mogelijk verlaat ik het appartement.

46

Assia schrikt als de deur ineens openvliegt en een man de kamer binnenstormt. Niet dat ze onvoorbereid was op onheil. Sinds het vliegtuig is geland, bestaat haar leven uit angst en wanhoop. De kleuren zijn hier doods in tinten grijs en zwart, vanuit haar hotelraam ziet ze de mensen ineengedoken over straat lopen in donkere kleding; zelfs de luchten zijn grijs. Geen enkel teken dat het leven hier kleurrijk kan zijn. Ze heeft het koud, al brult de verwarming haar droge hitte de kamer in.

De man met de muts jaagt haar nog meer angst aan, niet zozeer door de kracht die hij tentoonspreidt en het pistool dat hij op haar richt, maar door de spottende blik in zijn ogen. Hij dwingt haar op het bed te gaan zitten. Was ze nu maar niet weer hier naar binnen gegaan. Ze is buiten geweest, heeft gezocht naar een politiebureau, iemand die zou kunnen helpen, maar de mensen die ze aanklampte, reageerden door zich af te wenden. Toen ze het zo koud had dat haar tanden onophoudelijk klapperden en ze bijna geen stap meer kon verzetten, is ze toch maar teruggegaan. Ze hoopte dat zij zou komen helpen. Jenny. De vrouw die in het vliegtuig merkte dat ze nerveus was en vragen stelde. De vrouw die wist dat ze diamanten smokkelden, natuurlijk, vandaar die vraag die haar zo verbaasde, of iemand ze iets raars had laten eten. Ze dacht zeker... dat ze die dingen hadden opgegeten?

Ze ziet de man naar Itai kijken.

'Warm hier,' zegt hij, en hij trekt de muts van zijn hoofd. Hij heeft bruine vlekken op zijn voorhoofd. Ze herkent hem. Hij was erbij toen haar zoon uit de auto werd gesleurd. Hij weet waar Ruben is!

'Heb jij dat gedaan?' De man praat Engels, wijst op Itai. Hij trekt aan haar haar en ze gilt van de pijn. Hij rukt er plukken uit, tot hij er lachend een pin uit haalt.

'Hij heeft alles kapotgemaakt,' fluistert ze hijgend. 'Ik wilde niet weg.'

Het lijkt de man niet te interesseren, hij pakt zijn telefoon en belt met iemand in een taal die ze niet verstaat, maar die anders klinkt dan die van de rijke man. Ze kijkt naar Itai en probeert hem te zien door de ogen van de man. Zou hij Itais verleden zien? De pijn die zijn land hem heeft gedaan? Dat hij zijn leven een on-draaglijk lijden vond, dat zijn geloof in God was verdwenen en de duivel bezit had genomen van zijn geest? Dat laatste misschien wel, de duivel zal hij kunnen herkennen, die lijkt hij zelf ook in zich te hebben, deze koude man, die haar niet komt redden.

Als hij is uitgepraat, vraagt ze hem waar haar zoon is. 'Help me, alstublieft,' smeekt ze. 'Ik moet mijn zoon vinden en dan zal ik teruggaan, geen last meer zijn.' Ze vergeet haar oudste te noe-men, maar durft haar verlangen niet nog groter te maken. 'U weet waar hij is, toch? Vertel het me, alstublieft.' Ze verwacht geen antwoord, maar ze kan niet anders dan de enige vraag stellen die haar overlevingsinstinct wakker houdt.

De man richt het pistool op haar voorhoofd. 'Je zoon? Je zoon schijt in dezelfde kleur als wij, blanken, maar daar houdt elke overeenkomst op. Het enige wat ik nu weet is dat zijn ziel niet tegelijk met zijn vingertoppen is gestorven. Hij is waarschijnlijk te jong om een goed zichtbare ziel te hebben, maar zielen reïncarneren, dus ik heb de hoop nog niet opgegeven. Het is een moeilijke materie, ik zie het aan je, het gaat je intelligentie te boven.'

Ze begint te beven, ze ziet haar handen bewegen en het lukt niet ze stil te krijgen. Wat zegt hij, wat bedoelt die man? Toch niet dat hij Rubens vingers... nee, het is te gruwelijk om over na te denken. Zij kijkt hem aan in de hoop een spoor van mededogen in zijn ogen te vinden. 'Mijn lieve God, alstublieft...' Hij glijdt met het pistool tussen haar borsten. Ze vreest wat hij met haar kan doen, maar hij duwt alleen het koude staal tegen haar huid. 'Doe met me wat je wilt,' zegt ze, 'neem mij, ik zal alles doen wat je van me vraagt, maar spaar...'

Als ze haar zin wil afmaken, overvalt de pijn haar en in een reflex grijpen haar handen naar haar buik. Dan pas ziet ze wat hij in een snelle beweging heeft gedaan: uit haar buik steekt een zwart bolletje, het uiteinde van de haarpin. Bloed sijpelt tussen haar vingers door, haar handen kleuren rood. Ze kijkt naar hem, vol verbazing. Ongeloof. Hij komt dichtbij met zijn gezicht, een gezicht dat op haar netvlies wordt verankerd: de gladde huid met de vlekken, het kuiltje in zijn kin, maar vooral zijn kille blik, het gebiologeerd staren naar haar buik als hij de pin eruit trekt. De diepe wond begint harder te bloeden en ze probeert het gat met haar hand te bedekken.

Hij slaat haar hand weg en snauwt: 'Afblijven', en als ze blijft bloeden, lijkt hij zich op te winden, boos te worden. Hij steekt opnieuw, ditmaal in haar linkerborst, en ze hapt naar adem, voelt hoe ze licht wordt in haar hoofd. Ze laat zich van het bed glijden, zakt op haar knieën.

In een uiterste inspanning, de pijn verbijtend, legt ze beide handen op zijn schoenen, kust ze, terwijl het leven uit haar lichaam vloeit. Tranen vallen op het glimmende leer. Ze had gehoopt op begrip voor de wens haar zoon te vinden, maar die hoop is zo vluchtig als een zonsopgang en de man toont geen mededogen.

Hij trapt haar van zich af, zegt iets, maar ze verstaat zijn woorden niet. Ze klinken hardvochtig, zielloos, en ze beseft hoe dom het was te denken dat ze God te slim af kon zijn, dat ze Zijn weg dacht te kunnen bepalen.

Ze denkt aan haar land. Waar de doden nu vast en zeker nog steeds in eenzelfde tempo vallen als de jacarandaboom zijn purperen bloesems laat vallen. Heeft ze er ook maar één moment in geloofd dat ze haar lot kon ontlopen? Dat ze opnieuw zou kunnen beginnen in een vreemd land? Ze wilde het met heel haar hart. Voor Ruben. Maar dat was dom. Haar zoon van Afrika, vrij van geest, vol van leven, was precies dat. Van Afrika.

Goed dan. De watervallen zullen eeuwig blijven zingen, wat er verder ook met haar zal gebeuren. Ze legt haar toekomst en die van Ruben in Zijn handen. Ze sluit haar ogen en bidt, ze bidt omdat ze niet meer zou weten wat ze anders moet doen. Wilt U mijn zoon in ieder geval niet aan zijn lot overlaten, vraagt ze Hem in gedachten, wees genadig, hij heeft niets fout gedaan, hij verdient een kans om op te groeien, te trouwen, kinderen te krijgen. Wees bij hem, laat alstublieft weten dat U bij hem bent, omarm hem, neem hem op in Uw goedheid. Het is nog maar een kind.

Ze hoopt op een teken, hoe klein ook, dat God haar heeft gehoord, maar het is oorverdovend stil om haar heen. Ze heeft haar man vermoord. Waar haalt ze de arrogantie vandaan om te denken dat ze nog iets aan Hem mag vragen?

Als de man zijn arm heft ziet ze de pin in zijn hand. Ze weet wat er zal volgen en ze verzet zich niet. Nu haar hele gezin haar is ontnomen, wat moet ze dan nog hier, ver weg van de geuren die ze kent? Ze voelt een pijnscheut die als de bliksem door haar hoofd flitst, vangt een laatste glimp op van de grasslands en woodlands die waaieren in uitbundig groen, en dan verliest ze het bewustzijn.

47

De straat waarin Baruchs appartement zich bevindt, is verlaten. Ik parkeer de Mercedes op afstand, druk mijn peuk uit en loop behoedzaam in de richting van Baruchs appartement. Bij de ingang van het observatieflatje toets ik de toegangscode in en tot mijn opluchting licht het groene lampje op. Met mijn wapen op scherp klop ik zacht op de deur. Ik wacht even af als er geen reactie volgt, inschattend hoeveel lawaai ik hier kan maken zonder problemen te veroorzaken. Na opnieuw, harder kloppen komt er nog steeds niemand opendoen en ik zie geen andere oplossing dan de deur in te trappen. Bij de derde poging slaat die open. Eenmaal binnen sluit ik snel de deur weer achter me, hoewel die niet meer in het slot wil vallen. Ik moet even bijkomen, de pijn in mijn arm speelt op, en dan dringt het tot me door: het appartement is leeg. Computers weg, de telescoop foetsie, geen lege etensbakjes van de chinees. Niets. Hoe lang is dit hok al leeg? Hadden ze me dat niet kunnen melden? Ze hebben me gewoon aan mijn lot overgelaten! Niet alleen Alec, maar ook die andere kloothommel die ik aan de telefoon heb gesproken. Mikael. Niks hulp van mijn Saligia-collega's, ik heb vertrouwd op een stelletje leugenaars! Het lef!

Door een kier in het gordijn gluur ik uit het raam dat uitzicht biedt op Baruchs appartement en ik vraag me af of hij er is. Het ziet er donker en verlaten uit, maar als dat dode hulpje van hem niet heeft gelogen – en ik denk niet dat hij met al die gaten in zijn lijf nog in staat was een geloofwaardige leugen te verzinnen – dan ligt Baruch dus nu rustig te slapen. Als hij niet vies was geweest van een beetje bloed had ik daar mijn laatste adem uitgeblazen. Zonder dat er ook maar één Saligia-hart sneller was gaan kloppen. Het besef dat ik er alleen voor sta, verrast me niet eens, maar het zorgt er wel voor dat ik heel kalm word. Ik weet wat het is om er alleen voor te staan, het jaagt me geen angst aan. Het is het lot van ieder mens. Zie je wel: uiteindelijk ben je op jezelf aangewezen. *We're born alone, we live alone, we die alone*, zoals Orson Welles al zei.

Baruchs mensen houden de omgeving in de gaten, het zullen er misschien minder zijn dan hij had, maar er staan altijd bewakers voor zijn deur. Er zijn camera's. Ik moet tijd nemen om dit slim aan te pakken. Een bewegend silhouet achter het gordijn in het penthouse boven Baruchs etage bevestigt die gedachte. Het is twee uur. Midden in de nacht. Hoe kom ik dat complex binnen? Laten ze me binnen als ik voor de deur sta? Ja, natuurlijk, en de volgende seconde jagen ze een kogel door mijn hoofd. Voor ik de flat verlaat, controleer ik het magazijn van de Glock. Het wapen in mijn hand voelt vertrouwd. Deze koele vriend zal me niet in de steek laten.

Terwijl ik me naar de auto haast, ben ik kalm en beheerst. Ik gok op het verrassingselement dat mij een kleine voorsprong moet opleveren, maar als ik het niet red, dan is dat verdomme maar zo. Ik rijd de Mercedes de parkeergarage onder het complex in. In het dashboardkastje heb ik een pasje aangetroffen dat me toegang moet verschaffen, maar ik heb het niet nodig: de hefboom gaat open voor ik mijn raampje laat zakken. Ik neem aan dat de auto is herkend en dat Baruchs beveiligingsmensen nu denken dat twee collega's terugkomen van een geslaagde missie.

Zodra ik de lift uit kom, staan al mijn zintuigen op scherp. Ik schuif snel maar voorzichtig langs de muren, beweeg soms even naar voren om me onmiddellijk weer terug te trekken. Het geluid van een deur die dichtslaat, klinkt vlak in mijn buurt, daarna voetstappen. Ze zijn traag en het is maar één paar. Ik haal een keer diep adem, blaas geconcentreerd uit, en dan waag ik mijn kans. Een paar stappen naar voren, mijn Glock in mijn gestrekte arm, recht voor me uit. Ik ben hem net voor, vuur als eerste en hoor een kogel vlak langs me fluiten. Maar hij is degene die een pijnkreet slaakt en in elkaar zakt. Terwijl ik hem nauwlettend in de gaten hou, kom ik dichterbij. Ik heb hem in zijn borst geraakt, maar het schot is niet dodelijk. De tweede kogel is dat wel. Die gaat precies tussen zijn ogen zijn hoofd in.

Voorzichtig steek ik mijn hoofd om de hoek. De ingang van Baruchs appartement is nog maar een meter of tien van me vandaan. Er is niemand in de kale, langgerekte gang, die geen beschutting biedt en waar ik extra kwetsbaar ben vanwege enkele donkere hoeken. Ik hoor niets. Het kan niet zo zijn dat er maar één beveiligingsman in het gebouw is. Toch? Maar waar hebben ze zich dan verstopt, in het appartement zelf?

Ik open de tussendeur, overbrug de risicovolle meters, terwijl het om me heen griezelig stil blijft, en dan schiet ik het slot van Baruchs voordeur aan flarden. Als een stormram werp ik mezelf naar binnen en duik schietend onmiddellijk richting vloer. Een kogel suist vlak boven mijn hoofd, ik schiet opnieuw en dan is het stil. De man die ik heb geraakt zit met gespreide benen tegen de muur, zijn ogen staren uitdrukkingsloos naar het plafond. Ik kreun omdat de pijn in mijn arm opspeelt, maar ik zie geen bloed. Mijn oren zijn gespitst en vangen geluiden op in de kamer, terwijl ik het appartement tot het mijne probeer te maken. Iedereen die zich hier nu nog bevindt, moet begrijpen dat ik met minder dan hun laatste adem geen genoegen neem.

Met een jiujitsutrap open ik de kamerdeur; in plaats van binnen te stormen trek ik me terug. Een regen van kogels boort zich in de deur, ik bescherm mijn hoofd tegen de houtsplinters en maak dat ik wegkom. Via de keuken haast ik me naar de badkamer, waar ik door een andere deur in Baruchs slaapkamer kom. Ik prijs mezelf gelukkig dat ik me de indeling van het immense appartement heb ingeprent en weet dat er meerdere deuren op zijn woonkamer aansluiten. De verrassing werkt: zodra ik de tussendeur van de badkamer en de woonkamer open, kijk ik op de rug van de schutter. Ik heb maar één kogel nodig: hij zakt in elkaar en is al dood voor hij de grond raakt. Ik registreer het zonder er echt naar te kijken, mijn ogen flitsen van links naar rechts. Waar is Baruch?

Ik zie hem te laat. Als ik iets zie glimmen aan mijn rechterkant, is de kogel al onderweg. Het geluid lijkt in vertraging tot me door te dringen, alsof ik het afweer, maar de plotselinge pijn in mijn zij is overdonderend. Ik zak net op tijd door mijn knieën om een tweede kogel te ontwijken, die zich boven mijn hoofd in de muur boort. Ik concentreer me, verzamel al mijn kracht en wraaklust, en dan richt ik mijn Glock op Baruch in gestreepte pyjamabroek. Mijn schot is niet loepzuiver, maar ik raak hem ongeveer waar ik wil: in zijn been. Hij zakt schreeuwend in elkaar, en voor hij opnieuw kan schieten heb ik zijn arm in een klem. Ik hoef maar lichte druk uit te oefenen om het wapen uit zijn hand te laten vallen. Alweer een Heckler & Koch, ze zullen wel groepskorting hebben gekregen. Ik steek het wapen bij me.

'Zijn er nog meer mensen van je hier, of boven?' Ik voer de druk op zijn arm op, maar hij zegt niets. 'Denk niet dat ik het niet doe, Baruch, ik weet allang hoe het geluid van brekende botten klinkt.' De spanning op zijn gewrichten wordt tot het uiterste gerekt en net als ik me voorneem met één snelle beweging daadwerkelijk zijn arm te breken, brult hij dat ik het niet moet doen. Het is te laat, en Baruch schreeuwt het uit. Met mijn wapen op hem gericht gooi ik de kleren naar hem toe, die hij netjes aan een rek heeft gehangen. Broek, overhemd, en een colbert, dat ik controleer op wapens. Die vind ik niet, maar wel twee overbekende zwarte, fluwelen doosjes.

'Kleed je aan, en niet zo kinderachtig, anders jaag ik je hier en nu een kogel door je hoofd. Heb je een verbanddoos?'

'In de badkamer,' antwoordt hij met een van pijn vertrokken gezicht.

Ik haal de verbanddoos uit de badkamer en verzorg mijn wond, die niet zorgelijk oogt en met hulp van gaasjes en pleisters hopelijk snel zal ophouden te bloeden. Daarna verbind ik Baruchs been. Op zijn aanwijzing vind ik in de slaapkamer een flinke voorraad coke. Ik neem een kleine dosis en dan is Baruch bijna klaar. Het kost hem moeite zijn jasje aan te trekken met één bruikbare arm en ik help hem. Ik wil hier weg. Er mogen dan geen buren in het gebouw zijn, ik vrees dat er elk moment meer beveiligingsmensen kunnen opduiken. Ik negeer zijn pijnkreten en bind zijn polsen achter zijn rug samen; even later zoeven we naar beneden in de lift, tot onder in de parkeerkelder. Ik prijs mezelf om de beslissing de Mercedes te gebruiken. Het betekent iets meer risico, maar de Antwerpse straten zijn in dit nachtelijk uur verlaten en nu weet ik zeker dat niemand ooit mijn eigen Jeep met dit complex in verband zal kunnen brengen. Wat wel betekent dat ik alsnog terug moet naar Jenny's stek om daar over te stappen in mijn eigen Jeep.

48

Onderweg naar huis wil ik naar Pink Floyd luisteren, maar dat valt me zwaar, zelfs al vind ik *One Slip* geen sterk, nogal jachtig nummer en heb ik het al een eeuwigheid niet meer gehoord. Ik weiger toe te geven dat de muziek de zeurende pijn in mijn lichaam versterkt en de triomf van een creperende Baruch in de achterbak van mijn Jeep weet te overtreffen. Zelfs de coke biedt weinig verlichting. Ik probeer de pijn te verdrijven door mee te zingen. Mijn kwaliteiten op dat gebied zijn nooit bijzonder geweest, maar nu doet het allereerst verdomde pijn in mijn zij – net als bij het ademhalen, trouwens, of eigenlijk bij elke beweging – en klinkt mijn stem ook nog eens zo vreselijk bedroevend en schor dat ik mezelf niet kan aanhoren. Ik hou mezelf hoestend voor dat het komt door het vele roken van de laatste maanden.

Was it love, or was it the idea of being in love?

Or was it the hand of fate that seemed to fit just like a glove?

De muziek drukt zwaar op mijn ziel, knijpt mijn keel dicht, en in gedachten hoor ik stemmen schietgebedjes prevelen en het *Ave Maria* zingen. Ik dwing mezelf naar Gilmour te luisteren en zie overtrekkende wolken voor me. Ochtendnevel die boven de bomen hangt. Ik denk aan mijn vader, aan zijn liefde voor de natuur, en dan dringt het ineens tot me door. Alsof al mijn zintuigen één seconde tegelijkertijd op scherp staan. Een eurekamoment. Met een woest gebaar zet ik alsnog de muziek uit. Waarom heb ik die link niet eerder gelegd? Rúnd dat ik ben! Eindelijk sluiten mijn hersencellen een pact, zijn ze in staat combinaties te maken, draadjes te verbinden. Het *Ave Maria*. De sigarenlucht. De barones. Bij de aanblik van haar lichaam, de bittere trek in haar glimlach en haar littekens moest ik denken aan mijn moeder. Nu weet ik zeker dat er meer speelde dan een intuïtieve gedachte.

Het is vier uur in de ochtend als ik Thorn binnenrijd en mijn witte iPhone aanzet. Terwijl ik de poort van de hoeve laat opengaan, luister ik naar de gemiste berichten. Mijn zus. Ik stuur haar een bericht terug. Boet, Louis. De collega's moeten maar wachten, bedenk ik, en als laatste hoor ik Marcs stem. Marc! Hij weet nog niets.

'Niet zo kinderachtig, Baruch, kom op, lópen, ik ga je dat klote-eind echt niet dragen, ik ben ook gewond.'

In de werkplaats bind ik hem vast – zo, dat hij goed zicht heeft op Brezinger – en controleer ik of zijn been niet opnieuw is gaan bloeden. Dan haast ik me naar boven, terwijl ik intussen Marc bel. Als ik boven aan de trap ben, neemt hij tot mijn verbazing nog op ook.

Maar voor ik iets kan zeggen, laat ik de telefoon vallen. Ik verstijf. Halina. Ik dwing mezelf dichterbij te komen. Het is gruwelijk, te gruwelijk om aan te zien. Inmiddels ben ik geloof ik in staat tot het doden van mensen die dat verdienen, zonder mijn geweten daar al te zwaar mee te belasten, maar dit... zou ik dit kunnen? Ik denk aan Brezinger en dan kan ik niet anders dan bevestigend antwoorden op die vraag. Maar niet bij deze vrouw. Niet bij Halina. Ik had haar beloofd dat ik haar zou laten gaan.

De gedachte aan wat hier moet zijn gebeurd, doet de rillingen over mijn rug lopen. En de wetenschap dat iemand hier binnen is geweest, maakt me woest. Mijn huis. Mijn werkplaats. Hier mag nooit, nooit iemand naar binnen zonder mijn toestemming, hoe heeft dit kunnen gebeuren? Ik denk aan mijn Antwerpse appartement, waar ik mijn huissleutels verstopte voor ik naar Baruch ging. In de ladekast waar ook mijn lingerie ligt. Het nieuwe setje. Ze hebben de sleutels natuurlijk gevonden en een stel bij laten maken. Dat had ik kunnen weten. Moeten weten! Ik moet onmiddellijk alle sloten vernieuwen.

Er ligt een plas bloed op de grond, eigenlijk zijn het er twee, onder haar beide voeten, die in elkaar overlopen. Haar achillespezen zijn tot op het bot doorgesneden, nee, het is erger: haar voeten bungelen aan haar benen en de aanblik ervan doet me kokhalzen. Na een diepe ademhaling leg ik mijn trillende vingers tegen haar hals. Ik voel een hartslag, al is die zwak. Ze reageert op mijn aanraking met een trilling van haar wimpers. Ik maak haar armen en haar benen voorzichtig los, til haar lichaam van de stoel en laat het zo zacht mogelijk op de grond zakken. Ik leg een handdoek onder haar hoofd en dan trek ik voorzichtig de tape van haar mond, vul een beker met water en stop er een rietje in.

'Je mag iets drinken,' fluister ik. Ze opent haar ogen iets, en het doet me denken aan de op sterven na dode vos, die ik tijdens de vakantie met mijn vader in Duitsland het genadeschot gaf. Ik beweeg het rietje in haar mond en voel een minimale reactie, een zuigreflex.

Ik pak nog twee handdoeken en wind die om haar enkels. Het bloeden is gestopt, ik doe dit voor mezelf, ik kan haar verminkingen niet aanzien. Ik ben geen arts, maar dat is niet nodig om te concluderen dat Halina nooit meer zal kunnen lopen. Mocht ze dit overleven. Als ik haar opnieuw iets wil laten drinken, draait ze raar met haar ogen, ik zie dat ze op mij probeert te focussen. Haar lippen bewegen, maar ik hoor geen stem.

'Je moet iets drinken,' dring ik aan, en ik giet wat water in haar keel. Er komt een zwak geluid uit haar keel, ik maak haar lippen vochtig. 'Je had het gedaan,' fluistert ze, 'ik weet het.' Ze kreunt. 'Verkeerde keuze.'

Ik versta haar amper en breng mijn oor dicht bij haar mond. 'Verkeerde keuze?'

'Eigen schuld.' Ze haalt erg oppervlakkig adem. 'Kan hem aanraken. Lientje.'

'Wat zeg je?'

Ik denk dat ze iets zegt over haar vader, dat ze zijn eenzaamheid aanraakt. Ze is ver heen. Ik pak een injectiespuit uit de koelkast, beneden in de werkplaats. Voorraad genoeg. Ze heeft een hekel aan injecties, maar deze zal ze me vast vergeven. Ik spuit een dosis kalmeringsmiddel in haar arm waarvan ze lange tijd onder zeil zal gaan, misschien zal haar lichaam het zelfs opgeven, is het te verzwakt om hiervan te herstellen. Ergens hoop ik dat voor haar. 'Het spijt me,' fluister ik, 'dat iemand je dit heeft aangedaan. Het spijt me oprecht.'

Alsof ik zelf niet op zijn minst medeverantwoordelijk ben.

Ik haal dekens uit het huis om Halina wat warmte te geven en dan sjouw ik Baruch de trap op. Ik laat hem zien hoe ze eraan toe is. Hij werkt flink tegen en dat doet me deugd, ik geef hem geen verdoving, ik wil dat hij zich ten volle bewust is van zijn nederlaag.

De pijn in mijn zij en vooral in mijn arm speelt opnieuw heftig op en ik moet al mijn kracht verzamelen om hem op de stoel te installeren. Baruch is zwaar, veel zwaarder dan Halina, maar wilskracht verzet bergen. Ik klik de boeien vast, plak een stuk tape over zijn mond, en dan streel ik met mijn vinger over zijn wang. Mijn gezicht is vlak bij het zijne als ik zeg: 'Halina komt er genadig af, vergeleken met wat ik met jou van plan ben.' Zijn ogen spuwen vuur.

Ook in mijn huis is hij geweest. Ik weet niet precies waarom ik dat meteen weet als ik de deur achter me dichttrek, misschien is het simpelweg een logische gedachtegang: als hij mijn sleutels heeft gedupliceerd, zal het hem er vooral om te doen zijn geweest in mijn persoonlijke bezittingen te neuzen. Ik meen de bekende zware, houtachtige lucht nog te ruiken en dat kan verbeelding zijn, maar even later weet ik het zeker: de laden van de kast in de woonkamer waren dicht toen ik wegging, misschien dat ik er per ongeluk één open heb laten staan, maar niet alle zes. Behoedzaam schuifel ik door mijn eigen kamer, die me nu vreemd voorkomt.

Peinzend over een manier de werkplaats hermetisch af te sluiten tot ik nieuwe sloten kan kopen, deins ik terug bij de onverwachte aanblik van Beau. Het lijkt alsof mijn hart even stilstaat. Nicks retriever, door mijn vader met zoveel zorg geprepareerd... De kop is van de romp gescheiden en ligt als oud vuil op de grond, en waar ooit zijn buik zat, heeft hij nu een enorm gat. Is dit een boodschap voor mij, of heeft die sadist er een basaal genoegen in geschept mij de stuipen op het lijf te jagen? Ik voel me week worden en haat het te moeten toegeven dat ik dringend behoefte heb aan een beetje hulp. Een schouder. Ik denk terug aan de momenten met Baruch, waarin ik dacht dat we iets moois hadden. Idioot die ik ben. Met een schreeuw van woede en een hartgrondige vloek besluit ik dat die Saligia's hun waarde maar eens moeten bewijzen. Zo goed en zo kwaad als het gaat, herstel ik Beau: met een ijzeren pin zet ik de hondenkop vast en ik leg een handdoek over zijn rug, zodat ik de lege buik niet hoef te zien; een professionele reparatie moet wachten.

Ik log in op de beveiligde website van Saligia om te melden dat ik thuis ben. Ik plaats twee kruisjes met daarachter de locatie Kalmthoutse Heide, en doe hetzelfde, met als aanvulling 'app BS'. En daarna vraag ik om hulp. *'Dringend verzoek – en laat me nu niet in de steek! – om enkele uren bewaking van mijn werkplaats. BS is bij mij. Een van zijn beveiligingsmensen heeft mijn territorium vervuild en vormt nog een gevaar. Als het even kan: overal nieuwe sloten!!'*

Ik laat de site open en neem een douche. De aanblik van de beurse, blauwe plekken en de schotwond aan mijn arm, die rustig oogt en dus gelukkig niet lijkt te ontsteken, brengt me terug in Baruchs appartement. De schoften. Ik had ze veel harder moeten laten lijden. Hun ballen eraf moeten snijden of 220 volt in hun reet moeten steken. De vernedering zit nog vlak onder de oppervlakte en ik kan niet uitstaan dat ik er geen afstand van kan nemen.

Als ik mijn wonden heb verzorgd en me heb aangekleed, is er een bericht binnengekomen via de website. *'Hulp geregeld, over ca een uur bij je. Update BS: Verdenking illegale orgaanhandel igv Zimb. gezin Bingandadi ws zoon Ruben Bingandadi, zeven jaar. Verdwenen in Antwerpen, vrezen voor leven ouders en kind.'* En verder: *'Gedraag je lowprofile, zorg voor je normale leven.'*

Orgaanhandel? Berghuis zoekt het toch ook in die richting? Voor zover ik weet had hij nog geen enkel aanknopingspunt. Ik huiver. Allemachtig, ze zullen die mensen – zo'n kind! – toch niet misbruiken voor een hart, of een long? Maar, zou het eigenlijk ook niet beter zijn dat dit gezin van de aardbodem verdwijnt? Ze hebben me gezien, samen met Baruch...

Ik antwoord dat ik niets weet van de illegale handel, maar het mogelijk acht dat het gezin daarvoor misbruikt wordt, en ook iets heb gehoord over een verdenking in die richting bij Van Piers. Even later krijg ik een bericht terug: verdere actie wordt niet van me verlangd, het valt buiten mijn opdracht en zou een te groot risico betekenen. Ze vertrouwen erop dat ik weet wat me te doen staat met BS, ze hebben hem niet meer nodig, en dat ze zo snel mogelijk informatie zullen sturen over onze kennismaking. Gevolgd door felicitaties vanwege mijn geslaagde missie.

49

Het lukt me een uur te slapen, om halfzes ben ik weer klaarwakker met de gedachte aan Halina. Het is vreselijk wat ze haar hebben aangedaan. Een wrede straf voor haar vermeende vlucht. De onrechtvaardigheid maakt me furieus en strijdbaar, tegelijkertijd ben ik me bewust van mijn eigen aandeel hierin. Mijn spieren voelen stijf aan, alsof ze geen zin hebben in een nieuwe dag, maar de averij die ik heb opgelopen is te verwaarlozen. Ik weet wel wat Alec zou zeggen. *If you can't stand the heat...* Als die uitdrukking tenminste ook in het Frans bestaat.

Voor ik vertrek, ga ik naar de werkplaats. Daar is een man druk in de weer met de deur. Hij zegt dat hij instructies heeft gekregen niet naar binnen te gaan en geeft me een pasje. 'Dit gebouw wordt een onneembare vesting,' belooft hij. 'Als u straks naar binnen wilt: het pasje door deze gleuf halen en uw vinger op de detector. U bent in het vervolg de enige die hier nog naar binnen kan: u krijgt een code van me, die u zelf kunt veranderen.'

Ik bedank hem en kijk even bij Halina, constateer dat haar hart nog klopt, maar ze is in diepe slaap. In tegenstelling tot Baruch, die verwoede pogingen doet zichzelf te bevrijden. Ik overweeg hem te vragen naar zijn beveiligingsman, maar hij is strijdbaar en zal me nu nog niets vertellen. Ik controleer alleen de tape op zijn mond en verdwijn zonder een woord te zeggen. Als ik de trap af loop, klinkt het geluid van rinkelende boeien me als muziek in de oren.

Ik rijd de parkeerplaats van het hospice op als Lombaert belt. Mijn chef vraagt hoe het met me is, en ik vertel hem de waarheid: dat ik me niet goed voel.

'Neem je tijd, Jessica, al kan ik niet zeggen dat we het hier zo rustig hebben dat we je kunnen missen.' Ze maken weinig vorderingen in het onderzoek naar de dode in de jachthaven. 'Geen enkele, om eerlijk te zijn, dus we missen je, Jessica. Je hebt hem gezien, die Van Piers... toch?'

'Mijn DNA is daar aangetroffen, weet je nog?'

'Ach ja, dat is waar ook. Het was ook nog vlak bij de plek waar Nick toen...'

'Vertel mij wat,' onderbreek ik hem. 'Vind je het erg als ik het daar nu niet over wil hebben?'

'Excuses. Ik zal je niet lastigvallen met deze zaak.'

'Waarvoor bel je dan?'

'Ik jou bellen?'

Ik zucht een keer diep. 'Boet! Ben je al wel wakker?'

'O, ja. Ik weet het alweer. Wacht even, ik had iets voor je... Clemence Schimmelpenninck de Rijckholdt. Eh, geen rooskleurige financiële situatie, zal ik maar zeggen. Komt uit een gegoede familie, maar hij gokt graag in het casino, waarbij blackjack zijn favoriete spel is, en vrijdagsavonds is hij steevast in een...' hij kucht even, 'een seksclub, genaamd eSMée. Waarbij je de "s" en de "m" met hoofdletters schrijft. Iets met bdsm volgens Louis, ik weet daar niets van, goddank mag ik wel zeggen, maar ik kan me voorstellen dat de levensstijl van die man de reden is dat zijn moeder haar totale vermogen heeft nagelaten aan een cultuurfonds voor jong, muzikaal talent.'

'Haar hele vermogen?'

'Op een paar duizend euro na. Eh, wat wilde ik je toch ook nog vragen... O ja, heb je al iets van Penninx gehoord?'

'Hij heeft beloofd dat hij me vandaag zou bellen, ik houd je op de hoogte. En ik kom volgende week terug, ik wil graag weer beginnen.' Hij reageert niet. 'Boet? Luister je?'

'Ja, ja, volgende week. Als ik er dan ben.'

'Hoe bedoel je?'

'Ik moet geopereerd worden, nondeju.' Hij vertelt dat de operatie is uitgesteld door een spoedgeval, maar dat hij volgende week alsnog aan de beurt is en daar als een berg tegen opziet. Ik wens hem sterkte.

Het voelt bizar. Ik heb nog steeds de neiging tegen mijn vader te gaan praten. Ik verbaas me niet meer over zijn grauwe huidskleur en ingevallen wangen. De dood went. Hij oogt vredig, in het reine met zijn einde. Ik houd mezelf voor de gek, maar ik wil niet denken aan de woorden van mijn zus; hoe paniekerig hij was in zijn laatste levensuren. Zo angstig dat ze hem niet eens herkende, zei ze.

'Hoe zit het nou met dat geloof van je, pa?' fluister ik. 'Waar ben je? Hoor je me nog? Kijk je van ergens daarboven op me neer? Kun je me dan nu duidelijk maken dat het goed is zo? Dat ik niet verdrietig moet zijn?' Zou oprecht geloven werkelijk uitmaken, in die laatste minuten, vlak voor het aardse eindigt? Als ik denk aan wat Suus vertelde over pa's sterven, kan ik niet anders dan Welles opnieuw gelijk geven. *We live alone, we die alone.* Ik hoor opnieuw de klik van de revolver. De trekker die ik overhaalde. Uiteindelijk staan we er alleen voor. 'Je was toch niet echt in paniek, pa, je was er toch van overtuigd dat het ginds beter zou zijn? Geen pijn meer, en eeuwige vrede?' Ik wil hem aanraken, maar ik kan het niet. Mijn hand blijft boven zijn gezicht steken. Ik weet te goed hoe de dood voelt.

Ik hoor een bescheiden klopje op de deur maar reageer niet omdat ik Suus verwacht. Het blijkt Sara Maeswater te zijn die naast me komt staan. Ze slaat een kruis en vraagt of ze me straks kan spreken.

'Dat kan nu wel even,' zeg ik zodra we pa's kamer uit zijn, 'maar ik weet wat u wilt opbiechten.' Ze blijft abrupt staan. 'Het kwartje viel pas toen ik in de auto zat, aan de barones dacht en de muziek in haar kamer, die avond. Het *Ave Maria*. En u bent de gelovige van u tweeën.' Ik wijs op de twee trouwringen om haar linkerringvinger. 'Daarna bedacht ik dat ze met haar doorrookte stem die hoge noten waarschijnlijk nooit had kunnen halen.' Sara Maeswater kijkt me met open mond aan. 'Het duurde eigenlijk veel te lang voor ik één en één bij elkaar optelde,' zeg ik. 'Uw vriendin heeft uit het leven willen stappen en daar op het laatste moment hulp bij gekregen.' Net als mijn moeder, vul ik in gedachten aan.

'Ze smeekte of ik haar wilde helpen.' Sara klemt haar vingers om mijn arm. 'Anders had ze het helemaal alleen gedaan, begrijp je?'

'Waarom? Heeft haar zoon daar iets mee te maken?'

Ze knikt. 'Ze was heel bang voor hem. Clemence had haar bedreigd. Hij wilde haar geld, maar Marijke was van plan het aan een goed doel na te laten. Ze moest van hem haar testament veranderen, anders zou hij haar laten stikken. Letterlijk. Een vreselijke dood, die ze natuurlijk koste wat kost wilde voorkomen.'

'Ik moet u wel een compliment maken.' Als ze me niet-begrijpend aankijkt, zeg ik: 'Ik heb niets aan u gemerkt en dat overkomt me zelden.'

'Ik ben vroeger actrice geweest,' zegt ze, 'ik dacht al dat je me niet had herkend.'

'Ik ben geen tv-kijker.'

'Je hebt er geloof ik ook niet zoveel aan gemist. Maar als ik een rechercheur heb kunnen misleiden, was ik misschien toch niet zo slecht.'

Ik leg een vinger op mijn lippen als er een verzorgster langsloopt. Pas als die uit het zicht is verdwenen, zeg ik haar op zachte toon dat ik wil dat ze haar bekentenis voorlopig voor zich houdt.

'Maar ik moet hier toch voor boeten,' zegt ze, 'ik had een arts moeten waarschuwen.'

'Als ik hier nu melding van ga maken, dan moet ik u meenemen naar het bureau. Wat volgt is een kudde advocaten en rechters en met een beetje pech een compleet mediacircus. Is dat wat u in gedachten heeft bij boeten?' Ze zucht diep, schudt haar hoofd. 'Uw vriendin is rustig ingeslapen, toch?' Ze knikt. 'Doet u alstublieft wat ik zeg, ik moet hierover nadenken. De barones loopt niet meer weg, en u ook niet... Kunt u hier nog een paar dagen blijven?'

Ze haalt haar schouders op. 'Het zal wel moeten, ik heb niets anders. Ze zijn wel bezig met vervangende woonruimte, maar ja...'

'Die God van u, heeft die ook niet dergelijke staaltjes naastenliefde uitgehaald?'

Ze glimlacht even. 'Hij heeft Zijn enige Zoon opgeofferd.'

'Dat bedoel ik.'

Waar het geloof al niet goed voor is, hulp in de laatste minuten of niet. Terwijl ik haar nakijk, schiet me iets te binnen. Ik loop haar alsnog achterna en begeleid haar naar haar eigen kamer om haar ongestoord nog een cruciale vraag te stellen.

'Hoe heeft u het gedaan?'

Ik zie dat ze de foto met kapotte lijst van haar vriendin heeft geconfisqueerd. De zoon zal die vast niet missen. 'Botox,' antwoordt ze. 'Een uiterst giftig goedje.'

'Dat u zelf ook hebt laten inspuiten?'

'In een juiste dosering. Mijn man had een cosmetisch instituut, en als de rollen op een gegeven moment niet meer vanzelf komen aanwaaien en in de filmwereld de spoeling voor vrouwen op leeftijd dun wordt, dan moet je wat.'

Dat zal dan wel. Ik druk haar op het hart haar mond te houden en dat belooft ze. Misschien gaat ze met een hemelse bekentenis, in combinatie met tien Weesgegroetjes, Gods vergeving regelen.

50

Als ik op mijn vaders kamer terugkom, is Suus er. 'Waar was je nou?' vraagt ze. 'Een van de verzorgers zei dat hij je al had gezien.' 'Een sigaretje roken,' antwoord ik.

Ze omhelst me, waarbij ze de pijnlijke plek op mijn linkerarm aanraakt, en ik maak me met een pijnlijke grimas van haar los. 'Wat is er?' vraagt ze.

'Niets.'

Haar blik gaat over mijn gezicht, over mijn lichaam, en ze zegt: 'Je ziet er niet best uit.'

'Vannacht niet geslapen,' zeg ik, en mijn uitdagende blik maakt dat ze verder commentaar achterwege laat.

'Ze komen pa straks ophalen,' zegt ze, 'hij gaat toch maar naar het uitvaartcentrum. Ik heb niet zo'n behoefte meer aan die mensen hier, ik wil liever dat hij nu rust krijgt.'

We overleggen hoe en wanneer we zijn kamer gaan leeghalen, wat we met de spullen moeten doen en hoe de begrafenis eruit moet zien. Veel van Suus' woorden gaan langs me heen. Ik denk aan Baruch en aan Halina, en zodra ik het gevoel heb dat mijn zus klaar is met ons overleg, zeg ik dat ik weg moet.

'Kom je bij ons eten, zondagavond? Ik zal soep maken, en...

ik wilde me nog excuseren voor… nou ja, ik snap wel dat jij ook van slag was, ik had het niet zo cru op je bord moeten gooien.'

'Ik had erbij moeten zijn.'

'Dus je komt eten?'

'Misschien, Suus, is dat antwoord voorlopig genoeg?'

'Nee, hoezo, misschien? Je kunt toch wel zeggen of je wel of niet kúnt? Moet je werken?'

'Dat ligt aan de ontwikkelingen vandaag.'

'Bullshit. Je hebt gewoon geen zin. Je vindt ons maar saai, je bent zeker bang dat je adrenaline bij ons bevriest! Pa had het ook altijd over dat opwindende werk van je. Nou, als je het zo belangrijk vindt om iemand op te jagen die een crimineel vermoordt, pff, ga vooral je gang. En hier…' ze drukt de steenmarter in mijn handen, 'neem dat beest mee. Dat ding vólgt me met die dode ogen, het is gewoon creepy.'

Ik moet lachen om haar, ben eigenlijk blij verrast door de spirit die ze ineens laat zien. En plotseling dringt het tot me door: we hebben alleen elkaar nog. Hoe verschillend we ook zijn, dit is wel mijn zus. En ze verdient beter dan mijn afwerende gedrag.

'Ik weet niet of je dit van me wilt aannemen, Suus, maar pa had het als ik bij hem was juist altijd over jou. Hij was zo trots op je, hij hield van je kinderen, en jij was er tenminste voor hem.'

Suus haalt een spiegeltje uit haar tas en controleert haar make-up. 'Dat is nog geen reden om mijn soep niet te lusten,' zegt ze.

'Dat heeft niets met je soep te maken, maar met je gezin.'

'Pardon?'

'Je gezin, ja.' Ik zucht diep. 'Je zult het vast niet geloven, maar… dat kneuterige geluk… hoe jullie met elkaar bekvechten, tv-kijken, daar kan ik soms zo jaloers op zijn. Op zulke momenten voel ik me meer alleen dan wanneer ik in mijn uppie thuiszit, snap je. En…' Abrupt houd ik mijn mond.

'En wat nog meer?'

'Dat kan ik je niet zeggen, Suus. Hè, laat nou maar.'

'Nee!'

'Als je het dan zo nodig moet weten… Jordy… Verdomme, Suus, je ziet zelf toch ook wel… Als ik hem zie en hoe hij is, hij lijkt wel een kopietje van Nick…'

Nee, zo heeft ze haar eigen zoon nooit bekeken, zegt ze, ze heeft er nooit bij stilgestaan. Ik vertel haar dat dat de reden is dat ik het voor mezelf wilde houden.

'Ik vind het juist wel mooi,' zegt mijn zus, 'dat je iets van je zoon in die van ons herkent. Misschien is dat wel niet voor niets.'

'Hè, ja, ga er nu ineens even een zoetsappige saus overheen gooien, alsjeblieft zeg, nu even niet.'

Suus haalt haar schouders op. 'Goed, wat jij wilt.' Ze heeft geen flauw idee hoe Nick aan zijn einde is gekomen. Ja, dat hij is vermoord, dat weet ze, maar Suus gaat niet gebukt onder enige verbeeldingskracht; als zij denkt aan 'vermoord', dan heeft iemand een kogel in zijn lijf gekregen die binnen één seconde zijn hart laat stoppen.

Als we even later buiten zijn en elkaar gedag zeggen, vraag ik haar wat voor soep ze gaat maken.

'Tomatensoep,' zegt ze. 'Met extra veel ballen. Die maak ik ook zelf, natuurlijk.'

'Mijn favoriet.'

'Ja, dat weet ik ook wel,' antwoordt ze, en dan stapt ze in haar auto zonder nog te vragen of ik nu wel of niet kom.

Ik neem me heilig voor niet te vergeten dat ze altijd klokslag halfzes eten.

51

Op de passagiersstoel van de Jeep vind ik een zwarte iPhone. Ik speur de omgeving af maar dat is uiteraard overbodig. Ik moet er dus ook weer rekening mee houden dat ze mijn doen en laten nu volgen, maar ik neem niet de moeite mijn auto te onderwerpen aan een nadere inspectie op afluisterapparatuur. Als ze willen, hadden ze dat continu kunnen doen, mijn Saligia-collega's hebben toegang tot mijn meest private wereld, dat heb ik allang geaccepteerd. Het enige wat ik bij mijn aanstaande kennismaking graag wil weten is hoe lang ze dat willen volhouden. Voorlopig kan het me niet schelen. Ik zet het mobieltje aan en krijg een melding van inkomende berichten. Dit mobieltje dient ter vervanging van mijn vorige iPhone, lees ik, alleen deze bevat geen fakeberichten en adressen meer voor mijn undercoveropdracht. Maar wel een uitnodiging voor de ontmoeting met mijn Saligia-collega's, morgen in München.

Ik haast me naar huis.

Even later sta ik voor de werkplaats nogal sullig pogingen te doen de deur open te krijgen. Ik ben blij dat niemand ziet dat ik het pasje verkeerd om door de gleuf laat glijden en dan in foute volgorde eerst de vingerafdruk en dan het pasje probeer. Foeterend haal ik het onding er voor de derde keer doorheen, leg mijn vinger tegen een glazen plaatje en sommeer het slimme slot open te gaan. Dat helpt: met een zachte klik springt het open en kan ik naar binnen.

Ik ga meteen naar boven, maar als ik Halina's gezicht zie, weet ik eigenlijk al genoeg. Voor de vorm controleer ik haar hartslag. Die is er niet. Het valt me op hoe stil het is, zelfs Baruch lijkt instinctief aan te voelen dat hij zich gedeisd moet houden. Mijn mond voelt droog aan, maar ik wist het natuurlijk allang: de dosis verdoving in combinatie met haar verzwakte conditie en het bloedverlies moesten haar wel de das omdoen. Ik houd mezelf voor dat ik haar tenminste een pijnloze dood heb gegund. Met mijn hand op haar koude voorhoofd zeg ik haar in gedachten nogmaals dat het me spijt. Dit is nooit mijn bedoeling geweest. Maar ik zal je dood wreken, Halina, daar kun je van opaan.

Ik stuur een berichtje naar Saligia dat ik nogmaals hulp nodig heb: er is een lijk dat spoorloos moet verdwijnen. Daar heb ik een compleet landgoed voor beschikbaar, maar de grond is te hard. De Maasplassen zijn geen optie. Ik heb zelfs de stoffelijke resten van Brezinger weer opgedoken, nadat ik ze daar had gedumpt; het risico dat de ledematen aan de oppervlakte zouden opduiken was te groot. Ik laat weten dat ik Halina's lichaam in plastic zal verpakken. Ze is mijn zorg niet meer.

Baruch is dat wel. Met een fel gebaar ruk ik de tape van zijn mond en hij begint onmiddellijk te praten.

'Werkelijk een onacceptabele manier van doen, hoe haal je het in je hoofd... en wie moet in gódsnaam dat vreselijke wassen beeld voorstellen dat je beneden hebt staan?' zegt hij, woest aan de kettingen rukkend.

Ik plak meteen de tape weer over zijn lippen. 'Ik weet niet of je het hebt gemerkt, maar Halina is dood. Je zou enig respect kunnen tonen.'

Baruch lijkt overdonderd, in ieder geval houdt hij zich verder rustig. Als ik de mouw van zijn colbert opstroop, voel ik bobbels in de binnenzak. Ik was het vergeten, maar nu herinner ik het me: de doosjes met mijn juwelen; de ring en ketting waarin de carbonado's zijn verwerkt.

'Wat dacht je, ik ga haar alsnog verleiden met het souvenir van een vier miljard jaar geleden ingeslagen asteroïde? Of had je ze intussen al voor iemand anders gereserveerd? Wat heb je toch een fascinerend beroep, Baruch, en die geldstromen... machtig interessant. Wist je dat ze die momenteel aan het oprollen zijn? Het is misschien alleen wat jammer van al dat goede werk dat je voor die arme mensen ginds deed. Gezinnen die zelfs hun dóde kinderen mee mogen nemen naar het land van hoop en glorie, je barmhartigheid is werkelijk grenzeloos ontroerend.' Ik vul een glas met water en neem een paar slokken, terwijl ik hem observeer. Hij lijkt ontstemd, boos, maar ik zie geen angst in zijn ogen. Waarschijnlijk is hij zo arrogant dat hij nog steeds denkt dat niemand hem ooit iets zal aandoen. Of is hij ervan overtuigd dat iemand hem komt redden? Ik trek de tape van zijn mond.

'Wie heeft Halina vermoord?'

'Dat heb jij gedaan,' zegt hij, 'jij bent begonnen met dit circus.'

'Lul niet. Jíj bent de oorzaak van deze ellende, en jíj alleen, met je hebzucht, vergeet dat niet. Wie, Baruch? Wie heeft Halina zo gemarteld?' Als hij niet antwoordt, dreig ik met een injectiespuit. 'Curare. Heb je enig idee wat dit goedje veroorzaakt?' Hij zwijgt. 'Verlamming. Alleen je ogen gaan dan nog dapper heen en weer, een beetje zielig gezicht is dat altijd. Maar je vóélt wel alles. Nooit gelezen over mensen bij wie iets mising met de anesthesie, zodat ze hun complete operatie bijwoonden? De pijn ervoeren van het opensnijden van hun eigen lichaam, en erger?'

Als ik de spuit in zijn arm zet, begint hij alsnog te praten: 'Het was Braune. Of Bruno. Zoiets, geloof ik. Ik bemoei me niet met de selectie van personeel.'

'Een Duitser?'

'Ik weet het niet, ik spreek Engels met die beveiligingsjongens, die komen uit alle uithoeken van Europa. Een stille man met een wollen muts, een expert in afluistertechnieken. Draait zijn hand niet om voor een dode meer of minder.'

'En waar is die Bruno of Braune nu?'

'Ik heb geen idee. Hij heeft niet kunnen voorkomen dat ik nu hier ben en dat zal hem zijn kop kosten.' Baruch vloekt hartgrondig en rukt aan de kettingen.

'Is het waar,' wil ik weten, 'dat je het kind van dat Zimbabwaanse gezin gebruikt voor zijn organen?' Hij zwijgt, en ik spuit iets van de vloeistof in een ader van zijn arm.

'Hou op, Jessica, haal in vredesnaam niet van die idiote toestanden uit. Curare, godbetert, hoe verzin je het!' Zijn stem klinkt nu eindelijk verontrust. 'Die ouders zijn dood en geloof het of niet, die vrouw heeft haar man vermoord, daar hoefden mijn mensen niets aan te doen. Je zult ze nooit vinden, Jessica, bespaar je de moeite, je bent niet de enige die sporen achter zich kan verbranden.'

'En de jongen?'

'Die is zoek, meer weet ik er niet van. Die Bruno heeft me dat laten weten. En hij diende daarna meteen zijn ontslag in. Hij moest dringend op zoek naar een ziel, of zoiets, het sprookje was voorbij, zei hij. Ik ben blij dat hij weg is; het is overduidelijk dat die man niet spoort.'

'Het sprookje van je diamantensmokkel is ook voorbij.'

'Dat was het vanuit Zimbabwe voorlopig sowieso. Heb je die uniformen niet gezien op het vliegveld? De tegenstanders van Mugabe hadden me bijna te pakken.'

'Ik dacht dat die zwaailichten voor dat gezin bestemd waren, die man had onderweg toch een jongen vermoord?'

Hij glimlacht. Zou hij zelf ook weten dat het er niet meer toe doet?

'Waar heb ik een steek laten vallen, Baruch? Als je eerlijk tegen me bent, zal ik genadig zijn, dat beloof ik.'

Hij kijkt me polsend aan. 'Maak me dan eerst maar eens los.'

Dan is het mijn beurt om te glimlachen.

'Oké,' zegt hij na een korte stilte, 'ik vertrouw je op je woord. Eerlijk gezegd, mooie Jessica, was je vanaf het begin too good to be true, met je heldhaftige redding in mijn zaak. Toen je de gegevens van mijn mobieltje kopieerde, wist ik zeker dat je een verborgen agenda had. Chiel had vanaf de eerste avond de opdracht je 24/7 te volgen, maar ik moet je nagaven: het kostte me meer moeite – en mensen – dan ik had ingeschat, om je te ontmaskeren.'

'Die Chiel... Had hij de opdracht me te vermoorden, in dat natuurpark?'

'Nee, absoluut niet, hij had duidelijke instructies om je geheimen bloot te leggen en daarvoor mocht hij alle middelen inzetten, maar ik wilde zelf bepalen hoe en wanneer ik definitief met je wilde afrekenen. Ik hoop dat je mijn oprechtheid wilt waarderen, Jessica... Op enig moment meende ik tegen beter weten in echt dat we samen iets oprechts en moois hadden.'

'In je dromen,' zeg ik smalend. 'Iets moois... Daarom moest je me zeker tot op het bot vernederen.' Ik maak aanstalten de hele injectiespuit in zijn arm te legen.

'Doe het niet, Jessy...' smeekt hij, 'ben je vergeten hoe goed we het samen hebben gehad? Ik kan je leven voorgoed zorgeloos maken, wat heb je daarvoor nodig, twee miljoen? Ik beloof je dat ik je nooit een haar zal krenken. Op mijn erewoord. Jij bent toch ook gevoelig voor luxe, voor het goede van het leven?'

'En weet je wat ik nog het meest laffe vind?' Hij zwijgt en ik zeg: 'Dat je er niet zelf een einde aan durfde te maken, maar dat aan twee van je mensen wilde overlaten.'

'Dat is iets wat ik betreur.'

'Daar kan ik me alles bij voorstellen. Misschien is het een troost

voor je dat ik het ook niet kon, tenminste toen niet, maar nu...'
Ik glimlach en duw de vloeistof langzaam in de ader, tot de spuit
leeg is. Ik sluit het beademingsapparaat aan, wacht even en test
zijn spieren. Die zijn slap. Verlamd. De blik in zijn ogen lijkt te
veranderen en hij laat zijn urine lopen. Dan pak ik mijn vaders
gereedschapskist. Ik ga een mal maken van zijn rechterarm met
behulp van sneldrogend siliconenrubber en daarna leg ik er een
gipslaag overheen.

Ik moet wachten tot die gehard is en intussen luisteren we naar
Pink Floyds *Shine On You Crazy Diamond*. Vannacht kon ik het
nummer niet aanhoren, maar dat lijkt een eeuwigheid geleden.
'Ik had iets origineels kunnen bedenken,' zeg ik tegen Baruch,
'maar vond deze toch wel erg toepasselijk.' Met een tevreden gevoel zet ik het geluid harder.

Na een tijdje kan ik voorzichtig het gips verwijderen, in twee
stukken die ik straks weer eenvoudig aan elkaar kan zetten, en
dan vil ik zorgvuldig de huid van zijn rechterarm, inclusief zijn
hand. Ik weet dat hij nu in gedachten brult van de pijn; het doet
me deugd dat hij daar niets aan kan doen. Ik neurie vals mee met
de muziek. Het precisiewerkje van de vingers vergt opperste con-
centratie. Ik heb geen behoefte om met Baruch te praten. Niet
dat hij iets terug kan zeggen, daar gaat het ook niet om, maar ik
heb het gevoel dat het erger voor hem is, dit zwijgen, omdat ik
dan geen enkele afleiding bied voor de pijn en hij in het duister
tast over wat er verder zal gebeuren.

Als de huid in een looibad van glycerine ligt, leg ik handdoeken om zijn gewonde arm, die ik in alcohol heb gedrenkt. Daarna werk ik snel verder: ik vul de gipsafdruk met purschuim en
als die hard is, verwijder ik het gips. Wat ik zie bevalt me: de
vingers lijken te graaien; een perfecte impressie van Baruch. De
huid eromheen spannen is een fluitje van een cent, alleen de af-
werking aan de onderkant van de arm vergt wat creativiteit en
improvisatie. Maar dan heb ik een perfecte arm die uit de tafel

omhoog lijkt te komen. Zwijgend til ik Baruchs oogleden op. In zijn blik meen ik voor het eerst angst te zien; ik vermoed dat hij donders goed weet wat er gebeurt. Goed zo.

'Deze is van Halina,' zeg ik, terwijl ik hem de driekaraats princess-diamant laat zien. 'Ik denk dat je donders goed weet dat iedere vrouw die ooit aardig tegen je was dat alleen deed voor je materiële rijkdom. Met liefde kan het niets te maken hebben gehad.'

Dan drapeer ik de ketting met de carbonado om de vingers; de ring past tot halverwege de pink. Een beetje potsierlijk, maar dat maakt het wel erg treffend.

52

De laatste keuze is de dood, alleen in het geval van Salomons is
er waarschijnlijk niet echt sprake van een keuze. Zijn ex-baas is
afgevoerd en gezien de gebeurtenissen van de afgelopen dagen
hoeft Bruno zijn intellect niet echt uit te dagen om te vermoeden dat het er slecht uitziet voor de kapitalist die dacht dat hij
onaantastbaar was. Opnieuw een man die zich heeft blind ge-
staard op het lijfelijke.

Hij heeft al enig idee hoe zijn voormalige baas zal eindigen; hij
is zich kapotgeschrokken bij de aanblik van het geprepareerde
lichaam van de man aan wie hij zijn leven te danken heeft. Rolf
Brezinger. Toen zijn ademhaling zich had hersteld na een hartgrondig vloeken, was zijn wens haar ziel te kennen nog groter
geworden. Het zal hem lukken, daarvan is hij nu nog meer overtuigd. Het heeft zo moeten zijn. Alles klopt, alles past. Hij vermoedt dat Rolf uiteindelijk niet volledig tot haar kon doordringen omdat hij zich inferieur toonde ten opzichte van zijn
opponent. Hij had het lichamelijke moeten afzweren en niet van
het voorgenomen pad moeten wijken. Net zoals Sisyphus zijn
rotsblok dag in, dag uit de steile helling op droeg, zonder er ooit
aan te ontkomen.

Hij gaat het anders doen. Hij, Bruno, is misschien fysiek minder sterk, maar daar komt het niet op aan, dat heeft hij wel gezien aan zijn collega's. Een van hen heeft hij uitgeschakeld op het moment dat Jessica Haider het appartementencomplex binnenstormde, iets wat hem compleet verraste. Serge, de beste schutter van het stel, volgde de vrouw via de camera's toen ze de trap op kwam, net als hij. De man wilde Jessica in de hal voor Baruchs deur te grazen nemen, de plek bij uitstek, waar ze kwetsbaar was. Maar Jessica had de finish in zicht gehad, ze had zich de sterkste getoond en hij wilde zich het vooruitzicht op een kennismaking niet meer laten afnemen. Net op het moment dat Serge opstond om zijn taak te volbrengen, heeft hij zijn arm om de gespierde nek geklemd en die met één snelle beweging gebroken. Het geluid van de krakende gewrichten was onbetaalbaar.

Als hij aan Jessica Haider denkt, voelt hij de adrenaline in zijn lijf stromen. Ongeduld. Leergierigheid. Wraaklust. Maar hij is van plan die beheerst in te zetten. Alles komt aan op de voorbereiding, een dichtgetimmerd plan van aanpak. Het onzekere zien om te buigen naar helderheid. Geen detail aan het toeval overlaten. Hij kent de lijst van voorwaarden en aandachtspunten niet uit zijn hoofd, daarvoor is die te lang, maar hij zal hem elke dag honderd keer aandachtig doornemen. De belangrijkste punten onthouden, zeker de voorwaarden die hij ooit van Rolf Brezinger leerde.

Hij zal zich om de jongen gaan bekommeren. De vraag of hij de ziel van een zwart kind kan vinden, of het überhaupt een ziel heeft, houdt hem uit zijn slaap. Het begin van zijn zoektocht heeft niets opgeleverd. Hij twijfelt tussen het hoofd en het hart en het stoort hem dat die vrijheid in mogelijkheden belemmerend, verlammend werkt. Het is juist iets wat hij koste wat kost wil voorkomen, hij wil zijn keuzes maken en verantwoording nemen. Hij is op jacht naar iets groots, iets fenomenaals, en daar is hij zich te zeer van bewust, misschien. Hij wil een held zijn, nee, hij is voorbestemd een held te zijn. De vondst van de ziel zal een herdefiniëring van het begrip mens betekenen.

Het enige wat hem nog te doen staat in de voorbereiding op Jessica Haider, is zijn bestaan aan haar kenbaar maken. En hij weet al wanneer hij dat zal doen.

53

Morgen ga ik mijn nieuwe collega's van Saligia ontmoeten. In München. Het voelt nog steeds onwerkelijk dat ik nu echt toegetreden ben tot zo'n invloedrijke organisatie, en ik kan niet wachten tot het zover is. Ik heb een paar uur geslapen, eieren in de pan gegooid, Halina's stoffelijk overschot in plastic verpakt en achter de werkplaats neergelegd en gecontroleerd of Baruchs lichaam zich goed herstelt van de curare. Het is maar goed dat ik zijn mond intussen heb afgeplakt met tape zodat hij geen geluid kan maken, want zijn arm moet flink pijn doen en dat is waarschijnlijk het understatement van het jaar.

Terwijl ik in het hospice naar Sara op zoek ben, denk ik aan mijn Saligia-collega's. Of ze eigenlijk wel bestaan. Ergens verwacht ik morgen alleen Alec te zien, die ruiterlijk zal toegeven dat er nooit een organisatie is geweest die Saligia heet, maar zegt dat ik hem hopelijk wil blijven helpen in onze gezamenlijke missie: de jacht op het uitschot op deze aardbol. En dat die zogenaamde Mikael een werkloze acteur is, ingehuurd tegen een leuke vergoeding voor zijn kortstondige rol als telefonist.

Ik vind Sara in de gezamenlijke woonkamer, ze maakt de parkietenkooi schoon. 'Ik moet u spreken,' zeg ik, en even later zet ze een kop espresso voor me neer in haar kamer. Ik leg haar beknopt uit wat ik van plan ben en vraag of ze akkoord gaat met mijn oplossing als ik ervoor zorg dat ze naar haar zus toe kan. 'Het maakt me niet uit waar ze woont.'

'In Nieuw-Zeeland.' Haar ogen lichten op. 'Ik zou met haar liever dan met wie of waar dan ook de dagen willen slijten die me nog gegeven zijn.'

'Ik betaal uw vlucht.'

Ze schudt haar hoofd. 'Dat hoeft niet, ik krijg iets van Marijkes erfenis mee. Zó lief.'

'Dan ga ik het u voorschieten…'

'Zeg maar Sara, hoor. Daar lijkt het me nu wel de tijd voor.'

'Het duurt meestal wel even voor zo'n bedrag vrijkomt. Maar daar hoeft u… daar hoef je je verder geen zorgen over te maken.' Dat ik nooit iets van dat geld wil terugzien, vertel ik haar maar niet, ze zou zich bezwaard voelen en zich alsnog bedenken.

'En… als ze op het vliegveld nou concluderen dat ik dood moet zijn?'

'Ik wacht met de aangifte bij de gemeente tot je weg bent. En sorry dat ik het zeg, maar daarna zal er geen haan meer naar je kraaien. Er zullen hooguit wat bankzaken geregeld moeten worden, maar dat zal de notaris doen als er verder niemand is.' En dat zal hij vast niet erg vinden als er nog wat voor hem overblijft. 'Dat was anders ook zo gegaan, als je was gestorven zonder iemand om je nalatenschap te regelen.' Ik wacht even om te kijken of ze alles begrijpt, en ze knikt. 'Sara… weet je zeker dat je wilt doen wat ik van je vraag?'

Ze kijkt me zelfverzekerd aan en zegt vol overtuiging: 'Ja.'

'Goed, dan komt er zo eerst een arts en daarna hoef je alleen maar met je ogen dicht doodstil te blijven liggen als er iemand in de kamer is.' We hebben het over de uitvaart die ze al heeft geregeld en de kist die ze heeft uitgezocht, en dan zie ik dat het vlak voor vijven is. Ik zeg dat ik een sigaretje ga roken en de arts zal opvangen. Even later haal ik opgelucht adem als ik Marcel Penninx de parkeerplaats op zie rijden. Ik gooi mijn peuk weg en begroet hem hartelijk.

'Waar is de brand?' wil hij weten.

'Nou, brand…'

'Wie er dood is, leek me een hele voor de hand liggende,' grinnikt hij. 'Ik heb trouwens ontdekt waar jouw dame aan is overleden.'

'Een dosis botox waar geen rimpeltje mee is gevuld,' ben ik hem voor.

'Botulinetoxine, ja, hoe… Wel verdikkeme, en daarvoor laat jij mij overuren maken?'

'Ik was benieuwd of je het zou vinden,' zeg ik, 'en kom, geef maar toe, jij gaat liever zelf met de eer strijken.' Ik sla hem goedmoedig op de schouder. 'Wel jammer, daar gaat je gratis etentje!'

We lopen het hospice binnen, waar het tegen etenstijd net zo druk en chaotisch is als Frida heeft verteld, en ik leid hem naar de kamer van Sara Maeswater.

Marcel is verbaasd de vrouw te zien. Vooral het feit dat ze beweegt. 'Maar… deze dame is springlevend,' zegt hij.

'Wat je springlevend noemt,' bromt ze, maar haar ogen glinsteren.

'Sara gaat haar grootste rol ooit spelen,' vertel ik aan Marcel. 'Het is voor een goed doel, deze dame kan dankzij jou straks naar haar zus in Nieuw-Zeeland.'

'En waarom heeft ze mij daarvoor nodig? Ik ben geen piloot.'

'Je kunt beter niet alles weten,' zeg ik, 'maar alsjeblieft, wil je een klein medisch onderzoek doen? Kijken of ze medicijnen moet meenemen en zo'n lange reis zal aankunnen? Ze is wel ongeneeslijk ziek.'

Sara slaat haar armen om haar buik. 'Kanker.'

'Ik moet het weten, Marcel, anders durf ik haar niet te laten gaan.'

Terwijl Marcel zich met Sara bemoeit, snuffel ik in zijn tas en vind daar het formulier dat ik nodig heb. Ik verstop het onder een tijdschrift op tafel.

'Mevrouw is in redelijke conditie,' zegt Marcel even later, 'maar haar gezondheid is broos. Hoe het is met die tumoren in haar buik, dat kan ik zo niet beoordelen. Ik voel geen verdikkingen, maar...'

'Ik heb ook nergens last van,' zegt Sara vlug, alsof ze bang is dat de dokter haar reis zal kunnen verbieden.

'Dank je wel,' zeg ik tegen Marcel, 'kom, ik loop even met je mee.'

Als we door de gang lopen en langs de keuken, draal ik een beetje om te zorgen dat Marcel wordt gezien. Eenmaal buiten steek ik een sigaret op en bied hem er een aan. Hij slaat hem af en vraagt of ik al heb gesolliciteerd bij het circus.

Ik kijk hem verbaasd aan. 'Hoezo?'

'Als je aan de slag wilt als goochelaar moet je nog flink oefenen,' zegt hij. 'Je denkt toch niet dat ik niet zag dat je iets uit mijn tas jatte? Zal ik gokken? Een overlijdensakte?'

'Alsjeblieft, Marcel, laat me dit op mijn manier oplossen, die vrouw loopt gevaar, meer kan ik je niet vertellen, en ik gun haar niet dat ze haar laatste weken moet doorbrengen in doodsangst.' Ik kijk hem smekend aan.

'Dat kost je alsnog een diner bij Beluga en ik waarschuw je: ik neem geen genoegen met het kleinste menu.'

Met een innige omhelzing bezegelen we onze deal. 'Mijn eeuwige dank, Marcel, ik sta bij je in het krijt.'

'Alweer.'

Ik denk dat hij ons verhaal voor waarheid heeft aangenomen. Of willen aannemen.

'Wacht even,' zegt hij als ik naar binnen wil gaan, 'wat doen

we met de resultaten van de sectie van mevrouw Schimmelpenninck de Rijckholdt?'

'Melden, natuurlijk. Wat anders? Stuur je rapport maar naar
het bureau.'

54

We moeten opschieten. Er kan iemand binnenkomen, al is dat normaal gesproken rond dit tijdstip niet gebruikelijk. Sara gaat op bed liggen en ik schmink haar met haar eigen foundation die ze in de winter gebruikt, gemengd met een heel lichte oogschaduw. Ze heeft make-up genoeg om haar onopvallend dood te laten lijken. Een tint bleker, de wallen onder haar ogen een beetje blauwig.

'Het belangrijkste is dat je je letterlijk doodstil houdt,' druk ik haar op het hart. Ze wil geen chemisch middeltje om rustig te blijven, ze weet zeker dat ze het kan. 'Ik zal proberen een enkele belangstellende zo kort mogelijk bij je te laten. Waren er buiten de barones en mijn vader mensen met wie je een goede band had?'

'Had…' Ze lijkt even van haar stuk door de verleden tijd, maar dan zie ik dat ze haar schouders ontspant. Ze schudt haar hoofd. 'Aardige mensen, maar een speciale relatie… nee.'

'Dan ga ik nu een beetje tumult maken.' Ik kijk nog even om voor ik de deur uit loop, maar ze beantwoordt mijn blik niet. Als ik niet beter wist, zou ik beslist geloven dat ze dood is.

De eerste verzorgende die ik tegenkom, heb ik niet eerder gezien. Ze blijkt Yvonne te heten. Ik stel me voor, vertel dat ik hier eigenlijk voor mijn vader was gekomen. 'Maar ik ben ook erg gesteld geraakt op Sara, de vrouw van de kamer naast hem, en toen ik weg wilde gaan was een van uw collega's bij haar met een arts. Ik heb beloofd iemand van de avonddienst te waarschuwen.'

'Mevrouw Maeswater? Maar wat is er dan met haar aan de hand?'

'Ze is dood.'

'Wat? U... u bedoelt... O lieve hemel.' Ze loopt natuurlijk met me mee en ik zorg dat ze de overlijdensakte op tafel ziet.

'Normaliter gaat dit niet zo... Wie was die collega, ik bedoel, we hadden daar allemaal al van op de hoogte moeten zijn.'

'Eh...' Ik doe alsof ik een moment vreselijk in dubio sta.

'Wat? Wat wilde u zeggen?'

'Het is een beetje gênant,' zeg ik. 'Ze was er ontzettend van ondersteboven en werd onwel. Ze vroeg of ik dat voor me wilde houden, ze werkt hier nog niet zo lang.'

Yvonne aarzelt even, maar dan lijkt ze te beseffen dat haar collega zo wel een onprofessionele indruk moet hebben gemaakt en verontschuldigt zich: 'Het avondeten, de wisseling van onze mensen... meestal zitten onze gasten dan gezellig bij de tv, of ze leggen een kaartje.'

Ik wuif haar excuses weg. 'Ik mocht haar graag en ik vind het geen enkel probleem de honneurs waar te nemen.'

'Ach, mevrouw Maeswater... het is... het is vreselijk.'

De uitvaartondernemer is de zwakste schakel in mijn ketting van bedrog; als ze mevrouw in de kist willen leggen, zeg ik dat ik graag wil helpen. Ik zorg dat ik degene ben die haar warme bovenlichaam vasthoud, haar benen voelen sowieso al kouder aan omdat ze zo'n typische vrouw met eeuwig koude voeten is. Waar ik bovendien vlak na haar 'overlijden' natte, koude doeken op heb gelegd om dat effect te vergroten. De man merkt niets en ik haal opgelucht adem. Al vervloek ik inwendig de winter en de harde grond, waardoor ik zoveel moeite moet doen om mijn plan uit te voeren.

Ik blijf bij Sara. Af en toe leg ik opnieuw koude doeken op haar armen, voor het geval iemand haar wil aanraken. Stiekem geniet ik meer dan goed voor me is van de uitdaging dit voor elkaar te krijgen. Ik vertrouw erop dat mensen niets liever willen dan geloven wat ze zien. Wat ze begrijpen. Zeker de mensen in dit hospice vertrouwen op het goede in de mens, en afwijkende gebeurtenissen maken ze passend in hun denkbeeld of gaan ze uit de weg.

Zoals de verzorgster die met betraande ogen vertelt dat ze gisteren nog met Sara heeft gepraat, terwijl ze de planten in de gezamenlijke woonkamer water gaf. Ik laat haar de overlijdensakte lezen, met als doodsoorzaak een hartstilstand, en ik zeg dat ik haar gevoelens begrijp, dat ik met mijn vader precies hetzelfde heb meegemaakt. De wereld is hard, het leven is niet eerlijk. Ze knikt, en accepteert. Sara is dood, ze ziet het met eigen ogen, en een hartstilstand is eigenlijk een mooie dood. 'Het is triest,' zegt ze, 'zo triest.'

Verschillende verzorgers komen hun medeleven betuigen. Ik vertel dat ik morgen voor haar begrafenis zal zorgen en dat ze daar verder niemand bij wil hebben, alleen een pastoor. En ook dat ze het ritueel met de aanwezigen die de overledene uitgeleide doen, altijd erg hartverwarmend vond en zeker op prijs had gesteld. Ze was zo'n lieve vriendin voor mijn vader dat ik dit graag voor haar wil doen, zeg ik meermaals, waarop sommigen zelfs mij condoleren.

Zodra het 's avonds rustig is, kan Sara zich ontspannen. Ik zoek pen en papier en dan zeg ik dat ik weg moet maar zo snel mogelijk terugkom. 'Er zal nu wel niemand meer binnenkomen,' zeg ik, 'maar blijf alsjeblieft zo doodstil liggen.'

Ze zwijgt. Ze blijft in haar rol. Heel goed.

55

In zeven minuten ben ik thuis, waar ik me in grote haast verkleed: een zwarte leren broek, een bijpassend jasje, een pruik. Een leren masker steek ik bij me, en nog een paar dingen die ik nodig zal hebben. En dan rijd ik naar club eSMée aan de rand van Sittard; alert op mijn omgeving om niet het risico te lopen te worden aangehouden. Vlak bij de club parkeer ik mijn auto, ik zie diverse koppels naar binnen gaan. Ik herken de BMW van Clemence Schimmelpenninck de Rijckholdt en zegen zijn hang naar routine. Als hij daarvan was afgeweken, was hij waarschijnlijk thuis geweest, anders had ik hem gebeld en geconfronteerd met een zogenaamd arrestatiebevel. Hij was me sowieso niet ontglipt, maar dit maakt alles wat eenvoudiger. Nadat ik me ervan heb overtuigd de enige te zijn die de club in de gaten houdt, begeef ik me naar het met roze neonlampen verlichte pand in kitscherige Griekse stijl, compleet met nepzuilen en dito palmbomen. Ik wacht tot een volgend koppel zijn entree maakt en sluit daar onopvallend bij aan. Er is een receptie, maar die is na tienen onbemand; vaste gasten hoeven zich niet te melden als ze een kamer huren. Discretie verzekerd: de deuren openen automatisch met een pasje, na betaling vooraf, en beveiligingscamera's zijn er niet.

Ik zet mijn masker op, kijk wat rond, en op momenten dat ik het rijk alleen heb, zet ik een wandmicrofoon tegen een muur, een hypergevoelig apparaatje dat geluid door staal en steen tot 40.000 keer versterkt. Ten slotte herken ik in een van de kamers de stem van Clemence, afgewisseld met geluiden van een zweep en een andere mannenstem.

Het duurt voor mijn gevoel uren, maar dan, eindelijk, gaat de deur open en kijk ik een vreemde man na. Als Clemence als eerste naar buiten was gekomen, had ik hem onder dreiging van mijn pistool tijdelijk in een toilet op de gang in bedwang kunnen houden, maar dit is beter. Hij is nu alleen binnen. Ik sluip de kamer in, mijn wapen gestrekt voor me uit. Ik focus op zijn gezicht, waarop ik stomme verbazing lees.

'Als je gaat schreeuwen, jaag ik je een kogel door het hoofd,' zeg ik zacht.

Hij zwijgt en houdt zijn handen beschaamd voor zijn geslacht. Zijn lichaam is iel, maar pezig.

'Dit... Ik bedoel, het is allemaal legaal en zo.'

'Waar jij je nachten mee vult, boeit mij niet.' Ik dwing hem op zijn knieën en druk het koude staal tegen zijn achterhoofd. 'Je kunt kiezen tussen een schuldbekentenis of de dood, en dat moet je nú doen.' Ik schuif pen en papier onder zijn neus en span mijn wapen.

'Wa-waarom?'

'Omdat ik mensen altijd graag iets te kiezen geef, fuck, en nu opschieten.'

Hij doet niet wat ik zeg en even vrees ik dat hij zal zeggen dat ik mijn gang maar moet gaan. Ik vertel hem dat ik zijn bekentenis nodig heb als verzekering dat hij me niet gaat aanklagen. 'We hebben geen bewijs kunnen vinden dat jij je moeder hebt vermoord en je lijkt me nou echt het type dat met hangende pootjes een schadevergoeding gaat eisen omdat ik onaardig tegen je was.'

'Ach, welnee,' begint hij, en net als ik vermoed dat hij gaat zeggen dat ik de tering kan krijgen, is hij gelukkig toch het miezerige mannetje voor wie ik hem hield.

'Je hebt haar vergiftigd met een dosis botulinetoxine. Schrijf op.'

Hij doet uiteindelijk wat ik zeg. 'Maar ik heb het niet gedaan,' verklaart hij.

'Je hebt er wel mee gedreigd, je hebt je moeder tot zelfmoord gedwongen, dat is walgelijk en onvergeeflijk.' Ik druk het pistool harder tegen zijn hoofd. 'Ik wil een mooie handtekening eronder.'

Zijn stem klinkt bitter: 'Ze wilde het geld aan een of andere cultuurinstelling doneren, mijn moeder was het spoor bijster, ik zweer het.'

'Ik wil dat je je mond houdt.'

'Ja, maar, ze...'

'Stíl,' onderbreek ik hem. 'Ben je klaar?'

Dat is hij. 'Kleed je aan,' beveel ik, mijn pistool op hem gericht. Op het moment dat hij zijn broek wil pakken, druk ik een injectiespuit in zijn arm. Ik hou hem in bedwang, met mijn hand op zijn mond, tot zijn spieren slap worden. Ik heb hem een minimale verdoving toegediend, ik moet opschieten voor hij weer bijkomt. Ik pak de halsband die ik bij me heb, gesp die om zijn nek en sleep dan zijn lichaam voorzichtig naar het bed. Ik werk beheerst en stil. Het kost me weinig inspanning zijn lichaam in de juiste positie te manoeuvreren, tijdens mijn trainingen heb ik met zwaardere objecten gesjouwd. Ik trek de halsband nog iets strakker aan, zodat zuurstoftekort hem in hogere sferen kan hebben gebracht. Vervolgens zet ik een tweede injectienaald op precies hetzelfde plekje in als bij de verdoving en laat de vloeistof in zijn arm lopen. De forensisch arts zal constateren dat hij is bezweken aan een overdosis coke. Dat hij verder geen tekenen vertoont van drugsgebruik werkt niet in mijn voordeel, maar bewijzen dat iemand het hem heeft ingespoten zijn er niet.

Ik bekijk het tafereel van een afstandje en constateer dat het goed is. In de houding waarin hij nu min of meer zittend hangt, kan het zijn eigen keuze zijn geweest. Hij ligt erbij zoals hij was: zielig. Een *waste of space*. Ze zoeken het verder maar uit, ik denk niet dat ze veel tijd zullen verspillen aan een man die zijn eigen moeder willens en wetens de dood in joeg. Zijn eigen moeder!

Met een licht euforisch gevoel verlaat ik het pand en zuig de koude buitenlucht in mijn longen. Een prikkelende sensatie stroomt door mijn lichaam. Ik heb het geflikt; tot zover loopt alles gesmeerd.

De rest van de nacht blijf ik bij Sara. We praten af en toe op fluistertoon en ik masseer haar protesterende spieren. Ze verheugt zich op het weerzien met haar zus, hoewel ze inmiddels met twijfels kampt of ze deze leugen wel kan verantwoorden aan haar Schepper.

'Clemence heeft bekend dat hij zijn moeder wilde laten stikken,' stel ik haar gerust. 'Je hebt Marijke een afschuwelijke dood bespaard en ik denk dat Onze-Lieve-Heer je daarvoor graag beloont. Hoe lang hebben jij en je zus elkaar niet gezien?'

'Bijna twintig jaar,' zegt ze.

Ik maak een kop thee voor mezelf en ik laat Sara ook iets drinken en een boterham eten. 'Het zou vervelend zijn als je maag ineens kuren krijgt als we je hier zo meteen de tent uit rijden,' fluister ik. De verwarming is dichtgedraaid om het stoffelijk overschot koel te houden en ondanks mijn jas wordt het tegen de ochtend behoorlijk onaangenaam.

Gelukkig hebben we het vertrek gepland voor vroeg in de ochtend. Om negen uur, na drie koppen koffie om wakker te worden en eenzelfde aantal sigaretten, arriveert de uitvaartondernemer. Met zijn hulp laat ik de halfopen kist door de gang rollen, aan weerszijden geflankeerd door verzorgend personeel en gasten. Sara speelt de rol van haar leven, ze is meer dan overtuigend als lijk, zelfs ik zou kunnen geloven dat ze dood is. Er worden rozen op haar borst gelegd en onder de bezielende klanken van Bachs *Ave Maria* gaan we naar buiten. Dan gaat de kist dicht en ik steek een sigaret op.

Zoals afgesproken rijd ik met mijn Jeep achter de lijkwagen aan, de kist zal op mijn verzoek een paar uur bij mij thuis komen te staan; mijn zogenaamde tante heeft namelijk de laatste jaren bij mij gewoond en na de hectische weken in het hospice wil ik graag in alle rust afscheid van haar nemen.

Zo heb ik het gisteren aan de uitvaartondernemer uitgelegd. Hij vertrok geen spier toen hem duidelijk werd dat hij helemaal naar Thorn moest rijden met de kist, terwijl de begraafplaats zo vlak bij het hospice gelegen is. Hij maakte zelfs een kleine buiging. 'Uw wens is onze opdracht,' zei hij. Het klonk als een ingesleten bedrijfsfilosofie.

Straks wordt de kist weer opgehaald en ik moet opschieten. Ik vervloek mezelf dat ik niet meer tijd heb gevraagd. Geëist. Ik wilde geen argwaan wekken, maar nu ben ik bang dat ik het niet ga redden. We moeten spullen voor Sara inpakken, ze wil nog per se douchen en de tijd vliegt. Voor het vervoer naar Brussel Airport heb ik een taxi geregeld en die laat vreselijk lang op zich wachten. Ik wil niet dat Sara ziet wat ik van plan ben, al moet ze iets ervan wel kunnen raden.

Als de taxi eindelijk komt, neemt Sara innig afscheid van me, ze is emotioneel. Ik jut haar op, pak haar tas, begeleid haar naar de taxi. 'Je moet me beloven,' zeg ik, 'dat je nooit meer iets van je laat horen. Elk teken van leven is een tijdbom onder ons geheim.' Ze zweert het op haar eigen graf.

Eenmaal weer binnen maak ik met een klein type houtboor een tiental gaatjes in de bodem van de kist, bij het hoofdeinde, met de bedoeling voor een paar uur extra zuurstof toe te voegen. Daarna ruim ik snel de rommel op.

En dan is hij aan de beurt. Eindelijk. Het moment waar ik naar heb uitgekeken, waar ik al deze moeite voor heb gedaan. Het gaat me echt lukken! Ik heb Baruch lang alleen moeten laten en als ik hem zie, moet ik vaststellen dat hij in korte tijd tien jaar ouder is geworden. Zijn gelaatskleur is grauw en hij heeft diepe groeven in zijn gezicht. De gevilde arm ziet er niet goed uit. Ik geef hem een injectie met een kleine hoeveelheid verdovingsmiddel en dan volgt de zwaarste beproeving: zijn lichaam in de kist zien te krijgen.

Dan hoor ik de zoemer. Er staat iemand aan de poort.

Ik doe alsof ik niets heb gehoord en werk snel door. Gelukkig is het onderstel van de draagbaar in hoogte verstelbaar, dus ik hoef hem niet boven schouderhoogte te tillen.

Als de zoemer opnieuw gaat, meld ik me bij de intercom. 'Ik zal vast opendoen,' zeg ik, 'maar wacht u alstublieft in de auto, ik heb het even te kwaad.'

In hoog tempo bind ik zijn enkels bijeen met tape, doe hetzelfde met zijn polsen, die ik langs zijn lichaam vastmaak, en plak tot slot tape over zijn mond. Een extra groot stuk, zodat hij absoluut geen kik meer zal geven. Zeker met de luchtgaatjes lijkt me dat geen overbodige luxe, al had ik me enigszins verheugd op zijn kreten om hulp tot zijn stem zou breken.

Als ik nog een laatste keer controleer of ik niets ben vergeten, opent hij zijn ogen. Ik zie de herkenning in zijn blik, en daarna de machteloze woede. Voor ik de kist definitief sluit, glimlach ik naar hem.

Ik open de deur voor de uitvaartondernemer en snuit mijn neus. 'Sorry,' zeg ik. 'Ik kan nog steeds niet geloven dat ze er niet meer is.'

Op de begraafplaats overheerst de stilte. Af en toe suist de wind door de bomen, maar verder is het heerlijk, louterend stil.

De pastoor heeft op mijn verzoek slechts een korte grafrede, waarbij hij een deel van het verhaal vertelt van God die Zijn enige Zoon opofferde voor de mensen. De uitvaartondernemer laat een paar medewerkers aanrukken om de kist te sjouwen, daarna zeg ik dat ik alleen wil zijn bij het graf.

Ik denk aan wat Baruch zei. Dat hij gecremeerd wilde worden omdat hij geen voer voor de wormen wilde zijn, en dat hij na afloop een groots feest wenste.

Ik haal een minifles champagne uit mijn zak. 'Een slok Moutard, Baruch.' Ik laat de kurk ploppen en dan houd ik het flesje proostend omhoog. 'Op het leven.' Ik drink het in één teug leeg. Voor het eerst sinds zijn mannen me te grazen hebben genomen, voel ik even geen pijn. Integendeel, ik voel me goed. Erg goed.

56

Op zaterdagochtend slaap ik voor mijn doen lang uit. Ik word pas om negen uur wakker, verwen mezelf met een omelet met spek en kaas, en dan ga ik uitgebreid in bad. Een grote hoeveelheid schuim zorgt ervoor dat ik de blauwe plekken niet hoef te zien. Mijn lichaam is nog steeds gevoelig en sommige bewegingen zijn pijnlijk, maar het ergste leed is geleden en de wonden helen redelijk goed.

Tegen de middag vertrek ik richting München. Ik heb een vliegticket aangeboden gekregen, daarvoor hoef ik me alleen maar op Maastricht Airport te melden, maar ik verkies de auto: ik ken München niet bijzonder goed, maar ik weet wel waar ik anoniem coke kan kopen.

Tijdens de autorit laat ik mijn gedachten gaan op het rustgevende geluid van wielen op het asfalt en luister ik ontspannen naar *A Saucerful of Secrets*; een album van Pink Floyd dat allesbehalve probleemloos het licht zag en dat hoor ik er ook in terug. Het zoeken. De strijd. Het is herkenbaar.

Eenmaal in München rijd ik naar het Hauptbahnhof. Ik scoor een flinke voorraad en verberg die in het dashboardkastje van mijn Jeep. Even is er de verleiding een kleine dosis te nemen, maar ik weet me te beheersen.

Tegen zeven uur krijg ik op mijn zwarte iPhone de locatie door: een hotel aan de noordkant van de stad, dat Schlosspark zum Kurfürst heet. Als ik het adres intoets op de navigatie, begrijp ik waarom: vlakbij is een klein vliegveld. Ik ben verdorie nog nerveus ook als ik het hotel binnenkom met mijn koffertje. Van de dame achter de ontvangstbalie krijg ik te horen dat ik rustig de tijd kan nemen me te installeren en dat ik om acht uur in de lounge word verwacht.

Al mijn ontberingen en de momenten waarop ik dacht dat mijn laatste minuut was ingegaan, zijn naar een verre hoek van mijn bewustzijn gedelegeerd. Ik heb me stoer gekleed: hoge laarzen over een leren broek, dito jasje. Mijn haar heb ik opgestoken en ik heb me zorgvuldig opgemaakt. Niet te veel, maar wel geraffineerd.

Eindelijk is het dan zover. Als ik de lounge binnenkom, tel ik zes mannen. Geen Alec? De mannen stellen zich voor en ik zie dat er een grote, ronde tafel is gedekt voor zeven personen. Een aparte eetruimte voor ons, met een brandende open haard en glazen cognac.

'Wilt u ook?'

Ik accepteer graag.

De voertaal is Engels, zoals ik had verwacht. Met de twee mannen naast me maak ik nader kennis tijdens het voorgerecht. De een blijkt Sir Ryan Murphy, een Ierse miljardair met een internationaal opererend bedrijf in inbraakbeveiliging. Aan mijn andere zijde zit een voormalig legerofficier uit Polen, een man met immens grote handen en een stem die geen versterking nodig heeft. We hebben een paar keer contact met elkaar gehad, vertelt hij, zijn naam is Mikael. Mikael Aleksy. Uit het weinige dat hij vertelt, concludeer ik dat hij een expert is op het gebied van wapens en beveiliging. Een aantrekkelijke man: donker, niet te kort haar, met een sterke kaaklijn en felblauwe ogen. Ik zou hem graag beter willen leren kennen. In elk opzicht.

'U bent de eerste vrouw die we in ons genootschap verwelkomen,' zegt hij, en als hij met een mes tegen zijn glas tikt, is iedereen stil. '*Dear* amice! Met uw komst vandaag bent u officieel *member*, en ik hoef u niet te vertellen dat dit een commitment is voor het leven.' Ik knik. 'Dit soort bijeenkomsten houden we sporadisch en nooit op dezelfde locatie vanwege de geheimhouding, u zult begrijpen waarom. Maar voor elkaar hebben we geen geheimen. We weten veel over u en u zult ons ook leren kennen. U heeft nu ook bepaalde voorrechten, die u met uw eerste succesvolle missie dubbel en dwars heeft verdiend.' Er klinkt instemmend gebrom. 'Wij hebben het aan u te danken dat onze wereld verlost is van een door hebzucht geobsedeerd mens, voor wie een leven niet telt, en die op het punt stond een gevaarlijke combinatie te vormen met een van 's werelds grootste dictators. Bovendien heeft onze organisatie de eigen vermogenspositie kunnen versterken. Wat me eraan doet denken... de carbonado's die de heer Salomons voor u had bestemd, zijn u uiteraard van harte gegund. We weten dat u ze niet op de markt zult brengen, u bent vermogend genoeg, en buiten dat heeft u met ingang van vandaag de beschikking over een goedgevulde Zwitserse bankrekening, waarover ik u op een later moment graag nadere details zal verstrekken. Wij zijn trots op uw prestatie, ik hoop dat u dat beseft, en wij achten ons bevoorrecht u in ons midden te hebben.'

Ik mag een spontaan applaus in ontvangst nemen en Mikael vervolgt: 'Wij vertrouwen op uw inzet en uw integriteit, we beschouwen het als onnodig u nog langer onze beschermende vleugels te bieden en daarmee bent u tevens verlost van elk controlerend oog. U lost uw zaken op zoals u dat wilt, voor ons telt alleen het resultaat. En geheimhouding, uiteraard. Zo nodig krijgt u pionnen toegeschoven voor de verdediging of de aanval, maar we weten dat u graag alleen werkt en dat geldt voor ons allemaal.' Hij wil proosten met een glas champagne dat tijdens zijn speech is ingeschonken.

Maar dan grijp ik in. 'Wacht even,' zeg ik, 'niet zo snel. Er is een man die me benaderd heeft voor uw organisatie,' zeg ik, 'een Fransman.'

'Alec Joubert,' zegt Mikael. 'U zult onze namen straks allemaal kennen, zoals wij de uwe kennen, maar we gebruiken die alleen binnen de muren van onze bijeenkomsten. Mister Joubert had, laat ik zeggen, nog iets goed te maken met ons. Hij is een van onze pionnen, en maakt deel uit van uw volgende opdracht. Daar zullen we u binnenkort meer over kunnen vertellen.'

'Ik had verwacht dat hij ook hier zou zijn.'

'Hij kan heel overtuigend liegen, maar laten we onze tijd niet verspillen aan een pion. Dat komt later wel.'

'Deze eerste opdracht heeft me bijna mijn leven gekost, ik zou bescherming krijgen vanuit de observatiepost, maar die was er niet.'

'Daarvoor bieden wij u onze oprechte excuses aan. Ik was erg opgelucht toen ik uw bericht las dat u slechts lichtgewond was, en nogmaals, we hebben groot respect voor uw werk, we zijn er erg trots op u in ons midden te mogen hebben. Ik neem echter aan dat u zich bewust bent van het gevaar van dit commitment. De dood ligt altijd op de loer, hoe goed we ook ons best doen en zullen blijven doen die te voorkomen.'

Ik overweeg haarfijn te vertellen hoe dicht ik bij die dood ben geweest door hun falen, zoals ik van plan was, maar ik doe het niet. Dan moet ik het ook hebben over de vernedering, en als ik eerlijk ben, ook over mijn eigen naïviteit. Ik denk aan wat Baruch zei: ik was vanaf het begin af aan al too good to be true. Dit is mijn leermoment. Er is nog iets wat me tegenhoudt: ik ben onder de indruk. Van Mikael, van de andere mannen, van dit hele gebeuren. Ik wil erbij horen, fuck de risico's.

We proosten alsnog, ik krijg een gloednieuw automatisch wapen, een prachtig mes en enkele technische snufjes die me van pas kunnen komen. De belangrijkste reden waarom ze soms bij elkaar komen, vertelt Mikael, is om projecten te bespreken en te stemmen over de liquidatie van beoogde criminelen. Hun zwarte lijst. De namen worden niet genoemd, en speciaal voor mij licht Sir Murphy toe dat ze dat doen om vooroordelen te vermijden. 'We proberen zo objectief mogelijk alleen naar de feiten te kijken en daarbij mogen we ons niet laten beïnvloeden door randverschijnselen.'

Ik hou me deze eerste keer een beetje op de vlakte, ik luister vooral, maar het is geruststellend te constateren dat we op één lijn zitten als het gaat om onze visie op gerechtigheid. Een van de zaken waarover wordt gesproken komt heel dichtbij, omdat het over een zekere F gaat die een aantal gruwelijke moorden op zijn geweten heeft. De beschrijving van de daden raakt me diep, omdat het mijn eigen verse herinneringen aan brute verkrachting naar boven brengt. F loopt vrij rond, de politie tast in het duister. Een liefdeloze jeugd ten spijt twijfel ik geen moment. Weg met zulk uitschot. Dit is nou precies de reden waarom ik hier wil zijn. De anderen zijn dezelfde mening toegedaan en het doet me deugd dat we daarin opnieuw eensgezind zijn. Ik voel me hier thuis.

Ik heb een geweldige avond. Ik leer de mannen en hun achtergronden kennen, we discussiëren over de wereld van de misdaad en de mogelijkheden die wereld af en toe een al dan niet dodelijke schop te geven. Als Mikael me persoonlijk nog eens bedankt en complimenteert met mijn succesvolle entree, vraag ik hem of hij weet wat er met de Zimbabwaanse jongen is gebeurd. Ruben. 'Salomons vertelde me dat hij vermoedde dat twee van zijn medewerkers betrokken waren bij de illegale handel in organen, kan het waar zijn dat de jongen daar slachtoffer van is geworden?'

'Ik vrees het,' antwoordt Mikael. 'We hebben enkele medewerkers van de diamantair moeten laten lopen omdat ingrijpen te verregaande gevolgen zou hebben gehad, en ze bleken zich slechts zijdelings of heel recent met de smokkel te bemoeien. Collateral damage, soms ontkomen we daar niet aan. Hun verdere activiteiten zijn geen onderdeel van onze opdracht en u heeft er goed aan gedaan die te laten rusten. Misschien zal de politie haar taak hierin naar behoren gaan uitvoeren.'

'Ik heb u een foto van de jongen gestuurd, die ik in het vliegtuig heb gemaakt. Kan ik die toegezonden krijgen? Ik heb hem zelf niet meer en wil weten wat er met hem is gebeurd, ook al is hij dood.'

Hij belooft me de foto te sturen, maar benadrukt dat ik bij verder onderzoek niet hoef te rekenen op ondersteuning vanuit de organisatie.

'Ik begrijp hoe het werkt,' antwoord ik, en ik haast me te verklaren hoezeer ik me verheug op mijn volgende opdracht.

'U moet vooral uw normale leven als rechercheur weer oppakken,' zegt Sir Murphy, die zich als een bijzonder aimabele man laat kennen, al weet ik zeker dat er met hem absoluut niet te spotten valt. En dat geldt voor alle zes. Ze zullen niet onmiddellijk de aandacht trekken in gezelschap, hoogstens door hun innemende voorkomen, maar ze hebben stuk voor stuk een uitstraling die nog lang nadendert. Het lijkt alsof er een lading energie in de ruimte hangt, die bijna tastbaar is. En ik ben er retetrots op dat ik daar deel van uitmaak.

57

Met het voornemen een heerlijke dosis coke te nemen omdat
ik toch mijn eigen zaakjes alleen mag oplossen, en 'alleen het
resultaat telt', ik hoor het Mikael nog zeggen, open ik de deur
van mijn hotelkamer. Zodra ik die achter me heb dichtgedaan,
weet ik dat er iemand binnen is en instinctief duik ik weg. Het
licht gaat aan en ik zie Alec.

'In het hol van de leeuw,' zegt hij, met zachte stem. Hij doet
het licht weer uit en dan omhelst hij me. Ik weer hem af. 'Wat
moet jij hier? Weten de anderen hiervan?'

Hij schudt zijn hoofd. 'Ik ben hier voor jou, voor jou alleen, ik
moest je zien, Jessy, ik moet je spreken.'

'Maar ik jou niet.' Hij doet opnieuw een poging me te omhelzen, maar ik duw hem ruw van me weg. 'Flikker op met je charme-
offensief,' zeg ik, 'ik wil dat je van me afblijft! Dat is je eigen
schuld, je was er niet voor me toen ik je echt nodig had.'

'Hoezo?'

'Toen ik bij Baruch was. Vertel me niet dat je niets weet van
wat zich allemaal heeft afgespeeld.'

'Dat weet ik niet, ik meen het, mijn opdracht werd ingetrokken, ik moest plotseling weg.'

'Je kon er niet tegen dat ik bij Baruch was. Dat ik coke gebruikte, volgens Mikael, maar ik denk dat je vooral gewoon jaloers was.'

'Oké, dat is waar.'

Ik zucht. 'Zie je wel, je liegt. Je liegt, veel te makkelijk.'

'Ik ben weggegaan, maar ik zag in dat ik verkeerd zat, wilde mijn fout herstellen, en dat mocht niet meer.'

Ik geloof hem niet. 'Je zei dat je lid was van onze club. Je hoort er niet eens echt bij.'

Alec waarschuwt me zachtjes te praten en dan zegt hij: 'Jessy, ik ben eruit gegooid, ik ben erachter gekomen dat die Nederlandse man...' Als ik hem zeg dat ik geen idee heb waar hij het over heeft, legt hij uit: 'Jij zou in de plaats komen van een Nederlander die een hartaanval had gehad. Maar de waarheid is dat die man wilde stoppen. Hij zou de diamantenzaak doen, maar het werd hem te heet onder de voeten. Ik wilde je dit vertellen voor je aan deze opdracht begon, maar ik besefte dat je zou doorgaan, hoe dan ook, en dat het je dan misschien zou afleiden. Ze hebben hem vermóórd, Jessy.'

'Als je eenmaal lid bent van deze organisatie, dan is dat voor het leven, dat wist ik allang, Alec, en dat weet jij ook. Of geldt dat niet voor pionnetjes?' Ik zeg het smalend. 'En nu eruit, ik ben moe, ik wil slapen, dus sodemieter op.'

'Het spijt me dat ik niet eerlijk tegen je was, ik meen het, maar ik kan het uitleggen. Ik wilde voorkomen dat het Zimbabwaanse gezin hier zou komen, ik wilde je ginds komen helpen, zorgen dat we dáár de oplossing konden vinden. Maar dat wilden ze niet en ik weet ook wel waarom.' Als ik niet reageer, zegt hij: 'Ze wilden die diamanten hier hebben. Salomons laten smokkelen, jij moest uitzoeken hoe, en dan konden zij de buit in beslag nemen.'

'De diamanten waren weg toen ik de jongen openmaakte.'

'Ze wisten allang bij wie ze moesten zijn, je had de belangrijkste namen in het netwerk meteen die eerste avond in Baruchs appartement al doorgespeeld. Ze hebben gewoon gewacht tot ze deze grote zending diamanten in Antwerpen konden confisqueren. En er is meer, Jessy, ik...'

'Hou alsjeblieft op,' onderbreek ik hem. 'Je had nog iets goed te maken, heb ik me laten vertellen, en met de diamanten versterken we onze vermogenspositie, daar is niks mis mee. Wat denk je dat ze met alleen namen hadden kunnen doen? Het hele rijtje overhoop maaien? Waar zijn je hersens, Alec? Ga weg, ik geloof je niet. Niet meer. Je praat uit eigenbelang en je liegt makkelijk, zelfs over de liefde. Je zei dat je met me verder wilde en een volgend moment ben ik lucht voor je.'

'Ik meende wat ik zei: als je met een opdracht bezig bent, mag je niet worden afgeleid door emoties.'

'Ik meende ook wat ik zei. Ik wil dat je gaat en als jij nu niet oprot, ga ik zelf wel. Hotelkamers zijn altijd te warm en er kan geen raam open. Ik kan me er ineens iets bij voorstellen dat ze bang zijn dat gasten van narigheid uit het raam springen.'

'Je hebt gedronken, jij mag helemaal niet rijden.'

'Gaan we nu ineens meneer de brave politieagent spelen? Alsjeblieft, zeg.'

'Sssjt, stil nou, straks ontdekken ze me hier.'

'En wat dan nog? Maak jij je er druk over dat ze je eruit kunnen gooien? Dat je misschien een klap moet incasseren?' Ik pak een stoel en smijt die in zijn richting. Hij bukt net op tijd en de stoel vliegt met veel lawaai tegen de badkamerdeur. Een bijbel van het nachtkastje volgt en raakt hem tegen zijn schouder.

'Jessy, stop, hou op,' roept hij, 'merde!' Hij wil me vastpakken, maar ik ben hem voor en geef hem een trap in zijn zij. Hij slaat dubbel. 'Dankzij die klotejaloezie van jou,' bijt ik hem toe, 'was ik er bijna geweest, fuck, dat vergeef ik je nooit! Nooit! En nu eruit!'

Hij vertrekt, en met een woest gebaar smijt ik de deur achter hem dicht. Daarna pak ik mijn tas. Ik wil hier niet blijven, ik wil naar huis, daar een flinke dosis coke nemen, en dan ga ik een mooi beest met een zacht vel opzetten. Een vos, of een marter. Dieren zijn tenminste zichzelf. Betrouwbaar. Nee, ik ga Beau in ere herstellen. Dat ga ik doen.

Terwijl ik mijn koffer pak, bedenk ik dat het me nog het meest verontrust dat ik geen enkele behoefte aan Alec had. Integendeel. Ik voelde een diepe afkeer en ik vraag me af of dat komt door wat mij is aangedaan, of dat het aan hem ligt.

58

De dag van mijn vaders begrafenis is het koud. Blauwe lucht, een mager zonnetje. Er is sneeuw voorspeld, volgens Marc. Nog even en het is Kerstmis. Ik huiver. De pastoor predikt Bijbelteksten die aan me voorbijgaan; ik staar afwezig naar de witte wolkjes adem die hij uitblaast boven het graf. Geloof? Het zal wel. In de laatste uren, minuten van zijn leven, heeft pa niets, niets aan die goeie God van hem gehad. Een enkele vogel die nog niet naar het zuiden is vertrokken laat van zich horen, hoog in de bomen, en ik denk dat pa blij was geweest met dierengeluiden om hem aan zijn laatste rustplaats te laten wennen.

Marc heeft een arm om me heen geslagen en die is op dit moment meer dan welkom. Het is fijn dat hij speciaal voor pa's begrafenis is overgevlogen. We leggen een roos op de kist en dan valt het niet meer te ontkennen. Hij is weg. Echt weg.

Als we langs de rij graven teruglopen naar het uitvaartcentrum kijk ik naar het graf van mevrouw Maeswater. De kist is intussen onder een zandbult verdwenen. Zonder bloemen. Een troosteloos bordje ervoor: S.J.M. Maeswater.

Marc zegt: 'Dat moet een eenzame vrouw zijn geweest, een triest gezicht, zo'n vers graf zonder bloemen.'

'Sommige mensen verdienen misschien ook niet beter.' Mijn enige troost is dat ik zeker weet dat ook Baruch wanhopig en eenzaam is gestorven. Iedereen mag dan misschien op het randje van het aardse afscheid op zichzelf worden teruggeworpen, ik heb zijn laatste uren tot een hel gemaakt. Ik denk aan Nick. Mijn moeder. Ik zag het ook in Halina's ogen. De eenzaamheid. Ze zei er zelfs iets over. Ik huiver.

'Heb je het koud?' vraagt Marc. Ik knik.

Het is een onrealistisch gevoel om verplicht handen te schudden. Suus lijkt ook afwezig, ik heb een paar keer haar blik proberen te vangen, maar ze ontwijkt me. Gelukkig zijn er weinig mensen, ik herken er een paar van het hospice, en Boet is er. Hij omhelst me en als ik later buiten een sigaret rook, komt hij bij me staan. 'Gaat het een beetje?' vraagt hij, en ik haal mijn schouders op.

'En jij?'

'Laten we het daar nu niet over hebben,' antwoordt hij. Nee, geen toiletpraatjes tijdens een begrafenis. 'Ik weet dat het geen troost voor je kan zijn,' zegt Boet, 'maar ik begrijp het als je nog even een tijdje vrijaf wilt. En ik wilde toch dat je weet dat die mevrouw met die dure naam, die barones, inderdaad geen zelfmoord heeft gepleegd. Ik kreeg het rapport van Penninx en ze is vergiftigd met botulinetoxine. Het was de zoon, zoals je al dacht. Hij heeft schuld bekend in een afscheidsbrief.'

'Een afscheidsbrief?'

'Hij heeft zelfmoord gepleegd.'

Ik doe even alsof ik verbaasd ben, maar de dood van mijn vader moet het in Boets ogen makkelijk maken er niet lang bij stil te staan.

'Je had het wel aan je collega's moeten overlaten, Jessica, het was misschien een te zware belasting voor je, dit alles.'

'Valt wel mee, hoor,' zeg ik.

'Stel dat jij die man daar had aangetroffen?' Boet zucht. 'Wel een zielige figuur, die zoon, ik ben nog wat dieper in zijn geschiedenis gedoken. Hij heeft meerdere periodes in een psychiatrische instelling doorgebracht, blijkbaar ging hij erg gebukt onder de flamboyante levensstijl van zijn moeder.'

'Ja, vast wel.' Ik ben even van slag door Boets woorden. Maar dan bedenk ik dat welke jeugd dan ook geen vrijbrief kan zijn voor wat hij zijn moeder heeft aangedaan. 'Het was toch zijn eigen keuze,' zeg ik. 'Klotejeugd of niet.' Ik inhaleer nog een keer diep en dan gaan we naar binnen.

Even later neemt Marc me apart, loodst hij me mee naar een kamertje. Ik weet niet of ik hier mag roken, maar ik steek vandaag zo ongeveer de ene met de andere aan en het zal me worst wezen. 'Jij ook?' vraag ik, hem het pakje voorhoudend. Hij neemt er een aan. Dus het is serieus.

'Jess... hoe is het met je?'

'Nou, wat denk je zelf?'

'Even niet zo sarcastisch, alsjeblieft.'

'Het gaat kut.'

'Eh... je had me gebeld, maar ik was... en toen ik je oproep afgelopen vrijdag beantwoordde, was de verbinding ineens verbroken...'

'Ik heb je vaker gebeld, maar je belt nooit terug.'

'Nee, sorry... eh, zie je... zie je die man nog wel eens, je weet wel, die er was toen ik bij je... met die gijzeling en zo, ach, je weet wel wie ik bedoel.'

'Alec.'

'Precies.' Ik kijk hem inschattend aan. Wat wil hij van me?

'Jess, ik wil graag weten of je nog met die man omgaat.'

'Waarom?'

'Kun je niet even gewoon antwoord geven?'

'Nee, ik zíé hem niet meer, tenminste niet zoals jij het bedoelt. We neuken niet meer.' Ik zie hem aarzelen en vraag hem waarom hij dat wil weten. 'Ik… ik voelde me eigenlijk al langer, eh, soort van verplicht om je voor hem te waarschuwen, maar ik durfde niet.'

'Je durfde niet? Wat is dat voor onzin? Sinds wanneer durf jij iets niet te zeggen?'

'Hij heeft gedreigd je op een afschuwelijke manier te vermoorden als ik iets zou zeggen.'

'Wanneer?'

'Vlak daarna. Afgelopen zomer.'

'Daar ben je dan mooi laat mee. Fuck, zeg, ik had intussen wel dood kunnen zijn en jij houdt doodleuk je mond? Maar ik weet wat voor eikel hij is, hoe goed hij kan liegen. Dus laat maar zitten… Marc, wat ben jij een lul!' Ik loop kwaad weg, steek een volgende sigaret op, en als een van de uitvaartmedewerkers me op het rookverbod wil wijzen bijt ik hem toe dat hij de schade maar in rekening moet brengen.

Suus is de volgende die erover begint als ik de koffiekamer weer binnenloop. 'Wat is er met je, Jessy, doe die sigaret in godsnaam weg, je weet dat dat hier verboden is.' En als ik net doe of ik gek ben, zegt ze: 'Je bent gisteren onze afspraak vergeten.'

O, fuck, ja, dat is waar ook. Schiet me maar lek met je tomatensoep. 'Het spijt me, echt waar. Zondag. Ik kom zondag, voor Eva's verjaardag.'

Suus kijkt me aan alsof ik haar vertel dat het volgende week dertig graden zal worden. Ik meen het, wil ik zeggen, als een man me een envelop in handen drukt. Een condoleancekaart, neem ik aan, ik let op mijn zus, die zich van me af draait. Hij had een muts op, wat raar, een muts op een begrafenis. Pas als de geur mijn neus binnendringt, ben ik alert. De bloemen, lavendel, gemengd met iets houtachtigs. Het Antwerpse appartement. Ik scheur de envelop open en voel het bloed uit mijn gezicht wegtrekken: een rood hart. *Ik wil je. Ik wil je hart. En meer. Liefs, BS – Brezingers Son.*

Ik sta als aan de grond genageld.

Snakkend naar adem kijk om me heen. Mijn ogen flitsen van links naar rechts, naar de deur, en ik registreer ergens in een uithoek van mijn hersens dat mijn sigaret op de grond valt. Ik zie hem niet. Ik wil naar buiten rennen, maar mijn benen weigeren dienst.

'Jessy?'

Ik heb nog net de tegenwoordigheid van geest om het hart in mijn jas te verbergen, en dan wordt het licht in mijn hoofd. Ik val en ik val en ik blijf vallen. Tot iemand aan me trekt. Me roept. Pa? Ben je daar?

Langzaam word ik me weer bewust van mijn omgeving. De koude vloer, iemand die tegen me praat. Marc. Suus, haar wenkbrauwen gefronst. Bezorgdheid. Ik herinner het me weer. De kaart. Ik heb gedroomd. Ik tast in de zak van mijn jas en voel het dunne karton.

'Het is logisch,' zegt mijn zus. Ik hoor haar stem van ver. 'Ze heeft gewoon doorgewerkt, net gedaan alsof alles zijn gewone gangetje kon gaan. En dat kan natuurlijk niet.'

'Kom, Jess, ik help je overeind.' Een mannenstem. Ik duw Marcs arm weg.

Pas als Suus me omarmt en haar schouder onder mijn elleboog zet, kom ik overeind. 'Mijn zus,' zeg ik, 'de enige familie die ik nog heb.'

59

Eerst had Baruch gedacht aan een droom. Een van de minder aangename varianten. Daarna was hij ervan overtuigd dat het een slechte trip was. Hij was buiten westen geweest en dacht aan een grap, dat iemand hem zo uit zijn benarde situatie zou verlossen. Dan zou hij lachen en de onverlaat daarna zo hard in zijn ballen trappen dat hij de rest van zijn leven krom moest lopen. Maar toen hij in de kille duisternis tot zijn positieven was gekomen, wist hij weer waar hij zich bevond.

Hij overtuigde zichzelf ervan dat angst een abjecte emotie was waar hij boven kon staan en de brandende pijn in zijn arm bestond alleen in zijn verbeelding; hij zweefde zo-even nog in een gewichtloze stilte en dat moest zijn stelling bewijzen. Hij deed nooit aan suggestieve gedachten, vage hersenkronkelingen. Hij was Baruch Salomons, een voorbeeld van een geslaagd mens, een sterke persoonlijkheid, iemand tegen wie men opkeek, een man met een onkreukbaar imago. Een enkeling had hij een oppervlakkige blik in zijn ziel gegund, maar echt tot hem doordringen was nooit iemand gelukt. Gevoelige snaren, oplopende emoties, het waren hoogstens getuigen van een misselijkmakende weekheid.

Halsstarrig weigerde hij een einde voor zich te zien. Hij had een hekel aan alles wat eindigde. Daarom hield hij zo van eeuwig mooie diamanten. In tegenstelling tot al het andere. De seizoenen, liefde, het leven. Elk einde zo wreed, onherroepelijk, onomkeerbaar. Feesten, verjaardagen, wedstrijden. Hij bleef nooit tot het einde. Zelfs de enkele film die hij zag, hoe intrigerend ook, bekeek hij niet helemaal...

Niets zou ooit mogen eindigen. Zeker hij niet.

Hij zag de vrouw voor zich. Jenny. Nee, Jessica. Jessy. Hij wilde schreeuwen, maar de tape reduceerde elk geluid tot een nietszeggend piepen. Geluid was een illusie. Zoals zoveel dingen in het leven.

Onzekerheid had hem beslopen. Angst, ja, toch ook angst, al wilde hij dat niet toegeven. Het was alsof iemand zijn zintuigen bij elkaar had geharkt, door elkaar had gehusseld en daarna slordig terug geplant. De pijn was onmenselijk. Ze had er godbetert ook nog een doek omheen gewikkeld die was gedrenkt in alcohol. Hij had het nog lang daarna kunnen ruiken. Felle steken schoten door zijn arm en verspreidden zich door zijn lichaam, hij verstijfde en kneep zijn ogen dicht om de tranen tegen te houden. Hij vervloekte de stilte.

Eeuwige, doodse stilte.

Langzaam maar zeker had hij het gemerkt. Hoe de zuurstof opraakte, de lucht zwaarder leek te worden, zijn ademhaling moeilijker werd. Op enig moment verbeeldde hij zich dat er wormen onder zijn huid waren gekropen, zo heftig was de jeuk – hij hoopte tenminste dat het zijn verbeelding was. Het onvermijdelijke was uiteindelijk tot hem doorgedrongen. Welke dood hij in de ogen keek. In gedachten had hij het uitgeschreeuwd en hij had zich gerealiseerd dat als hij ooit ergens voortijdig had kunnen vertrekken, het uit deze film had moeten zijn. De wetenschap dat wraak nemen een illusie zou blijven, verteerde hem, maakte hem woedend, hels, buiten zinnen van razernij.

Niets zou ooit mogen eindigen, en zeker hij niet. Hij had het niet willen geloven, het kon niet waar zijn, niet zo'n armoedig en meedogenloos einde.

Zo godsgruwelijk eenzaam.

LEESFRAGMENT

Corine Hartman

Zielloos

Deel 3 in de Jessica Haider-serie

Jessica Haider heeft na de moord op haar zoon de zin van het leven hervonden in Saligia – een geheim elitekorps dat ingrijpt waar justitie faalt. Eindelijk kan ze eigenhandig en definitief afrekenen met het tuig dat door de mazen van de wet glipt.

In *Zielloos*, het derde deel van de Jessica Haider-serie, wordt Zuid-Limburg geteisterd door een moordenaar die zijn slacht-offers op huiveringwekkende wijze tentoonstelt. Vanaf de vondst van het eerste, zwaar verminkte lijk beseft rechercheur Jessica Haider dat er een boodschap schuilt in de manier waarop de moordenaar te werk gaat en voor wie die boodschap is bedoeld.

Ze trekt haar eigen plan, wars van het grootschalig onderzoek dat door de media op de voet wordt gevolgd. Een spoor van de dader leidt haar naar een klooster in de Eifel, waar nonnen ogenschijn-lijk vreedzaam leven, bidden en bijen houden, maar intussen een onheilspellend geheim bewaken.

Als een collega van Jessy het volgende slachtoffer lijkt te zijn ge-worden en Saligia haar opzadelt met een opdracht die haar tot in het diepst van haar ziel raakt, staat ze er uiteindelijk alleen voor.

Kan Jessy haar missie voortzetten, als de prijs voor gerechtigheid onmenselijk hoog dreigt te worden?

Corine Hartman – Zielloos
Paperback, 320 pag.
ISBN 978 90 452 0484 0
Prijs: €15,00

Ook verkrijgbaar als e-book
ISBN 978 90 452 0654 7

Karakter Uitgevers B.V.

I

Met Pink Floyds *The Wall* op volume dertig rijd ik naar Maastricht. Ik heb me verscholen in mijn huis, in de werkplaats vooral, ondergedompeld in whisky en coke in een poging te begrijpen, tot rust te komen en vooral te vergeten, maar ik hou het er niet meer uit. Het is mijn vader die de hoeve ooit heeft gerestaureerd en zijn dagen in de werkplaats sleet; zijn geest is er bijna tastbaar aanwezig. Ik was niet bij hem toen het er echt om ging, toen hij stierf, en hoeveel dode beesten ik in mijn slapeloze nachten ook opzet, het gevoel dat hij me dat kwalijk neemt, raak ik niet kwijt.

What shall we use
To fill the empty spaces
Where we used to talk?

Het lukte me niet mijn zoons retriever te repareren: ik keek in Beaus schele ogen, zag mijn vaders oude en onvaste handen bezig met die kop en vervolgens stak ik mezelf in mijn vingers met de scherp gevijlde bontwerkersnaald.

Richting het centrum beland ik in een chaos van staal en gehaaste mensen. Ik rijd bijna een oude vrouw aan, die volle tassen met zich meezeult en een rood voetgangerslicht negeert. Ze schrikt van mijn claxon en misschien ook wel van mijn nijdige blik. Fietsers glibberen over de weg door plotselinge gladheid: het is gaan sneeuwen en niet zo'n beetje ook. Ik staar naar de monotone, geruisloze aanval van witte vlokken op de autoruit. Laat in de middag en het wordt al donker, hoewel ik ook vandaag amper heb gemerkt dat het lichter is geweest. Na een omweg om de overvolle Prins Bisschopsingel te ontwijken, draai ik mijn Jeep eindelijk de parkeerplaats van het hoofdbureau op.

Ik had naar mijn zus kunnen gaan. Dat kan ik nog steeds doen; ze zal meteen een zesde bord op tafel zetten. Suus maakt zich zorgen omdat ik tijdens pa's begrafenis in elkaar stortte. Overwerkt, weggedrukte emoties; ik weet niet welke conclusies ze daar allemaal aan wil verbinden en ze kan ook niet anders, ze heeft geen idee wat er werkelijk aan de hand was. Is. Ze heeft me de afgelopen dagen meerdere keren gebeld.

'Jessy, je had beloofd te komen,' zei ze, 'Juul wil je naam op haar gipsarm.'

Leuke smoes, maar ik hoef haar goedbedoelde adviezen niet en ik kan haar moeilijk vertellen dat ik de moordenaar van mijn zoon heb opgezet en dat ik hem af en toe met een intens genoegen even aanraak. Dat zijn ziel voor eeuwig mag ronddolen in de hel. Ik kan haar ook niet vertellen dat ik tijdens de begrafenis een rood hart van karton kreeg en dat dat de reden was dat het zwart werd voor mijn ogen.

Ik wil je. Ik wil je hart. En meer. Liefs, BS – Brezingers Son.

Wie is de creep, die binnen wist te dringen in mijn vesting, zoals Suus de hoeve gekscherend noemt? Ik weet niets van hem, behalve dat hij te veel van mij weet. Ik heb alle sloten laten vervangen, de kaart verscheurd en in de fik gestoken, maar de dreiging laat zich niet verjagen. Als ik de woorden in mijn hoofd herhaal, is het alsof iemand een mes in mijn hart steekt en het lemmet met een sarcastisch genoegen een slag draait in de wond.

De gruwelijke dood van mijn zoon, Brezingers kat-en-muisspel, alles, alle misselijkmakende details dringen zich weer aan me op. Ooit heb ik Brezinger tijdens ontelbare verhoren binnenstebuiten gekeerd en voor zover ik weet had hij geen zoon, maar misschien wist hij het zelf niet. Of er loopt een gek rond die Nicks moordenaar zo vereert dat hij hem tot een vader heeft verheven. Ik hoef geen psychiater te raadplegen om te begrijpen dat ik dan te maken heb met het gevaarlijke soort: het soort dat lijdt aan een verlies van realiteit. Het idee beangstigt me en ik haat dat zinloze gevoel van onvermogen. Dat is er, tegen mijn zin, en het lukt me niet het met mijn woede te overstemmen.

Nu had ik even naar mijn vader gewild. Alleen dat kan niet meer. Nooit meer.

Mijn kantoor voelt als dat van een vreemde. Het ruikt er anders dan ik gewend ben en het is niet de lucht van wekenlange, muffe afwezigheid. Misschien heeft iemand anders er tijdelijk gebruik van gemaakt. Het kan me niet schelen, ik vertoef sowieso niet graag tussen brommende computers, stapels papieren en versleten vinyl. Een deur verder kijk ik op Berghuis' rug. Ik blijf even in de deuropening staan om te kijken hoe hij een A4'tje tot een prop vouwt en die naast de prullenbak mikt. Ik word er rustig van, het is een vertrouwd beeld. De mensheid ploetert door, hoe dan ook.

Berghuis lijkt verbaasd als hij me ziet, maar dan staat hij op en drukt mijn hand, omhelst me. 'Gecondoleerd,' zegt hij. 'Het spijt me dat ik er niet bij kon zijn.' Hij schenkt koffie voor me in. Ik zoek zijn blik, maar hij ontwijkt me en ik weet niet wat het is, maar er is iets. 'David, waarom was je er eigenlijk niet?'

'Niet nu, oké? Dat vertel ik je als je weer begint.'

'Je was niet op de begrafenis van mijn vader. Dan moet er iets belangrijks zijn. Een zaak waar ik mijn tanden in kan zetten?'

'Toch niet nu, Jessy.' Hij kijkt me weer niet aan. 'Boet vroeg zich af of je wel meteen weer in een zaak moet duiken, of het niet te snel is.' Ik doe alsof ik hem niet hoor en steek een sigaret op. Hij zegt er niets van en hij stelt gelukkig geen moeilijke vragen over pa's dood of hoe het nu met me gaat. Ik neus door papieren op zijn bureau en hij tikt me op de vingers.

'Heb je al foto's van de plaats delict?'

Hoofdschuddend staat hij op. 'Ik was net van plan te gaan. Naar De Zaak?'

Ik veer op. 'Strak plan. Maar we zullen moeten lopen, het is een gekkenhuis in de stad.'

Terwijl we meer glijden dan lopen over een inmiddels vuistdikke sneeuwlaag, vis ik tevergeefs naar de nieuwe zaak waarover hij blijft zwijgen. Ik gooi een paar muntstukken in de vioolkist van een muzikant die ons een zalig kerstfeest wenst. Een klein half-uur later zijn we bij onze teamstamkroeg, waar het heerlijk warm is. 'Geef me je sjaal even.' Hij geeft hem aan me, en ik wrijf er mijn hooggehakte laarzen mee af.

'Hé, dat is geen poetsdoek.'

'Je krijgt een nieuwe van me met Kerstmis... als ik voor die tijd de moed nog kan opbrengen een winkel binnen te gaan.'

'Daar kan ik dus naar fluiten,' zegt hij. 'Alsof het oorlog wordt, zo hamsteren ze.'

'De idioot die er ook nog een tweede kerstdag aan heeft geplakt, zou ik graag willen vierendelen.'

'Ooit bestond er een derde kerstdag en zelfs een vierde, dus tel je zegeningen.'

We proosten met de barman, van wie we het eerste rondje zoals gewoonlijk voor nop krijgen. In ruil daarvoor knijpen we soms een oogje toe als hij zijn tent niet op tijd dicht heeft. Ik neem een slok van mijn whisky en laat de alcohol in mijn keel branden. Als ik mijn collega opnieuw naar het werk vraag, begint hij over de kerstborrel op het bureau, waarbij we met een paar diehards steevast tot in de vroege uurtjes doorzakken. Ik dring aan. 'David, je hebt je schouders opgetrokken, je ontwijkt mijn blik. Ik wed dat je een lijk hebt.' Ik pak mijn iPhone. 'Ik ga Boet bellen. Kan ik meteen vragen hoe het met hem gaat.'

Dan vertelt hij eindelijk dat ze onderzoek doen naar het stoffelijk overschot van een jongen van negroïde afkomst. Collegarechercheur De Meyere is bij het NFI voor de autopsie. Ik verslik me bijna in mijn whisky. 'Het kind moet een vreselijke dood zijn gestorven,' zegt hij. 'Maar we hebben zijn identiteit nog niet kunnen vaststellen en er is geen vermissing gemeld.' Berghuis kijkt me met een gepijnigde blik aan.

Dus ze hebben Ruben gevonden, dat moet haast wel. Het maakt me woedend, maar de jongen is dood en ik kan niets meer voor hem doen. Er is meer. Ik voel het, ik zie het aan mijn collega, hoe hij zijn glas krampachtig vasthoudt en intussen zogenaamd geïnteresseerd andere gasten observeert.

'David, vertel het me, verdomme, doe niet zo kinderachtig!' Zijn aarzeling bezorgt me een verontrustend gevoel in mijn buik. 'Kom op nou. Wat?'

'Het gaat om de plaats delict... Dat lijk is bij toeval door een paar hobbyduikers in de Maasplassen gevonden, vlak bij het strandje van Thorn.'

'W-wát? Vlak bij mijn huis?' Ik kijk hem verbouwereerd aan.

Hij knikt. 'In plastic verpakt, waarschijnlijk niet voldoende verzwaard, zodat het omhoogkwam. Voor hetzelfde geld had jíj dat lijk opgedoken, jij waagt je toch ook regelmatig in die schimmige onderwaterwereld?'

Niet voldoende verzwaard. Zodat het vrijwel zeker was dat het lijk naar boven zou komen? Kan dit toeval zijn? Ik geloof er niets van. Ik sla mijn whisky achterover en wenk de barkeeper, wijs naar onze glazen. Rustig blijven nu, Haider, je weet nergens van. Zeg iets zinnigs. 'Niet echt een geschikte dumpplek.' Ik hoop dat hij de trilling in mijn stem niet opmerkt.

'Hoezo heb ik daar niets van gemerkt? Wanneer is die jongen gevonden?'

'Vorige week zaterdag. Ik ben bij je aan de poort geweest,' zegt hij, 'maar ik kreeg geen respons toen ik aanbelde, en je auto was weg.'

De auto weg? Zaterdag? Toen was ik in München voor mijn eerste geheime Saligia-overleg. De kennismaking met mijn amices met wie ik tegen het onrecht in de wereld vecht en met wie ik mijn eerste succesvol afgeronde opdracht heb gevierd. De uitschakeling van Baruch Salomons, een diamantair maar bovenal een moordenaar die de dood van ontelbare mijnwerkers en burgers in Zimbabwe op zijn geweten had en jarenlang tussen de mazen van de wet door glipte. Mijn wraak was zoet. 'Ik... ik zal wel bij mijn zus zijn geweest.' Nu ben ik degene die zijn blik ontwijkt.

Als er twee nieuwe glazen op tafel worden gezet en we opnieuw proosten, raakt zijn hand de mijne. Hij kijkt me aan, nu wel, en dat doet hij langer dan nodig is. Hij is verdomd aantrekkelijk, zo met zijn blonde haar in de war. Het is even stil en als hij vervolgens zuchtend achteroverleunt en zijn ogen sluit, druk ik mijn voet in zijn kruis. Hij schiet overeind alsof iemand 220 volt door zijn lijf jaagt. Hij stoot zijn glas om, de whisky vloeit over tafel. 'Jézus, Jessy.' Hij kan het glas nog net redden, voor het van tafel rolt. 'Ik wil onze vriendschap niet riskeren, begrijp je? Die is me veel waard.'

'Je bent een schijterd.' Ik sta abrupt op. 'Ik smeer 'm.'

'Wat? Waarom wil je nu ineens weg? Moet ik een taxi voor je bellen?'

'Nee.'

2

Onze vriendschap niet riskeren, wat een bullshit! Zijn baan zal hij bedoelen. Hij is gewoon bang dat we gesnapt worden, zoals die keer toen een paar uniformen mijn auto bij zijn appartement spotten. Een tweede keer zou Boet niet door de vingers zien. Ik trap tegen een fiets die in mijn weg staat en denk terug aan die heftige nacht, en ik weet zeker dat hij toen niet één keer aan zijn baan of iets wat daar in de buurt kwam heeft gedacht. Hij wilde het, ook nu, ik zag hoe hij naar me keek. En als hij een goede rechercheur was geweest, had hij gemerkt dat ik behoefte heb aan een warm lijf, om een zoveelste nacht in de werkplaats te vermijden. Vriendschap, het zou wat. Verdomme. Ik steek een sigaret op, glijd bijna uit, en dan valt me pas weer op hoe wit de wereld is. Bedrieglijk maagdelijk. Dikke vlokken sneeuw dwarrelen naar beneden, maken de hemel licht. Dit is het weer waar mijn vader van hield. Zodra de eerste sneeuw viel, haalde hij de slee tevoorschijn en dan stond hij bijna nog ongeduldiger dan ik voor het raam te wachten tot er genoeg was gevallen. Suus wilde nooit mee, had een hekel aan de kou. Als het doorzet, krijgen we vast een witte kerst. Hoe romantisch. Ik wist dat hij dood zou gaan en ik heb het van me af geschoven, weggedrukt, ontkend.

God, wat verlang ik naar een dosis coke. Ik trek mijn leren jas strakker om mijn lijf, duik weg in de kraag en haast me naar mijn eigen donkere kroegje, dat zo afgelegen ligt dat toeristen er nooit komen. Niet naar huis. Niet weer een slapeloze nacht.

In Alains kroeg is het opvallend druk, er blijkt een groepje feestgangers aanwezig, dat een vreselijke karaoke-act opvoert. Ik kan ook niet zingen, maar daarom laat ik dat in aanwezigheid van anderen. 'Die twee zijn vandaag getrouwd,' zegt Alain, en hij wijst naar het uitgelaten stel dat een poging doet tot een duet.

'Wat doen ze dan nog hier,' mompel ik. Ik wil meteen weer vertrekken, maar dan trekt een man mijn aandacht. 'Wat kan ik voor je bestellen?' vraagt hij.

'Een single malt,' zeg ik, 'de barkeeper weet wel welke.' Hij wenkt Alain. 'Tweemaal.'

Ik mompel een excuus en verdwijn naar de toiletruimte, sluit die af om een lijntje te snuiven. Weg deprimerende gedachten aan pa. Weg gepieker. Een dosis coke, een whisky, en misschien een hotelkamer. Ik wrijf een laatste beetje over mijn tandvlees en haal voor de spiegel diep adem, recht mijn schouders. De spiegel die met een kronkelende scheur mijn lichaam in tweeën splitst. Het zou handig zijn als ik mezelf niet alleen mentaal maar ook fysiek kon opdelen; de ene helft in mijn alledaagse, vertrouwde recherchebestaan, de andere in een niets- en niemand ontziende jacht op het uitschot van de mensheid.

Brezingers Son.

Houdt het dan nooit op? Ik kan niet wachten tot ik mag afrekenen met wat voor zieke geest dan ook, met alle genoegen zelfs, kom maar op, maar niet déze. Niet een die de diepe, slecht helende wond in mijn ziel openrijt. Ik vraag me af waar ik moet beginnen met zoeken. Het probleem is dat ik geen aanknopingspunten heb. Salomons, de diamantair met wie ik heb afgerekend in mijn eerste opdracht voor Saligia, had niets te maken met Brezinger, de moordenaar van mijn zoon. De enige link ben ik.

Ik haal een hand door mijn haar en werk mijn mascara bij. Gelukkig ben ik gezegend met donkere, bijna zwarte ogen, ik kan zelf niet eens zien of mijn pupillen vergroot zijn.

Als ik terugkom aan de bar staat hij er nog. Ik schat hem midden dertig, een jaar of vijf, zes jonger dan ik. Hij draagt een fraai maatpak en glimmend gepoetste Italiaanse schoenen. Hij heft zijn glas, geeft mij het andere. 'Alsjeblieft, schoonheid. De bruidegom is mijn jongste broer en dat moet gevierd worden. Ik was hier nog nooit geweest maar het is een gezellige tent met die van kleur verspringende lampenbollen.'

'En zo lekker rustig,' zeg ik smalend, en dan schud ik mijn hoofd. 'Je moet net binnen zijn gekomen, je schoenen zijn mooi gepoetst, maar nat.'

'Betrapt,' grijnst hij. 'Ik eh... ik heb net mijn vriendin naar huis gebracht. En wat brengt jou hier?'

'Mijn vader is pas overleden.'

Het is even stil en dan zegt hij: 'Dat spijt me voor je.'

'Ik hoef niet elke keer meer naar een hospice om iemand te treffen die me niet herkent, dat is ook iets om te vieren.'

Hij kijkt me polsend aan, waarschijnlijk inschattend hoe serieus hij me moet nemen. 'Van den Borghe,' zegt hij. 'Philippe voor vrienden.'

Ik negeer de hand die hij naar me uitsteekt en ga op een barkruk zitten. 'Jessica.'

'Vind je het goed als ik naast je kom zitten?'

Ik haal mijn schouders op. 'Wat jij wilt.'

Hij ruikt uitnodigend, constateer ik als hij op de barkruk naast me schuift. Naar iemand die zijn eigen koers bepaalt. Onze aandacht wordt tegen wil en dank getrokken door het gezelschap, dat de karaoke godzijdank intussen van het programma heeft geschrapt maar waar het pasgetrouwde stel onder luid gejoel in elkaar verstrengeld een poging doet tot drinken.

Als ze daarin slagen en de herrie verstomt, zegt hij: 'Ik zou ook wel de hele nacht willen doorfeesten, maar ik moet morgen bijtijds weer op pad, en na zo'n dag… Sorry, ik kraam onzin uit… Ik ben niet gewend aan uitzonderlijk mooi vrouwelijk gezelschap, geen kwaad woord over mijn vriendin, maar ik ben niet blind voor bijzondere betovering. Ben je model?' Hij snuift even vlak bij mijn nek. 'Het gezicht van een exclusief parfum?'

Ik neem een flinke slok whisky en vertel hem dat ik de leadsinger van een achtkoppige jazzband ben. 'Met een onbedwingbare behoefte af en toe uit de band te springen. Naar een café gaan, bijvoorbeeld, en zien wie mijn pad kruist.' Ongegeneerd laat ik mijn blik over zijn lichaam gaan. Dat ziet er stevig en krachtig uit. Fuck David. Ik drink de laatste slok uit mijn glas, terwijl Philippe vertelt dat hij een open relatie heeft en dat hij niet in de schoenen van zijn broertje zou willen staan. Ik besef weer waarom ik hier graag kom: geen verplichtingen, geen ingewikkeld gedoe. Een fantastische nacht en dan adieu. Ha! Misschien is hij zelfs in voor het ruigere werk. Niet opnieuw een nacht in de werkplaats, alsjeblieft. Of, in het gunstigste geval, doodvermoeid in slaap vallen en terechtkomen in de nachtmerrie waarin ik moet toekijken hoe Brezinger mijn zoon martelt. Ik laat me van mijn barkruk zakken. Een beetje wiebelig leg ik mijn hand op zijn arm. Heb ik de whisky te snel opgedronken?

'Hé, Philippe-voor-vrienden, ga je mee?' vraag ik. 'Ik vind het knap warm hier.'

'Prima,' knikt hij, 'ik kan ook wel wat frisse lucht gebruiken.'

Ik grijns veelbetekenend naar Alain. Philippe pakt mijn hand en dan glippen we snel naar de uitgang.

Mijn hoofd achteroverbuigend zuig ik de ijzige vrieslucht in mijn longen, maar als ik mijn ogen daarbij even sluit voel ik me duizelig. Philippe neemt mijn gezicht tussen zijn handen en kust me. 'Dat heb ik al willen doen vanaf het moment dat ik je zag,' fluistert hij. 'En meer. Zeg dat je mij ook wilt.' Hij slaat zijn armen om me heen.

'Ik wil je.' Ik klamp me aan hem vast, mijn benen lijken ineens loodzwaar en mijn hoofd tolt.

'Ik zal je niet teleurstellen,' verzekert hij me.

Ik begrijp dat hij het goed bedoelt, als hij voorstelt me naar huis te brengen. 'Naar huis? Als ik graag thuis had willen zijn, was ik hier niet geweest. Een hotelkamer en anders ga ik naar huis. Alleen.'

Hij kust me opnieuw, drukt zijn tong in mijn mond, hij smaakt heerlijk, hij smaakt naar meer, meer, misschien heb ik iets te veel coke gehad? Ik moet hem vasthouden om op de been te blijven. 'Oké. Wat jij wilt.' Hij klinkt hees. 'Twee straten verderop links zit een klein hotel.'

Dat weet ik en dat is mooi, want ver lopen zie ik helemaal niet zitten. Ik vraag me af waar ik in vredesnaam mijn auto heb gelaten... en dan zie ik de parkeerplaats van het bureau voor me. Juist. Goed zo. Tien punten. Hij heeft zijn arm stevig om me heen geslagen en dat is maar goed ook. Het is glad op het trottoir en ik glijd meermaals uit, zóéf, zo hop mijn been onder me weg, maar hij is sterk en we blijven overeind. Stap voor stap, concentreren, Haider, zo moeilijk is dat niet, lopen kun je al járen... Oeps, bijna onderuit! Grinnikend besef ik dat ik maandag tegen Berghuis lekker kan zeggen dat ik een taxi heb genomen en dat zal hij o, zo verstandig vinden!

'Wat lach je?'

'Om ons. Glijdend in de sneeuw.'

Verstandig. Een raar, lelijk woord eigenlijk, het bromt als een nerveuze vlieg in mijn hoofd, terwijl Philippe probeert sneeuwvlokken te vangen. Hij blaast er een van mijn neus. 'Met een beetje mazzel sneeuwen we tien meter dik in, vannacht.'

'Als je maar niet denkt dat ik me verheug op gezellig samen kalkoen eten met kerst,' mompel ik.

*

Vaag, alsof het geluid van ver weg komt, hoor ik cellomuziek. Als de klanken dichterbij lijken te komen, besef ik dat het Bach is. Mijn hoofd bonkt, mijn mond is droog en ik heb de neiging mijn ogen weer te sluiten. Maar er is iets verontrustends. Mijn handen. Ik wil ze bewegen, maar ze luisteren niet. Het monotone geluid van een motor dringt tot me door, misschien voel ik dat nog eerder dan dat ik het hoor. Bomen en weilanden flitsen aan me voorbij en ik probeer te focussen, knipper met mijn ogen in een poging mijn blik helder te krijgen. Mijn polsen zijn aan elkaar gebonden met een tie-wrap en met een tweede bandje bevestigd aan de handgreep boven het portier. Op het dashboard liggen mijn identiteitskaart en mijn sleutelbos, op de grond voor mijn voeten zie ik mijn leren jas, het gps-systeem is ingesteld. Schokkerig bewegende blauwtinten, cijfers die aangeven dat er nog twintig kilometers te gaan zijn tot de plaats van bestemming. In een fractie van een seconde dringt het tot me door: Grootheggerlaan in Thorn. De sneeuw. Philippe. Ik draai mijn hoofd naar links en kijk in zijn grijnzende smoel. De temperatuur lijkt tien graden te dalen.

'Goedenavond, schoonheid,' zegt hij. 'Heb je lekker geslapen? Nog een kwartiertje, dan zijn we er.'

'Mag ik vragen…' Mijn stem klinkt schor en ik schraap mijn keel. 'Waarom?'

'Nee.'

Met een woest gebaar ruk ik aan de tie-wraps tot de kunststof pijnlijk in mijn huid snijdt. Hij weet waar ik woon! Fuck! Hoe kan dat? Denk na, Haider, denk! Ik slik een paar keer en haal diep adem. Van den Borghe. Philippe voor vrienden. Als dat zijn echte naam tenminste is. Hij ruikt naar een mix van amber, muskus en de frisheid van pepermunt, ik weet vrijwel zeker dat ik hem voor deze avond nooit heb ontmoet. De geur van een zelfverzekerde man, heb ik gedacht, en ik herinner me ook dat ik naar het toilet ging voor een dosis coke, toen hij een drankje voor me had besteld.

De enige die ooit in mijn territorium heeft weten binnen te dringen is een van Salomons' handlangers. Salomons had het over een Bruno of Braune, die hij het vuile werk liet opknappen in de werkplaats. Hij is dus ook de enige die het geprepareerde lichaam daar heeft gezien. Is deze man...?

Ik wil je. Ik wil je hart. En meer. Liefs, BS – Brezingers Son.

In **juni** 2015 verschijnt *Doodskleed*, het vijfde en
afsluitende deel van de Jessica Haider-serie.

Met onderstaande kortingsbon kan *Doodskleed*
bij de boekhandel met een leuke korting
verkregen worden.

Kopieer de kortingsbon of knip de bon uit
en krijg € 4,50 korting op de winkelverkoopprijs
van *Doodskleed*.

Kortingsbon

Titel: *Doodskleed*
Auteur: Corine Hartman

ISBN 978 90 452 0852 7
Prijs: € 15,00
Actieprijs: € 10,50

Actieperiode: 15 juni t/m 15 september 2015
Actienummer: 902-15407